Scarlett

Ein Löffelchen Geheimnis und
der Duft von Magie

♥

Laurel Remington

Scarlett

Ein Löffelchen Geheimnis und der Duft von Magie

Aus dem Englischen von
Britt Somann-Jung

»Ein Topf auf dem Feuer hält die Freundschaft warm.«

1
Der schlimmste Tag der Woche

Die Ketchupflasche pupst und die letzten Reste spritzen auf den Toast meiner Schwester. Mir dreht sich der Magen um, aber wenn ich ehrlich sein soll, war mir vorher schon schlecht. Es ist Freitagmorgen, 7 Uhr 50.

Noch zehn Minuten.

»Haben wir noch Ketchup, Scarlett?« Kelsie wischt sich das Kinn mit dem Ärmel ab, was einen klebrigen roten Streifen auf ihrer Schulbluse hinterlässt.

»Nein«, sage ich. »Es gibt keinen mehr und Mum hat vergessen welchen nachzubestellen. Aber du hast eh genug.« Ich zeige auf den Soßensee, der sich schon über den ganzen Toast ergossen hat – über der Butter. Widerlich. Kelsie ist fast sieben, aber sie isst immer noch alles mit Ketchup, als wäre das eine Art Grundnahrungsmittel.

Ich schiebe meinen durchweichten Weetabix mit dem Löffel in der Schüssel herum, aber ich bringe keinen Bissen hinunter. Meine Klassenkameraden flippen wahrscheinlich schon aus, weil fast Wochenende ist. Sie simsen ihren Freunden, packen für Übernachtungspartys, machen coole Pläne.

Anders als ich. Ich wünsche mir im Moment nichts sehnlicher, als dass sich mitten in unserer Küche ein Loch auftut und mich verschluckt.

Denn um 8 Uhr geht Mums Blogpost online.

Ich blicke mich panisch in der Küche um. Vielleicht könnte ich es verhindern, indem ich den Strom abschalte oder »versehentlich« Mums Laptop in die Badewanne fallen lasse oder eine fantastische Hackerin werde und einen Virus in Umlauf bringe, der die Computer ihrer Follower angreift – alles in den nächsten sieben Minuten. Aber ich weiß, dass es zu spät ist. Der neue Post befindet sich schon auf dem Server, er schwebt im Cyberspace. Bereit, auszuschwärmen und die peinlichen Details meines Lebens in aller Welt zu verbreiten.

Worum wird es diese Woche gehen? Ich überlege, was ich alles gemacht habe. Nicht viel, seit ich mich Ende des letzten Schuljahrs aus allen Klubs und AGs zurückgezogen habe. Damit hatten zumindest Posts wie *Zehn Gründe, die Geige deines Kindes zu verschrotten* oder *Stepptanz … habe ich drei linke Füße geboren?* ein Ende.

Aber es bleiben immer noch all die Dinge, die ich nicht gemacht habe – wie zum Beispiel mein Zimmer aufzuräumen oder sicherzustellen, dass Kelsie sich nach dem Klogang auch die Hände wäscht. Vor zwei Wochen hat Mum eine »lustige« kleine Quizfrage dazu gestellt: *Wo gibt's mehr Keime – im Zimmer meiner Tochter oder auf einem öffentlichen Klo?* Das hat ihr über zweihundert Kommentare von ihren Followern und fünf neue Werbekunden eingebracht, die jetzt auf ihrer Website Reinigungsprodukte anpreisen. An jenem Abend hat sie Pizza bestellt, damit wir »feiern« konnten. Kelsie hat mein Stück gegessen (natürlich mit Ketchup), während ich in meinem Zimmer saß und mich gefragt habe, ob das alles wohl jemals aufhört.

Ich versuche gar nicht erst zu frühstücken und bringe meine Schüssel zum Spülbecken. Oben läuft Wasser und ich kann Mum summen hören. Sie ist letzte Nacht lange aufgeblieben und hat ihrem Post den letzten Schliff verpasst. Die Tatsache, dass sie so früh wach ist, kann nur bedeuten, er hat es in sich! »Beeil dich«, sage ich zu Kelsie. »Ich will nicht zu spät kommen.« Nicht dass ich mich jemals wieder in der Schule blicken lassen möchte, aber es ist immer noch besser, als Mum zu begegnen und so zu tun, als wären wir eine normale Familie.

»Aber ich brauche mehr Ketchup.« Kelsie starrt schmollend auf ihren Teller. Sie verstreicht den Ketchup auf ihrem durchweichten Brot und leckt dann das Messer ab.

»Hör mal, ich kaufe dir nach der Schule welchen, okay? Jetzt komm und zieh dir die Schuhe an.«

Ich nehme ihren Teller und trage ihn zum Mülleimer. Auf dem überquellenden Abfall liegen ein paar zusammengeknüllte Blätter. Ich fische eins heraus und falte es auseinander. Es ist ein Ausdruck von Mums neuem Post, der – ich sehe auf die Uhr – vor einer Minute online gegangen ist. Ich lese die Überschrift: *Tschüs, Oxford, meine Tochter hat keine Interessen.*

Die Worte auf der Seite verschwimmen, als sich meine Augen mit Tränen füllen.

2

 Die Neue

Ich bringe Kelsie zum Tor ihrer Schule. Ein paar der Mütter flüstern sich etwas zu, als sie mich sehen. Sie haben alle den neuen Post gelesen. Als ich den Hügel zu meiner Schule hochgehe, schneidet ein Junge aus dem Rugby-Team eine Grimasse. »Tschüs, Oxford.« Er imitiert einen Schluchzer und ein kleines Winken. Die beiden Jungen neben ihm fangen an zu lachen. »Hey, sag deiner Mum, wir wollen einen neuen Post über deine Unterhosen«, schreit einer von ihnen.

»Wie wär's mit einem über *deine* Unterhosen«, sage ich augenrollend. Was kann ich anderes tun, als mitzuspielen? Der Tag, an dem der Post über meine Unterhosen mit den Disney-Prinzessinnen online ging, war lange definitiv der peinlichste meines Lebens. Bis zu dem Post *Ist in dieser Sporttasche irgendwas gestorben?* Und der über unser Gespräch über »die Bienen und die Blumen«. Mein Gesicht glüht, als ich zum Klassenzimmer haste. Ich weiß, dass alle in der Schule den neuesten Post schon gelesen haben. Ich kann mich nirgends verstecken.

In der ersten Stunde habe ich Englisch. Ich setze mich an einen Tisch ganz hinten und bin noch zu durcheinander, um zu bemerken, dass Gretchen direkt vor mir sitzt. Sie dreht sich halb auf ihrem Stuhl herum.

»Hi, Scarlett, alles okay?« Sie klingt freundlich, aber ich weiß, dass sie nur so tut. Gretchen war eine der Ersten, die versuchten meine »neue beste Freundin« zu werden, als Mums Blog populär wurde. Damals dachte ich noch, es wäre cool, dass so viele Leute meine NBF sein wollten. Aber dann habe ich Gretchen und Alison belauscht. Gretchen hat gesagt, sie wünschte, ihre Mum würde einen Blog über sie schreiben. Der wäre tausendmal interessanter als der meiner Mum, weil sie als Schülervertreterin für den Eltern-Lehrer-Ausschuss kandidiere, während ich das langweiligste Mädchen der Welt sei. Ich hatte mich geräuspert, um mich bemerkbar zu machen. »Oh, hi, Scarlett!« – sie hatte sich schnell gefangen, wie die Eltern-Lehrer-Ausschuss-Prinzessin, die sie nun mal ist. »Wie war dein Wochenende?«

»Gut«, hatte ich damals gesagt. Jetzt zucke ich nur noch mit den Achseln und sage nichts. Ich frage sie nicht, wie es ihr geht, weil es mir erstens egal ist und ich zweitens nichts über die Schülervertretung, ihre neuen lavendelfarbenen Schlafzimmermöbel, ihre Reitstunden oder all die anderen Dinge hören will, die sie so treibt. Und weil sie sich keine Gedanken machen muss, dass jemand ihre peinlichen Eigenschaften in die Welt hinausposaunt.

Alison macht sich nicht mal die Mühe, freundlich zu tun. Sie ignoriert mich und wühlt in ihrem Rucksack nach Lipgloss. Alison ist wunderschön – groß und blond mit perfekter Haut und großen grünen Augen – und sie weiß es. Wenn sie Mums Tochter wäre, gäbe es nichts Peinliches hinauszuposaunen. Wenn ich Alison wäre, hätte ich auch keine Zeit für Leute wie mich.

Unsere Klassenlehrerin, Ms Carver, kommt in den Raum

und fängt an ans Whiteboard zu schreiben. Es klingelt und genau in diesem Augenblick rennt jemand an mir vorbei zu einem leeren Platz ganz vorne. Es ist Nick Farr, der süßeste Junge auf der ganzen Welt. Da sind sich alle Mädchen in meinem Jahrgang einig.

»Schön, dass Sie sich zu uns gesellen, Mr Farr«, sagt Ms Carver mit hochgezogenen Augenbrauen.

»Es ist mir ein Vergnügen«, antwortet Nick. Er dreht sich um und zwinkert Alison zu. Innerlich sacke ich zusammen wie eine welke Blume. Nicht dass ich mir schon einen Freund wünsche oder so, aber Jungen wie Nick werden in einer Million Jahre nicht bemerken, dass ich überhaupt existiere. Und unter den gegenwärtigen Umständen ist das wahrscheinlich sogar gut so. Ich würde sterben, wenn irgendjemand mitbekäme, dass ich ihn mag, und das Ganze seinen Weg in Mums Blog fände.

Das ist noch etwas, wofür ich Gretchen dankbar sein muss. Eine Weile habe ich die Sache mit dem »langweiligsten Mädchen der Welt« ausgeblendet und versucht sie für mich zu gewinnen. Ich habe an ihrer Kampagne für den Platz im Eltern-Lehrer-Ausschuss mitgearbeitet, bin in ein paar ihrer Klubs eingetreten, habe ihr mit den Grammatik-Hausaufgaben geholfen und mir die allergrößte Mühe gegeben, ihre Freundin zu werden.

Aber ungefähr zu dieser Zeit fing Mum an über persönlichere Dinge zu bloggen – dass ich mir zum Beispiel von meinem Taschengeld Deo gekauft habe, dass ich immer noch mit meinem alten Teddy einschlafe und dass ich versucht habe »in die Clique der beliebten Schüler zu kommen«. Dinge, die ich Mum nie erzählt hatte, weil ich längst aufgehört hatte mit ihr zu reden. Irgendjemand gab diese Dinge weiter. Ich hatte einen Verdacht, also habe ich Gretchen ein paar erfundene Sachen erzählt – nur Blödsinn, zum Beispiel dass ich mir die Haare pink färben und die Nase piercen wolle. Einiges davon tauchte in Mums Blog auf. Ich war ziemlich peinlich berührt, aber nicht sehr überrascht. Ich konfrontierte Mum damit, aber sie schaffte es, die Dinge irgendwie zu verdrehen. Sie sagte, »eine meiner Freundinnen mache sich Sorgen um mich, und falls ich reden wolle, sei sie da, um zuzuhören ...« und blablabla (und dass ich, wenn ich nächstes Jahr dreizehn werde, mir vielleicht Ohrlöcher stechen lassen dürfe). Wie auch immer. Da habe ich all die Klubs und AGs sein lassen und aufgehört mit Gretchen und Alison abzuhängen. Ich meine, was soll's?

Ms Carver beginnt mit dem Unterricht. Mir schwirrt der Kopf vor lauter Gedanken daran, so sehr wünsche ich mir, dass ich ein neues Leben in einer neuen Stadt beginnen könnte, in der mich niemand kennt. Dann könnte ich vielleicht wieder die sein, die ich einmal war – ein fröhliches Mädchen mit vielen Freunden, das gern Neues ausprobiert und über seine Fehler lachen kann. Bin ich vor nicht einmal zwei Jahren wirklich dieses Mädchen gewesen? Ich kann mich kaum noch an eine Zeit erinnern, in der ich nicht diese nagende Scham in der Magengrube verspürt habe.

Ich starre auf die Wanduhr vor mir, als ich durch eine Bemerkung Ms Carvers jäh in die Realität zurückgeholt werde: »... es braucht wirklich sehr viel mehr als gute Noten, um an einer der Top-Universitäten angenommen zu werden.« Ich schlucke schwer. Natürlich, meine Lehrerin hat den Post auch gelesen.

Genau in diesem Moment öffnet sich die Tür zum Klassenzimmer. Mrs Franklin, die Schulleiterin, kommt herein, gefolgt von einem Mädchen, das ich noch nie gesehen habe. Sie trägt die gleiche öde alte Uniform wie wir alle, aber sie hat etwas an sich, das mich zweimal hinsehen lässt. Zum einen ist sie wirklich hübsch – mit schwarzem, glänzendem Haar, einem eher runden Gesicht und geschwungenen Lippen, die sich von allein zu einem Lächeln formen. Vor allem aber sieht sie so aus, als könnte sie nett sein. Sie guckt einen Augenblick zu mir und unsere Blicke begegnen sich.

»Entschuldigen Sie die Störung«, sagt Mrs Franklin. »Das ist Violet Sanders. Sie ist neu an der Schule und wird in eure Klasse kommen.«

Die Schulleiterin zeigt auf einen leeren Platz, zwei Plätze neben meinem, und das Mädchen setzt sich. Sie holt ein Heft und einen Bleistift aus ihrem Rucksack und beißt sich auf die Lippe, als sei sie ein bisschen nervös.

»Schön. Willkommen, Violet.« Ms Carver rückt ihre Unterlagen zurecht und kehrt zum Unterricht zurück.

Das neue Mädchen starrt stur geradeaus. Ich blicke zu ihr hinüber. *Violet.* Mir kommt es so vor, als hätten wir etwas gemeinsam, weil unsere Namen beide für Farben stehen. Aber während sich mein Name völlig falsch anfühlt – Scarlett, scharlachrot, passt zu einem selbstbewussten, sexy Mädchen, nicht zu einem mit spülwasserblondem Haar und einem Körper, der nur aus Ellbogen und Knien zu bestehen scheint, das sich lieber in einer Tüte verstecken würde, als die Aufmerksamkeit auf sich zu ziehen – scheint Violets Name zu ihr zu passen. Sogar ihre Augen wirken bläulich violett. Mir kommt der Gedanke, dass wir vielleicht Freundinnen werden könnten – wenn sie nicht weiß, wer ich bin, wäre ich ein unbeschriebenes Blatt. Aber genau in dem Moment sieht Gretchen Violet über ihre Schulter hinweg an und lächelt. Alle Luft entweicht aus meiner Brust. Das war's dann wohl, Violet wird von der coolen Clique in Beschlag genommen, mein Geheimnis wird offenbart werden und die Sache hat sich erledigt.

Und genau so kommt es. Nach der Stunde begleiten Gretchen und Alison Violet Seite an Seite aus dem Klassenzimmer, als wären sie schon ewig beste Freundinnen. In der Kantine essen sie am selben Tisch zu Mittag. Ich beobachte sie quer durch den Raum. Gretchen zeigt Violet etwas auf ihrem Telefon und deutet dann auf mich. Violet guckt zu mir herüber, aber ich sehe weg. Nick kommt an ihren Tisch, setzt sich dazu und sie fangen an zu quatschen und zu lachen.

An diesem Punkt halte ich es nicht mehr aus. Ich stehe auf, werfe die Überreste meiner geschmacksneutralen Bohnen und Würstchen unbekannter Herkunft in den Mülleimer und drücke mich bei den Toiletten herum, bis die nächste Stunde anfängt.

3
Jemand hat einen schlechten Tag

Am Ende des Tages haben alle in der Schule das Interesse an dem Blogpost verloren und ich habe eine weitere Woche Schonfrist. Ich gehe langsam nach Hause, zu erschöpft, um mich noch weiter zu schämen. Wenn ich Mum sehe, werde ich so tun, als wäre alles prima – denn wenn ich das nicht mache, wird sie bloß über meine »bockige Art« bloggen und darüber, dass ich nicht würdige, wie schwer sie es hat.

Was einfach nicht stimmt. Ich trete mit voller Kraft einen Stein aus dem Weg. Ich bin stolz auf Mum und darauf, was sie erreicht hat. In weniger als drei Jahren hat sie es geschafft, eine wirklich erfolgreiche »Mummy-Bloggerin« zu werden. Jede Woche verfolgen ihre Follower die Ansichten einer alleinerziehenden Mutter, deren Mann mit seiner Fitnesstrainerin durchgebrannt ist, und die mit den Irrungen und Wirrungen der Kindererziehung kämpft. Dad sehen wir nur noch selten, und seit er weg ist, hat Mum sich geweigert, irgendwelches Geld von ihm anzunehmen – nicht einmal für mich und Kelsie. Sie hat sich voll in die Sache mit dem Blog reingehängt, um für unseren Unterhalt zu sorgen. Und das hat sie geschafft.

Ihr größter Triumph, jedenfalls was ihre Follower angeht, war der Moment, als Dad vor einem Jahr oder so wieder angekrochen kam und an ihren Blog-Einkünften beteiligt werden wollte. In einem Video, das explodiert ist, hat sie ihn dahin geschickt, wo der Pfeffer wächst.

Jetzt schreibt sie einmal wöchentlich einen Post, lädt zwischendrin jede Menge Gast-Blogger auf ihre Seite ein und pflegt eine »Schimpf-Seite«, auf der alle, die sich über ihre Kinder, Ehemänner oder Partner, Freunde, die Arbeit, Schwiegermütter oder sonst wen auskotzen wollen, etwas posten dürfen. Sie hat viele Werbekunden und verhandelt sogar gerade mit Boots, der führenden Drogeriekette, über ein »Survival Kit« für Mütter, das sie in allen Filialen verkaufen wollen.

Es ist also cool, dass sie eine Online-Berühmtheit ist, und auch wenn wir nicht reich sind, hat sie doch genug Geld verdient, um mit uns in ein Vierzimmerhaus umzuziehen, wo ich mein eigenes Zimmer habe und mir keins mehr mit meiner Schwester teilen muss. Aber es gibt ein großes Problem. Mums Irrungen und Wirrungen, Schimpftiraden und Dinge, die sie »überleben« muss, haben meistens mit mir zu tun und gelegentlich mit Kelsie. Ich weiß, dass sie uns liebt, aber manchmal glaube ich, dass sie es wirklich hasst, Mutter zu sein.

Ich gehe langsamer und langsamer, je näher ich unserem Haus komme. Beim Gedanken an einen weiteren Abend, an dem ich mit Kelsie *Tracy Beaker kehrt zurück* gucke, fühle ich mich wie eine Stoffpuppe, aus der man die Füllung herausgeprügelt hat. Ich frage mich, was Violet heute macht. Wahrscheinlich verbringt sie einen schönen Abend mit ihren

Eltern, erzählt ihnen von ihrem ersten Schultag und den »coolen« neuen Freunden, die sie gefunden hat, und dann spielen sie ein Brettspiel oder sie übt Klavier oder lernt Chinesisch oder so …

Als ich in meine Straße einbiege, schlägt mir das Herz bis zum Hals. Ein Krankenwagen mit blinkendem Blaulicht parkt am Ende der Häuserreihe, direkt vor unserem Haus. Zwei Sanitäter laden gerade eine Tragbahre ein. Mum hat mal gesagt, wenn ein Krankenwagen oder die Polizei vorbeikommt, hat jemand »einen richtig schlechten Tag«.

Ich renne los, mein Rucksack schlägt mir gegen den Rücken. Ist was mit Mum? Mit Kelsie? Während das Blaulicht blinkt, jagen mir alle Gemeinheiten, die ich je über die beiden gedacht habe, durch den Kopf. Ich wünschte, ich könnte sie löschen.

Der Sanitäter schließt die Krankenwagentür. Ich bemerke, dass sie eigentlich vor dem Nachbarhaus parken. Dort lebt eine alte Dame, Mrs Simpson. Ich bin ihr nie begegnet und kenne ihren Namen nur, weil ein Paketbote auf der Suche nach ihrer Adresse mal versehentlich bei uns gelandet ist. Ihr Haus ist ein bisschen unheimlich, die Vorhänge sind immer zugezogen und ich habe drinnen noch nie Licht brennen sehen. Als wir vor ein paar Monaten hergezogen sind, hat Mum davon gesprochen, sie einmal zum Tee einzuladen, aber – welche Überraschung – dazu ist es nie gekommen.

Ich gehe zum Sanitäter. »Geht es Mrs Simpson gut?«

»Sie kommt schon wieder in Ordnung. Sie ist gestürzt«, sagt er. »Hat sich den Kopf angeschlagen. Sie konnte noch den Notruf wählen, sonst …« Er schüttelt den Kopf. »Bist du mit ihr verwandt?«

»Nein. Ich kenne sie eigentlich kaum.«

Er klettert auf den Beifahrersitz. »Okay, tja – sie ist in guten Händen, wir übernehmen jetzt.«

Der Krankenwagen fährt los und die Sirene beginnt zu heulen. Ich stehe allein auf dem Gehweg und blicke dem Wagen nach, bis er hinter der Ecke verschwindet. In den anderen Häusern sieht man in den Erdgeschossfenstern noch nicht mal einen Vorhang zucken. Niemand scheint irgendetwas bemerkt zu haben.

Kelsie sieht im Wohnzimmer fern. Ich lasse meinen Rucksack fallen und gehe in die Küche. Die Tür zu Mums Arbeitszimmer – der »Mama-Höhle« – steht offen.

»Scarlett? Bist du das?«, ruft sie heraus.

»Ja«, sage ich. Ärger brodelt in meiner Brust. Mum hat Abertausende von »Online«-Freunden, aber der alten Dame von nebenan hat sie nie auch nur die geringste Beachtung geschenkt. Ich allerdings auch nicht. Und jetzt könnte es zu spät sein.

»Rate mal, was passiert ist!« Mum stürmt wie eine etwas zersauste Windsbraut aus ihrem Arbeitszimmer. Sie nimmt mich in die Arme. Einen Augenblick lang gebe ich dem beruhigenden Gefühl fast nach und umarme sie auch. Aber dann fällt mir der andere Kram wieder ein. Ich ziehe mich zurück.

»Was?«, frage ich misstrauisch.

»Ich bin bei Boots! Sie haben heute den Vertrag unterzeichnet. Sie werden das *Survival Kit* zunächst in zweihundert Filialen anbieten. Ist das nicht fantastisch?«

»Ähm, ja.«

»Hier, ich zeige dir mal den Prototyp.« Sie geht zum

Küchentresen und holt eine kleine Schachtel, die mit einem lila und rosa Tarnmuster bedruckt ist. »Da drin sind Handcreme, Desinfektionsmittel, eine Gel-Gesichtsmaske, Ohrstöpsel, Lippenbalsam, Jellybeans und ein hohles Schokoladenei mit einem Survival-Tipp für Mütter.«

»Oh.«

»Die Koffeintabletten haben sie nicht genehmigt, aber wir werden noch einen Kaffeebeutel hinzufügen. Du weißt schon, wie ein Teebeutel.«

»Toll. Hast du den Krankenwagen nicht gehört?«

»Welchen Krankenwagen? Wie auch immer, ich muss noch die Jellybean-Farben aussuchen. Was hältst du von Pink?«

»Pink ist gut.« Oder *Scharlachrot wie Scarlett* ... aber das sage ich nicht.

»Super. Dann also Pink. Das maile ich ihnen gleich.« Sie geht wieder zum Arbeitszimmer.

»Mrs Simpson ist gestürzt«, sage ich. »Sie haben sie ins Krankenhaus gebracht.«

»Wer?« Sie hält kaum inne.

»Die Nachbarin von nebenan. Die alte Dame.«

»Oh, so heißt die?«

»Ja.«

»Nun ... so ein Pech.« Sie zuckt kurz mit den Achseln. »Ach, und Scarlett, würde es dir etwas ausmachen, dich um Kelsies Abendessen zu kümmern? Ich muss mich auf den Online-Chat heute Abend vorbereiten. Das Thema ist: ›Wie redet man mit seinem Teenager?‹«

»Klar«, sage ich mit zusammengebissenen Zähnen.

»Danke. Ach, und Scarlett ...«

»Ja?«

»Danke, dass du so eine große Hilfe bist.«

Sie schließt die Tür und ich starre für einen Moment auf das Schild mit der Aufschrift »Mama-Höhle«, das an seinem Haken baumelt. Ein Teil von mir möchte die Tür aufstoßen und einfordern, dass sie wirklich mal »mit ihrem Teenager redet«. Ich würde ihr haarklein erzählen, wie es mir geht, würde ihr genau sagen, wie schlimm mein Tag ihretwegen war und wohin sie, ihre zweihundert Boots-Läden und ihre zigtausend Follower sich verziehen können. Aber ehrlich gesagt ist es das einfach nicht wert. Es ist viel besser, die Punkte auf meiner Liste einen nach dem anderen abzuhaken – Abendessen, Hausaufgaben, Fernsehen gucken, duschen – und einfach ins Bett zu gehen.

Und genau das tue ich. Am Ende des Abends ist mein Ärger verflogen und ich fühle mich wie betäubt. Vom Nichtstun erschöpft, als wäre ich einen Marathon gelaufen, breche ich auf meinem Bett zusammen. Doch dann kann ich nicht einschlafen. Ich denke an Mrs Simpson. Es war ein schlechter Tag für sie – viel schlechter als für mich. Ich hoffe, es geht ihr gut. Ich schließe die Augen und versuche mir etwas Gutes für sie auszumalen, aber meine Gedanken schweifen ab. Und gerade als ich endlich anfange wegzudämmern, werde ich von einem ohrenbetäubenden Kreischen wieder hellwach.

4
Ein nächtliches Geräusch

Ich schieße kerzengerade in die Höhe und blinzle im Lichtkegel meiner Lampe. Dieses Geräusch: Es klang, als würde jemand – oder etwas – gefoltert. Und es kam von der anderen Seite der Wand, die unser Haus von Mrs Simpsons trennt. Panik erfasst mich. Sie muss aus dem Krankenhaus nach Hause gekommen sein und sich wieder wehgetan haben. Vielleicht schafft sie es diesmal nicht, das Telefon zu erreichen. Vielleicht wird sie diesmal sterben und es wird meine Schuld sein. Die Schlagzeile ALTE FRAU DEM TOD ÜBERLASSEN! MÄDCHEN IGNORIERT HILFERUF wird alle Zeitungen zieren, nicht nur Mums Blog.

Ich schwinge mich aus dem Bett und gehe auf Zehenspitzen in den Flur. Das Zimmer meiner Schwester ist dunkel und ich kann sie atmen hören. Unter Mums Tür ist ein Lichtstreifen zu sehen und Tastengeklapper dringt heraus. Einen kurzen Augenblick überlege ich zu klopfen. Aber sie würde vermutlich nur sagen, dass da nichts war, und mich wieder ins Bett schicken.

Ich schleiche mich nach unten in die Küche und hole eine

Taschenlampe aus der Schublade neben der Spüle. Die Tür zum Garten quietscht, als ich sie öffne und mit angehaltenem Atem nach draußen trete. Der Mond ist eine perfekte Sichel und zwischen zarten Wölkchen glitzern ein, zwei Sterne. Ich steige auf einen Eimer und spähe über den Zaun. Es wirkt alles ganz normal. Die Rückseite von Mrs Simpsons Haus ist dunkel.

Ich gehe wieder rein und schleiche durchs Erdgeschoss zur Haustür hinaus. Die Straße liegt still da. Ein dünner Taufilm bedeckt die Windschutzscheiben der Autos, die winzigen Tröpfchen glitzern im Mondlicht. Ich biege um die Hecke, die unser Haus von Mrs Simpsons trennt. Ihre Tür ist glänzend schwarz, mit einem Briefschlitz und einem Türklopfer aus Messing. Als ich meine Hand zum Anklopfen hebe, höre ich es wieder – das markerschütternde Schreien von drinnen.

Ich lasse das Klopfen sein und rüttele am Türgriff. Aber es ist abgeschlossen. Mein Herz hämmert, als ich die Taschenlampe anknipse. Neben der Tür steht ein alter Blumentopf und ich sehe darunter nach. Nichts. Ich gucke unter die Recyclingtonne und schließlich unter die Fußmatte. Ein goldener Schlüssel funkelt im Lichtschein. Also ehrlich, wer lässt seinen Schlüssel tatsächlich unter der Matte liegen? Ich fummele mit dem Schlüssel im Schloss herum und drücke dann die Tür auf.

Das Haus ist dunkel und still, es riecht nach verstaubten Vorhängen und Lavendel-Seife. Ich leuchte mit der Taschenlampe im Zimmer herum, voller Angst, dass ich einen Körper in einer Blutlache finden könnte. Stattdessen stoße ich auf einige dunkle, klobige Möbel, eine durchgesessene dreiteilige Couchgarnitur und allerhand Nippes. Das Zimmer signalisiert »alte Dame«. Ich leuchte zur Tür an der Rückseite des Raums, die in die Küche führen muss, und dann … schreie ich.

Augen. Gelb und unfreundlich. Ich bin so angespannt, dass ich einen Moment brauche, um zu begreifen, dass es sich nicht um ein Monster oder einen Geist handelt, sondern um eine Katze – pechschwarz mit einem weißen Halsband.

»Oh, hast du mich erschreckt!«, sage ich. Und einen Augenblick später begreife ich, wie dumm ich gewesen bin. »Du warst das, die den ganzen Krach gemacht hat, oder?«

Die Katze zuckt mit ihrem langen, aufgeplusterten Schwanz und sieht immer noch aus wie eine Art Dämon in Tiergestalt. Sie macht ein paar Schritte auf mich zu, mit hochmütig gerecktem Kopf. Meine Haut kitzelt, als sie ihren Kopf an meinen nackten Beinen reibt und anfängt zu schnurren.

»Du bist einsam, ist es das?« Ich fasse hinunter und hebe die Katze hoch. Sie schmiegt sich in meine Arme und starrt mich mit großen Augen an, die jetzt eher traurig als beängstigend wirken. »Und vielleicht auch hungrig?«

Die Katze reibt ihre Wange an meiner.

Ich hatte noch nie eine Katze oder irgendein anderes Haustier, aber instinktiv schließe ich sie enger in die Arme, wie eine verlorene Gleichgesinnte.

»Die Sanitäter haben dich wohl aus der Küche ausgesperrt. Lass uns mal sehen, ob wir etwas zu fressen für dich finden.«

Die Katze windet sich in meinen Armen und ich setze sie

ab. Sie huscht zu einer Tür hinüber, die in unserem Haus zum Esszimmer führt, und fängt an zu miauen. Ich öffne die Tür und schalte das Licht an.

Was ich sehe, verschlägt mir den Atem.

5
Rosemarys Küche

Die Küche ist umwerfend, das ist das einzig treffende Wort dafür. Sie ist riesig – mit einer hohen Balkendecke und einem makellos sauberen Boden. Alle Oberflächen funkeln: glänzender Edelstahl, poliertes Holz, schwarzer spiegelblanker Granit. Kupfertöpfe hängen von einem Gitter an der Decke und es gibt eine ganze Wand voller Kochbücher. In einer Ecke steht ein riesiger Herd, neben einem Kühlschrank in doppelter Breite und einem verglasten Geschirrschrank, der mit allen erdenklichen Küchenutensilien gefüllt ist. Ein Holztisch nimmt den ganzen hinteren Bereich des Raums ein und dann ist da noch ein Kamin, der so groß ist, dass man darin stehen kann. Das Ganze wirkt wie der Himmel auf Erden für einen Koch – und für alle, die zum Essen kommen. Ich atme den berauschenden Duft von Gewürzen und frischen Zitronen ein und merke, dass ich lächle. Ich kann nicht glauben, dass sich all das hier befindet, direkt hinter der Wand, die an unsere enge kleine Küche, an das Esszimmer beziehungsweise die Rumpelkammer sowie an Mums Höhle grenzt.

Die Katze schlängelt sich zu einer leeren Schüssel neben dem Herd hinüber. Sie sieht mich mit ihren großen gelben Augen an und beginnt zu miauen. Ich wage mich hinein und gehe zum Kühlschrank. Auf einem Magnetschild an der

Tür steht »Rosemarys Küche«. Drinnen findet sich praktisch ein ganzer Supermarkt an frischen Lebensmitteln. Ich nehme ein Tetrapak Biomilch und eine geöffnete Dose mit Thunfisch-Katzenfutter heraus. »Ich vermute, Mrs Simpson heißt Rosemary«, sage ich und gebe Milch und Katzenfutter in zwei Schüsseln. »Das wusste ich nicht.«

Die Katze schwingt verächtlich ihren Schwanz und taucht den Kopf ins Futter. Ich sehe mich weiter um. Das Regal mit den Kochbüchern zieht mich magisch an, ein ganzes Brett ist der Serie *Enzyklopädie der Kräuter und Gewürze* vorbehalten. Auf dem Brett auf Augenhöhe stehen drei verschiedene Kochbücher von Mrs Beeton und ein paar beliebte Promi-Kochbücher: von Delia Smith, Jamie Oliver, Mary Berry, aber die meisten davon sehen fast neu aus. Dazu kommen ein paar abgegriffene Bücher von Autoren, die ich nicht kenne, wie Elizabeth David, Julia Child und Auguste Escoffier. Doch am meisten interessiert mich das oberste Regalbrett. Darauf stehen einige sehr alt aussehende Bücher in verschiedenen Farben und Größen. Ich nehme eins, das mir gleich aufgefallen ist: *Rezepte – weitergegeben von der Mutter an die Tochter*. Das Cover ziert eine Zeichnung, eine hübsche Fünfzigerjahre-Mutter, die ihrer rotwangigen Tochter ein paar frisch gebackene Kekse reicht. Ich bin mir ziemlich sicher, dass es darin keinen Eintrag für »Tiefkühlfischstäbchen mit Pommes« gibt – das einzige Rezept, das meine Mutter an mich »weitergegeben« hat.

Ich stelle das Buch zurück ins Regal. Hinter mir ist die Katze, sie schnurrt und frisst gleichzeitig. Ich drehe mich um und auf der Arbeitsfläche springt mir etwas ins Auge. Auf einem hölzernen Buchständer steht ein aufgeschlagenes, in abgewetztes rotes Leinen gebundenes Notizbuch, die Vorderseite ist rot, grün und blau marmoriert. Es muss richtig alt sein. Neugierig, was Mrs Simpson vor ihrem Unfall gekocht hat, nehme ich es in die Hand. Das Buch fühlt sich eigentümlich warm an, wie ein frisch gebackenes Brot. Ich blättere darin. Auf der ersten Seite findet sich eine handschriftliche Notiz, geschwungene Lettern in schwarzer Tinte:

Für meine kleine Köchin – mögest Du die geheime Zutat finden.

Ich lese die Worte der Katze vor und frage mich, wer die kleine Köchin war und ob sie die geheime Zutat gefunden hat. Die Katze schwingt den Schwanz hin und her, zufrieden mit dem Futter in ihrer Schüssel.

Ich blättere das Notizbuch durch. Es enthält zahlreiche handschriftliche Rezepte mit ein paar Anmerkungen und Streichungen, aber auch Bilder – einige sind mit Bleistift und Buntstift gezeichnet, andere aus Zeitschriften und alten Zeitungen ausgeschnitten und aufgeklebt – von Kuchen, Torten, Brot, Fleisch und anderen Speisen. Es gibt auch einen ganzen Abschnitt mit Rezepten, die auf Kinderreimen basieren, kleine Gedichte und Geschichten wie »Hänsel und Gretel« sind in Schönschrift notiert. Es muss sehr lange gedauert haben, all die Rezepte, die kleinen Reime und Bilder zusammenzutragen und aufzuschreiben – vielleicht Jahre. Welch ein Glück für die kleine Köchin, dass sie jemandem so wichtig war. Ich verstehe überhaupt nichts vom Kochen, aber als ich das Rezeptbuch in den Händen halte, habe ich das eigentümliche Gefühl, dass es etwas ganz Besonderes ist.

Ich klappe es zu. Die Katze hat ihren Thunfisch aufgefressen und beginnt die Milch aufzuschlecken. Dann leckt sie sich sorgsam die Schurrhaare sauber. Mit hin- und herschlagendem Schwanz stolziert sie hochmütig aus der Küche. Ich schalte das Licht aus und folge ihr ins Wohnzimmer. Sie springt auf einen der abgewetzten Sessel.

»Gern geschehen«, sage ich etwas beleidigt. »Und du erwartest vermutlich, dass ich morgen wieder herkomme und dich füttere?«

Die Katze rollt sich zusammen und schmiegt das Gesicht in den zarten, schwarzen Schwanz. Ihr Schnurren wird langsamer und dann schläft sie tief und fest.

Lautlos gehe ich zur Haustür und lösche die Taschenlampe, damit mich niemand bemerkt. Ich schlüpfe aus Mrs Simpsons Haus, das Buch mit den handgeschriebenen Rezepten immer noch unter dem Arm.

6
Das kleine Rezeptbuch

Ich weiß nicht genau, warum ich das Notizbuch aus Mrs Simpsons Küche mitgenommen habe. Es ist ja nicht so, als würde ich zu Hause tatsächlich etwas kochen. Ich sehe förmlich vor mir, wie Mum sich freudig die Hände reiben würde, wenn ich das täte: Hilfe, meine Tochter versucht mich zu vergiften/das Haus abzufackeln/mich im Marketing-Meeting von Boots zum Kotzen zu bringen. Ich lege das Rezeptbuch unter mein Kopfkissen. In meinem Zimmer sieht es auch deshalb – einem von Mums Posts zufolge – wie auf einer »Giftmülldeponie« aus, damit sie sich ja nie hineinwagt.

Am nächsten Morgen lärmt Mum unten in der Küche herum und genehmigt sich zwei Minuten ihres geschäftigen Tages, um eine Tasse löslichen Kaffee zu trinken.

»Und, hast du irgendwelche Pläne fürs Wochenende, Scarlett?«, fragt Mum.

»Ähm ...« Mein Hirn rechnet hektisch durch, wie wahrscheinlich es ist, dass ich ihr Stoff für ihren Blog liefere, je nachdem, ob ich »Ja« oder »Nein« sage. Ich entscheide mich für: »Nicht wirklich, aber ich habe ein paar Hausaufgaben.«

»Kelsie ist bei einer Geburtstagsfeier und ich muss einen Gastbeitrag schreiben. Kannst du rüber zu Stacie gehen?«

»Sie besucht ihre Oma«, lüge ich. Stacie war letztes Jahr meine beste Freundin, vor der ganzen Sache mit Gretchen und Alison. Dann verfasste Mum einen Post mit dem Titel: *Psst … soll ich euch was verraten? Die beste Freundin meiner Tochter ist strohdumm.* Daraufhin – welche Überraschung – hörte Stacie auf mit mir zu reden und ließ mich fallen. Zum Glück geht sie auf eine Privatschule, sodass ich sie nicht täglich sehen muss.

»Das ist schön.« Mum setzt ihre Kaffeetasse ab und wühlt im Kühlschrank herum. Sie nimmt ein Stück kalte Pizza heraus und knabbert daran. »Und wie ist es in der Schule? Bist du in irgendwelchen neuen Klubs?«

»Nein, Mum.« Ich hole eine Schachtel Cornflakes oben vom Kühlschrank und schütte einige in eine Schüssel. Dann setze ich mich hin und starre auf die Flocken.

Mum schüttelt den Kopf und macht *tss*. »Ich weiß gar nicht, was mit dir los ist, Scarlett. Als ich so alt war wie du, hatte ich ganz viele Freunde. Und ich bin geschwommen und habe Korbball gespielt und …«

Ich höre nicht länger zu. Mum hat bereits einen rührseligen Post mit dem Titel *Ich war wirklich mal so alt wie du …* verfasst, in dem sie sich über die Zeit auslässt, bevor es Handys, iPads und Snapchat gab, als sie und ihre Freundinnen sich im Unterricht Zettel zugesteckt und über Jungs geredet haben. Allein dieser eine Post hat ihr über dreihundertfünfzig mitfühlende Kommentare von ihren Fans eingebracht. Sie wird nicht noch einen verfassen, der diesem ähnelt, deshalb lässt sie mich von der Angel.

»Ja, Mum, ich weiß. Aber ich bin mir sicher, dass die Universität Oxford auch ohne mich klarkommt.« Ich zwinge mich, einen Löffel Cornflakes zu essen. Sie schmecken wie aufgeweichte Pappe.

Mum zieht die Augenbrauen zusammen. »Nun, wenn du nichts zu tun hast, könntest du ja ein paar Sachen für mich einkaufen.«

»Klar, meinetwegen.« Ich bringe meine Schüssel zum Spülbecken.

»Du hast deine Cornflakes nicht gegessen.« Mums Augen werden schmal. »Stimmt was nicht?«

»Nein.« Ich halte einen Moment inne. »Ich habe nur keinen Hunger.«

Sie legt den Kopf schief. »Du bist aber nicht magersüchtig, oder?«

»Nein, Mum. Die Cornflakes sind nur ein bisschen alt.«

»Oh.« Sie wirft die Pizzakruste in den Müll und setzt wieder Wasser auf. Als sie gerade nicht hinsieht, hole ich die Kruste aus dem Abfalleimer und gebe sie stattdessen zum Biomüll.

»Okay, Scarlett, wie du meinst.« Mum blickt mich über die Schulter an. »Aber du bist im Wachstum – fast schon ein richtiger Teenager. Du musst deinen Blutzuckerspiegel hoch halten.« Ich kann förmlich sehen, wie die Rädchen in ihrem Kopf Sonderschichten schieben: *Idee für neuen Blogpost – Ist meine Tochter magersüchtig oder nur dickköpfig?*

»Was auch immer, Mum. Ich esse später eine Kleinigkeit.«

Ich gehe nach oben in mein Zimmer und hole das kleine Rezeptbuch unter meinem Kopfkissen hervor. Ich schlage es auf und lese noch einmal die Widmung:

Für meine kleine Köchin – mögest Du die geheime Zutat finden.

Ich frage mich, wie es für die kleine Köchin war – eine Tochter, vermute ich –, Zeit mit ihrer Mum zu verbringen und zu lernen, wie man wunderbare Dinge kocht und backt. Eins ist sicher: Ich kann mir nicht vorstellen, dass meine Mum so etwas jemals mit mir macht.

Ich blättere den Abschnitt mit den Kinderreimen durch. Die Rezepte für Torten, Brot und Pfefferkuchen und die kleinen Reime über »Die Katz und die Fiedel« und »Hoppe hoppe Reiter« bringen mich zum Lächeln. Es gibt ein paar Rezepte für alltägliche Gerichte: »Humpty Dumptys perfekte Eier« und »Yankee Doodles Makkaroni mit vier Käsesorten«. Außerdem gibt es ein »ABC der Gewürze«, von den meisten habe ich noch nie gehört. Aber viele der Zutaten lassen mir das Wasser im Mund zusammenlaufen: Buttercreme, Ingwer, Zuckerrübensirup, Kakao und Feinzucker. Das Beste sind die Zimtteilchen. Eine Bleistiftzeichnung, die mit Buntstiften ausgemalt ist, zeigt luftige kleine Dreiecke, die dampfend heiß auf einem rot-weiß kariertem Tuch in einem Korb liegen. Mein Magen knurrt schon bei dem Gedanken an sie. Wenn ich nur ein einziges Rezept ausprobieren könnte, wäre es dieses.

Aber ich kann keins der Rezepte ausprobieren. Nicht hier zu Hause, wo Mum es mitbekommen würde.

Also muss ich einen anderen Weg finden.

Das Haus nebenan

Die Straße liegt still da, als ich aus der Haustür schlüpfe. Ich gehe den unkrautüberwucherten Weg zu Mrs Simpsons Haus hinauf. Ich sage mir, dass es nicht wirklich Einbruch ist, wenn eine alte Dame im Krankenhaus liegt und die Katze gefüttert werden muss. Und außerdem muss ich ein Rezeptbuch zurückbringen. Es ist eigentlich ein Kinderspiel. Sollte Mrs Simpson überraschenderweise schon wieder da sein, werde ich ihr sagen, dass ich vorbeigekommen bin, um nach der Katze zu sehen.

Niemand antwortet, als ich an die Tür klopfe. Der Schlüssel liegt noch unter der Matte. Mit einem schnellen Blick vergewissere ich mich, dass ich nicht beobachtet werde, und lasse mich dann selbst in Mrs Simpsons Haus.

Das Erste, was ich sehe, sind wieder die beiden gelben Augen, sie schimmern wie Zwillingsmonde. Die Katze miaut ungeduldig, als hätte sie schon auf mich gewartet und ich käme zu spät. »Hi«, sage ich. »Bist du immer noch allein?« Die Katze schlägt mit dem Schwanz. Sie steht auf und führt mich in die Küche.

Ich mache mich an die Arbeit – finde heraus, wo alles ist, damit ich meinen Plan umsetzen kann. In dem Moment, als ich wieder hier war, ist die Entscheidung gefallen. Ich habe ein besonderes kleines Rezeptbuch und die perfekte Küche auf der anderen Seite der Wand gefunden. Und jetzt ...

... werde ich etwas backen.

Ich öffne einen Schrank nach dem anderen. Es ist, als würde man im Supermarkt den Gang mit den Backzutaten erkunden. Es gibt Dutzende kleine Gläser und Dosen mit Kräutern und Gewürzen. Außerdem stehen da verschiedene Tüten mit Mehl – steingemahlenes Mehl, Buchweizenmehl, Dinkelmehl, Weizenmalzmehl – und Zucker – dunkler Roh-Rohrzucker, Feinzucker, Puderzucker, Rohrzucker. Wer hätte gedacht, dass es so viele verschiedene Sorten gibt? Obwohl alles beschriftet ist, ist es irgendwie überwältigend. Die Katze reibt sich an meinen Beinen und bleibt vor einem Schrank stehen.

»Okay, okay, verstehe. Du hast wieder Hunger.« Ich öffne den Schrank und stoße auf einen großen Vorrat an Katzenfutter. Nach weiterer Suche finde ich in einer Schublade einen Dosenöffner, zusammen mit verschiedensten Backutensilien und Aufsätzen für Elektrogeräte, deren Zweck mir ein Rätsel ist und die zum Teil aussehen wie fieses Zahnarztbesteck.

Sobald die Katze den Kopf zufrieden in die Schüssel gesteckt hat, nehme ich das kleine Rezeptbuch heraus und stelle es auf den Buchständer. Praktisch wie von selbst klappt es auf der Seite mit dem Zimtteilchen-Rezept auf. Ich lese die Anleitung durch. Die Zutaten verrühren, dann den Teig ausrollen und kleine Dreiecke ausschneiden, diese mit noch mehr Zimt und Zucker bestäuben. Dann sollen sie im Ofen aufgehen und luftig-locker werden. Es klingt alles ziemlich unkompliziert, aber mit einem Mal bin ich nervös.

Was fällt mir ein, hier einzubrechen und Mrs Simpsons Sachen zu benutzen? Und schlimmer noch, wie komme ich darauf, dass ich überhaupt in der Lage bin, irgendetwas zu backen? Ich habe es noch nie wirklich versucht, bis auf ein Mal. Da wollte ich Mum mit einem Geburtstagskuchen überraschen, also habe ich im Laden an der Ecke eine Backmischung gekauft. Wie sich herausstellte, hatte ich nicht genügend Eier und die Butter war steinhart. Nach dem Verrühren blieb die Mischung pulverig und klumpig. Dann habe ich sie zu lange im Ofen gelassen, und als ich den Kuchen herausholte, war er verkohlt und stand fast in Flammen. Ich habe ihn in den Mülleimer geworfen, bevor Mum etwas von meinem Versuch mitbekommen konnte.

Ich hole tief Luft. Wenn ich schon hier bin, kann ich es auch einfach ausprobieren. Die meisten Zutaten, die ich benötige – Mehl, Butter, Backpulver, Salz – befinden sich schon auf der Arbeitsfläche, zusammen mit einem Glas Ceylon-Zimt. Seltsam, dass ich sie letzte Nacht nicht bemerkt habe. Hatte Mrs Simpson vorgehabt Zimtteilchen zu backen? Es ist ein bisschen unheimlich, als wäre sie mit mir hier in der Küche, würde mir über die Schulter blicken und aufpassen, dass ich alles richtig mache. Ich sehe mich schnell um. Da ist niemand.

»Dummi«, sage ich laut. Alles wirkt wieder normal. Nach dem Fressen rollt sich die Katze in ihrem Korb neben dem Herd zusammen und fängt an, sich die Pfoten zu lecken. Ich wasche mir die Hände und nehme eine Schürze mit Rosenmuster von einem Haken beim Kühlschrank. Bevor ich die Nerven verlieren kann, ziehe ich die Schürze über den Kopf und binde sie hinter dem Rücken zu. *Ich bin bereit.*

Ich war nie eins dieser Kinder, die gern im Sand spielen, Matschkuchen backen, mit Fingerfarben malen oder irgendeine andere Art von Sauerei veranstalten. Vielleicht habe ich deshalb nicht geahnt, wie schön es sein kann, Zutaten abzuwiegen, die für sich genommen nicht viel hermachen, sie in eine Schüssel zu geben und zu verrühren. Die Katze linst aus ihrem Korb und behält mich im Auge.

Zuerst ist die Mischung klumpig und trocken und ich befürchte, dass ich wieder etwas falsch gemacht haben könnte. Ich überlege mehr Milch hinzuzugeben, aber beschließe dann, wenigstens dieses eine Mal aufs Rezept zu vertrauen. Ich rühre weiter. Der Zimtduft steigt mir zu Kopf und aus irgendeinem Grund fühle ich mich so glücklich und ruhig wie seit einer Ewigkeit nicht. Als der Teig in der Schüssel zu einer weichen Masse geworden ist, streue ich etwas Mehl auf die Arbeitsplatte, um ihn auszurollen.

Aber dann passiert plötzlich etwas Schreckliches. Es klingelt und ein Schlüssel dreht sich im Schloss.

8
Der Geschmack von Zimt

Jemand kommt! Panisch sehe ich mich um. Ich könnte durch die Hintertür rausflitzen, aber dann säße ich im Garten fest. Außerdem sieht die Küche chaotisch aus und es ist offensichtlich, was ich gerade gemacht habe. Die Katze springt aus ihrem Korb, als würde sie überlegen, wie sie mich schützen kann. Ich nehme die Schürze ab und versuche aufzuräumen, was immer das bringen soll. Und dann höre ich eine Frauenstimme: »Hör mal, es tut mir leid, wenn dir langweilig ist, aber ich muss das machen. Du hast gesagt, dass du mitkommen willst. Nächstes Mal bleibst du besser zu Hause.«

Ich höre keine Antwort, weil die Haustür ins Schloss fällt und etwas – vielleicht eine Handtasche – dumpf auf den Boden aufschlägt. Dann klackern Absätze im Flur. Ich brauche ein Versteck. Die Besenkammer? Der Ofen?

Der Türknauf dreht sich. Ich stehe wie gelähmt und mit wild klopfendem Herzen da. Die Katze kommt an meine Seite, das Fell auf dem Rücken aufgestellt. Die Tür öffnet sich. Und die Person, der ich gegenüberstehe, ist so ziemlich die Letzte, die ich erwartet habe ...

Violet.

»Oh, hast du mich erschreckt!« Sie reißt die Hände vor den Mund. »Ich ... ich wusste nicht, dass jemand da ist.«

»Ähm, ja.« Ich lächle gequält. »Ich habe nur ... nur ...«

»Violet? Ist da jemand?«

Verzweifelt zeige ich auf die Katze.

»Nein, Tante Hilda. Nur eine Katze.« Violet untermalt das mit einem unecht klingenden Niesen.

»Ach so«, sagt Tante Hilda. »Ich fange oben an. Fass nichts an, okay?«

»Okay.«

Die Absätze klappern die Treppe hinauf.

»Danke«, sage ich. Mein Herzschlag verlangsamt sich zu einem schnellen Joggen.

»Was machst du denn hier?« Sie betrachtet die Küche und die Unordnung, die ich angerichtet habe.

»Ich war am Backen«, sage ich verlegen. »Zimtteilchen.«

Sie schnuppert. »Riecht gut. Aber nicht nach Zimt ... nach irgendwas anderem?«

»Ich weiß nicht, vielleicht nach Butter? Oder nach Teig? Aber Teig riecht eigentlich nach nichts, oder?«

»Auf jeden Fall riecht es gut.« Sie lächelt. »Aber du wohnst hier nicht, oder? Meine Tante sagt, das Haus gehöre einer alten Dame.«

»Mrs Simpson«, sage ich. »Rosemary. Sie ist unsere Nachbarin. Wir wohnen nebenan.«

»Oh. Es ist so cool, dass du ihre Küche benutzen darfst.«

»Ja ... ist es.«

»Violet?« Die Stimme der Tante kommt von oben. »Hast du was gesagt?«

»Nein, Tante Hilda«, ruft Violet.

»Okay, aber ich muss die …«

Die Tante erscheint in der Küchentür, das Klackern ihrer Absätze bricht abrupt ab. Sie ist ungefähr in Mums Alter, aber in ihren hochhackigen Schuhen viel größer und sie hat das gleiche blauschwarze Haar wie Violet. Sie trägt einen eleganten grauen Anzug und ein geblümtes Halstuch.

»… Küche sehen.« Ihre Stimme verklingt und ihr bleibt der Mund offen stehen. »Wow«, sagt sie, »ist die … groß.« Sie blickt sich um. »Welch fantastischer Raum. Und sieh sich einer den Herd an, der ist ja gewaltig!« Sie zeigt auf den gusseisernen Herd, der so groß ist wie ein kleines Auto.

»Er ist riesig«, stimme ich ihr zu.

Ihr Blick bleibt an mir hängen. »Und wer bist du?«

»Ich bin Scarlett. Von nebenan. Ich … äh, bin rübergekommen, um die Katze zu füttern.«

»Und dich selbst gleich mit, so wie's aussieht.« Mit gerunzelter Stirn deutet sie auf das Chaos aus Mehl und den anderen Zutaten, die auf der Arbeitsfläche und dem Fußboden verstreut sind. »Wenn du ohne Erlaubnis hier bist, verschwindest du besser, bevor Mr Kruffs eintrifft.«

»Mr Kruffs?« Der Name kommt mir vage bekannt vor. »Wer ist das?«

Violets Tante mustert mich, als würde sie mit sich ringen, ob sie antworten soll. »Emory Kruffs. Er kandidiert als Abgeordneter für das Parlament.« Sie kommt herüber und nimmt den Herd unter die Lupe. »Du hast seinen Namen vielleicht schon auf Wahlplakaten gesehen.«

»Vielleicht.«

»Ich bin Immobilienmaklerin und er hat mich engagiert,

um den Wert des Hauses zu schätzen. Er soll mich hier treffen.«

»Ist das sein Haus?«, frage ich.

»Nun«, sagt sie stirnrunzelnd. »Genau genommen nicht. Ich glaube, er ist der Neffe der Eigentümerin.«

»Rosemary Simpson«, sage ich. »Das ist die Dame, die hier wohnt. Wissen Sie, ob es ihr gut geht?«

Sie zuckt die Achseln. »Keine Ahnung, tut mir leid.«

»Nun, irgendjemand muss die Katze füttern, bis sie wiederkommt«, sage ich fest. »Ich meine, ich bin mir sicher, dass Mrs Simpson nicht wollen würde, dass sie verhungert. Und ich wohne gleich nebenan.«

»Die Katze ...«, überlegt sie. »Da hast du wohl recht, aber wenn Mr Kruffs dieses Chaos sieht, dann weiß ich nicht ... Ich würde aufpassen, dass er dich nicht erwischt.«

»Ich wollte gerade los«, sage ich. »Das heißt, nachdem ich die Teilchen geschnitten und in den Ofen getan habe.« Ich winde mich. »Und, Sie wissen schon ... ähm ... sie wieder rausgeholt habe. Wäre das okay?«

»Cool«, sagt Violet. »Darf ich zugucken?« Sie blickt zweifelnd zu ihrer Tante.

Es piept laut und wir schrecken alle auf. Eine SMS. Tante Hilda holt ihr BlackBerry heraus und starrt auf den Bildschirm. »Das muss dein Glückstag sein«, sagt sie. »Mr Kruffs hat unser Treffen gerade abgesagt.«

Violet und ich sehen uns an und grinsen.

Tante Hilda guckt auf die Uhr. »Ich werde meinen Rundgang beenden und die E-Mail für die Bewertung entwerfen«, sagt sie. »Ihr beide seht besser zu, dass die Küche makellos sauber ist, wenn ihr fertig seid.« Ihre Absätze klappern ins Wohnzimmer, wo sie eine Tischlampe anknipst.

Ich drehe mich zu Violet. »Danke, dass du hierbleibst«, sage ich. »Ich meine, es war ein bisschen unheimlich so ganz allein. Vor allem wenn dieser Mr Kruffs noch gekommen wäre.«

»Kein Problem«, sagt Violet. »Es ist nicht so, als hätte ich etwas Besseres vor. Und solche Teilchen mochte ich schon immer gern. Das heißt, falls du welche abgibst.« Ihr Lächeln wird breiter.

»Ich denk drüber nach«, sage ich lachend. Wir starren beide in die Schüssel mit dem Teig. Ich atme tief ein. Es riecht köstlich und ... teigig. Ich lege den weichen Ball auf die Arbeitsfläche und fange vorsichtig an ihn auszurollen. Das Nudelholz klebt ein bisschen am Teig, deshalb streue ich mehr Mehl auf den Ball und versuche so zu wirken, als wüsste ich, was ich tue.

»Hat deine Mum dir das Backen beigebracht?« Violet klingt beinahe beeindruckt.

»Nein.« Meine Gedanken rasen. Ich versuche mir etwas Cooles einfallen zu lassen, zum Beispiel dass meine Oma Finalistin in einer Backshow war oder so was. Aber ich möchte Violet nicht anlügen. Ich zeige auf das Rezeptbuch. »Eigentlich habe ich so was noch nie gemacht«, sage ich. »Ich bringe es mir selbst bei.« Verlegen wende ich mich von ihr ab und konzentriere mich darauf, den Teig in kleine Dreiecke zu schneiden. Ich sehe noch einmal ins Rezept und streue eine süß riechende Mischung aus Zimt und Zucker obendrauf.

»Nein. Du machst Witze.« Violet kichert staunend. »Du hast das schon mal gemacht. Stimmt's?«

Ich stelle mich etwas aufrechter hin. »Ja, ich schätze schon. Ich kann Käsesandwiches machen. Zählt das?«

»Ja, das zählt! Ich kann nicht mal Toast machen, ohne ihn zu verbrennen.«

»Tja, ich kann den Toaster nicht mal bedienen.«

Wir sehen uns an und fangen an zu lachen. Es ist gar nicht mal *so* lustig, aber ich bin derart aus der Übung, dass mir die Seite wehtut. Ich habe so eine Ahnung, dass es ihr vielleicht ähnlich geht.

Violet hilft mir die restlichen Teilchen zurechtzuschneiden und wir legen sie auf ein mit Butter beschmiertes Backblech. Während wir arbeiten, erzähle ich ihr von dem Krankenwagen, der Mrs Simpson weggebracht hat, und von der Katze und davon, wie ich ins Haus eingebrochen bin und das Rezeptbuch und die Küche entdeckt habe. »Ich hatte keine Ahnung, dass es sie gibt«, sage ich. »Gleich auf der anderen Seite der Wand.«

»Sie ist großartig«, sagt Violet. Sie nimmt das Rezeptbuch und blättert es durch. »Und dieses Buch ... Ich kann nicht glauben, dass sich jemand die Zeit genommen hat, alles von Hand aufzuschreiben.«

»Ja«, sage ich. »Ich frage mich, wer die kleine Köchin war.«

Violet liest die Widmung auf der ersten Seite. »Und die geheime Zutat – was ist das?«

»Ich weiß es nicht.«

Sie blättert wieder zu der Seite mit dem Rezept für die Zimtteilchen. »Na, ich verstehe, warum du diese Teilchen ausprobieren wolltest«, sagt sie. »Sie sehen einfach köstlich aus.«

»Ja.« Ich ziehe die Brauen zusammen. Wir haben alle Teilchen ausgeschnitten und ich kann nicht länger aufschieben, wovor ich mich fürchte: es mit dem Herd aufzunehmen.

»Hast du so einen schon mal benutzt?«, frage ich überflüssigerweise.

»Ich glaube nicht, dass ich so einen überhaupt schon mal gesehen habe.« Wir müssen wieder lachen. Sie hilft mir die Backbleche rüberzutragen.

Ich öffne eine der gusseisernen Türen und sehe hinein. Zum Glück sind da ein paar Drahtschienen – wenn man die Türen erst mal geöffnet hat, sieht es aus wie ein ganz normaler Ofen. »Guck mal«, sagt Violet, »da ist ein Temperaturregler. Was soll ich einstellen?«

Ich setze die Bleche ab und schaue ins Rezept. »Stell ihn auf 220 Grad.« Ich beschließe den Moment nicht durch die Anmerkung zu verderben, dass wir den Ofen hätten vorheizen sollen. Was soll's. »Sie müssten in etwa zwanzig Minuten fertig sein.«

»Ich kann es nicht erwarten, die Teilchen endlich zu probieren«, sagt Violet.

Mein Magen knurrt zustimmend.

9
Der Duft der Kindheit

Als ich nach Hause komme, sitzt Mum überraschenderweise mit Kelsie am Tisch und hilft ihr, in ihrem Erstlesebuch zu lesen. »Wo warst du?«, fragt sie, ohne aufzublicken. »Nein, Kels, da ist ein ›l‹ – es heißt ›Pool‹, nicht ›Po‹.«
»Ich war in der Bibliothek, um Hausaufgaben zu machen.«
»Oh.« Sie klingt enttäuscht. Mein Bibliotheksbesuch liefert ihr wenig Stoff zum Bloggen, aber ich bin mir sicher, dass die Pool-Po-Verwechslung meiner Schwester im nächsten Post eine große Rolle spielen wird. »Nächstes Mal sag mir Bescheid, okay?«
»Okay.«
»Und ich hoffe, du hast Hunger. Ich habe Makkaroni-Auflauf gemacht. Er steht auf dem Herd.«
»Wirklich?« Ich ziehe eine Augenbraue hoch. Obwohl ich bis obenhin mit den köstlichsten, lockersten, luftigsten Zimtteilchen vollgestopft bin, die zu essen – geschweige denn selbst zu machen – ich mir je erträumt habe, bedaure ich irgendwie, dass ich eine richtige Mahlzeit verpasst habe, oder zumindest das, was bei uns dafür gilt.
»Ich nehme ein bisschen was«, sage ich. »Tut mir leid, ich wusste nicht, dass du was kochst.«

»Das hatte ich auch nicht vor.« Sie stützt sich auf ihren Ellbogen. »Ich meine, ich? Kochen?« Sie lacht ein bisschen. »Aber es war wirklich komisch ...«

»Was?«

»Ich war in meinem Arbeitszimmer und plötzlich war da dieser Geruch.« Sie runzelt die Stirn. »Irgendein Gewürz. Vielleicht Zimt. Es hat mich an etwas erinnert. Ich weiß nicht genau, woran. Irgendwas aus meiner Kindheit.«

»Deiner Kindheit?« Ich will eigentlich nicht überrascht klingen. Die eine Sache, über die Mum nie redet oder bloggt, ist ihre Kindheit, jedenfalls die Jahre vor ihrer Teenagerzeit. Manchmal frage ich mich, ob sie überhaupt jemals so alt war wie ich.

Sie zuckt mit den Achseln. »Vermutlich hat jemand in der Nachbarschaft gekocht. Plötzlich war es so, als wäre ich wieder in der Küche meiner Oma. Es heißt ja, dass Gerüche die stärksten Erinnerungen wachrufen.« Sie starrt einen Augenblick auf den Herd.

»Wirklich?«, sage ich. »Wie war deine Oma denn so? Du erzählst eigentlich nie von ihr.«

Sie blinzelt schnell. »Ach, ich weiß nicht.« Sie wischt meine Frage fort. »Ich schätze, meine Nase ist heute überempfindlich. Als wäre ich schwanger oder so.« Sie erhebt sich und setzt Wasser auf, dann ringt sie die Hände auf die Art, die *Mir ist gerade etwas für den Blog eingefallen* bedeutet. »Ich meine, als ich euch Mädels im Bauch hatte, musste ich mich ständig übergeben. Die ganzen neun Monate lang, beide Male. Alles hat nach Salz geschmeckt und«, sie lacht, »schien nach Hundepo zu riechen!«

»Mummy, du hast Po gesagt!«, sagt Kelsie triumphierend.

»Ups, ich meinte natürlich ›Pool‹!« Mum zeigt auf das Buch und sie kichern. Sogar ich muss lächeln, obwohl wir alle viel zu alt sind für diese Art von Witz. Ich fülle mir eine kleine Schüssel mit Makkaroni-Auflauf und denke über Mums Bemerkung, sie konnte den Teigduft durch die Wand riechen, nach. Es ist irgendwie seltsam, dass sie so etwas noch nie erwähnt hat. Vor ihrem Unfall muss Mrs Simpson doch ständig gekocht haben.

Ich setze mich mit der Schüssel an den Tisch und nehme einen Bissen. Ich bin so überrascht, dass ich mich fast verschlucke. »Das schmeckt gut, Mum.«

»Die Soße habe ich selbst gemacht.«

»Echt?«

Sie macht schmale Augen. »Tu nicht so überrascht. Ob du's glaubst oder nicht, Scarlett, nicht alles kommt aus der Mikrowelle.«

Als ich abends im Bett liege und auf die Leuchtsterne an meiner Zimmerdecke starre, denke ich über alles nach, was in den letzten zwei Tagen passiert ist. Von der heulenden Katze bis zur Küche und dem Kochbuch, von dem unerwarteten Treffen mit Violet bis zu Mums hausgemachter Käsesoße.

Vor allem aber denke ich daran, wie ich die Zimtteilchen gebacken habe. Das Wasser läuft mir im Mund zusammen, als ich mich an ihren tröstlichen Geschmack erinnere. Weil ich den Ofen nicht vorgeheizt hatte, haben wir sie viel länger drin gelassen, als normalerweise nötig gewesen wäre. Ich hatte ziemliche Angst, dass sie verkohlen könnten. Aber als wir sie herausgeholt haben, waren sie prima und an der Unterseite goldbraun. Sie schmeckten perfekt.

Sie sahen auch perfekt aus – Violet hat sogar ein paar Fotos mit ihrem Handy gemacht.

Jede hat zwei gegessen und Violets Tante eins. Den Rest habe ich eingewickelt und in einer Plastikdose verstaut – sie sind noch unten in meinem Rucksack, vierzehn Stück. Ich komme mir ein bisschen gemein vor, weil ich sie nicht mit Kelsie und Mum teile, aber ich will nicht erklären, woher ich sie habe.

Als ich höre, wie sich Mums Schlafzimmertür schließt, schleiche ich mich auf Zehenspitzen nach unten, wickle die Teilchen aus und stelle zwei mit einem Teller auf den Küchentisch. Sollen Mum und ihre Follower doch darüber rätseln, wer sie gebacken hat. Sie wird in einer Million Jahre nicht darauf kommen, dass es bloß ihre langweilige Tochter war. Ich gehe wieder ins Bett und gleite langsam in den Schlaf, mit dem Phantomduft von Zimt in der Nase.

10

Ein Klacks Tränen

Am nächsten Morgen sind die Teilchen verschwunden (auf dem Tisch steht noch der Teller mit Krümeln) und die Tür zur Mama-Höhle ist geschlossen.

Die Zeit vergeht langsam wie an jedem Sonntag: Mum arbeitet und ich spiele mit Kelsie, bis Mum herauskommt, das Mittagessen in der Mikrowelle warm macht und dann auf dem Sofa einschläft ... Kurz vor dem Abendessen schleiche ich mich zu Mrs Simpson, um ihre Katze zu füttern, aber alleine ist mir dort mulmig zumute. Was, wenn ihr Neffe heute vorbeikommt, nachdem er mit Violets Tante gesprochen hat? Ich schleiche mich wieder hinaus und frage mich, ob ich wohl je wieder den Mut besitzen werde, die Küche zu benutzen. Oder werden die Zimtteilchen unser erster und letzter Versuch bleiben?

Am nächsten Morgen ist Mum schon aufgestanden und in ihrem Arbeitszimmer verschwunden, als ich nach unten komme. Ich kann Mums Stimme hören, sie telefoniert lebhaft mit jemandem. Als ich bereit zum Aufbruch bin und auch Kelsie für die Schule fertig gemacht habe, lässt sie sich immer noch nicht blicken. Ich bin ein bisschen traurig, dass sie sich nicht einmal die Mühe macht, uns zu verabschieden. Aber als ich meinen Rucksack hochnehme (gefüllt mit einem Dutzend Teilchen) und aus dem Haus gehe, fühle ich mich schon besser.

Kurz vor der ersten Stunde kommt Violet im Flur zu mir. »Hast du sie dabei?«, flüstert sie hinter vorgehaltener Hand. Ich fühle leisen Stolz aufflackern, als ich bemerke, dass hinter ihr Gretchen und Alison in unsere Richtung blicken.

»Ja«, sage ich. »Eins, na ja, eigentlich zwei, hat Mum gegessen. Aber den Rest habe ich dabei. Möchtest du eins?«

»Später.« Violet lächelt verschwörerisch. »Genau genommen habe ich eine Idee.«

»Was für eine?«

»Das wirst du schon sehen. Gib sie mir. Und komm mittags in die Kantine, okay?«

Ich ignoriere die aufkommende Nervosität. »Okay.«

Als ich später in die Kantine komme, bin ich beunruhigt. Auf einem Tisch in der Mitte steht ein großer rosa- und lilafarbener Osterkorb. Ich sehe zu, wie ein paar Kids hingehen und hineinspähen. Am Griff klebt ein Schild.

»Kostprobe!«

Mein Magen verkrampft sich. Ich setze mich an einen Tisch in der Nähe der Tür und beobachte den steten Strom an Leuten, die zum Korb gehen und sich etwas herausnehmen. Kurze Zeit später lässt sich Violet neben mich plumpsen.

»Gefällt dir meine Idee?«, flüstert sie.

Ich stehe umständlich auf. »Ähm ... wir sehen uns später, okay? Ich muss mit Ms Carver noch über meinen Aufsatz sprechen.«

Violet hört auf zu lächeln. »Was hast du denn?«

»Nichts.« Meine Stimme bebt. »Du hast doch niemandem erzählt, dass ich geholfen habe, die Teilchen zu backen, oder?«

»Nein, habe ich nicht. Aber was ist das Problem? Alle lieben sie.«

Ich sehe zu dem Tisch in der Mitte. Die Leute umschwirren ihn wie Wespen ein Picknick. Manche Schüler reden mit anderen, von denen ich mit Sicherheit weiß, dass sie nicht ihre Freunde sind. Das Geschnatter im Raum wird ständig lauter. Es gab nur zwölf Zimtteilchen, aber die Leute teilen sie miteinander – sogar die Krümel.

»Ja, toll. Es ist nur ... könntest du mich da bitte raushalten? Ich meine, könntest du behaupten, du hättest sie gebacken?«

Violet stemmt die Hände in die Hüften. »Zu deiner Information: Niemand hat gesehen, wie ich sie da hingestellt habe. Ich dachte, es wäre lustig, wenn es ein Geheimnis bliebe. Ich werde nicht verraten, wer sie gemacht hat.«

»Oh.« Ich fühle mich so blöd. Ich kann Violet nicht erzählen, warum ich nichts damit zu tun haben möchte, es würde sich ziemlich lahm anhören.

»Also, was ist los, Scarlett?«

»Nichts.« Ich wende mich ab und verschwinde aus der Kantine.

Ich eile den Flur hinunter. Violet hätte meine Freundin werden können und ich habe alles verdorben. Warum kann ich ihr nicht einfach die Wahrheit sagen? Dass ich wegen Mum und ihres blöden Blogs Angst habe, irgendetwas zu tun. Warum bin ich in Mrs Simpsons Haus eingedrungen und warum musste Violet mich dort finden? Warum musste Violet überhaupt an unserer Schule auftauchen?

Auf dem Mädchenklo stoße ich fast mit Gretchen und Alison zusammen, die auf dem Weg nach draußen sind. »Hey, pass auf.« Gretchen taumelt rückwärts.

Ich schließe mich in einer Kabine ein.

»Alles in Ordnung, Scarlett?« Gretchen gelingt es fast, besorgt zu klingen.

»Komm schon, Gretch«, sagt Alison.

»Ich glaube, sie weint.«

»Nein, tu ich nicht!«

»Na schön.«

Ich warte in der Kabine, bis ich sicher bin, dass sie gegangen sind. Ein Teil von mir weiß, dass ich mich total irrational aufführe, als stünde ich neben mir und würde eine Verrückte beobachten. Und dann läuft es mir noch mal eiskalt den Rücken hinunter. Was, wenn Gretchen Mum erzählt, dass sie mich wie ein Riesenbaby hat weinen sehen?

Die Klotür knallt hinter mir zu, als ich raus in den Flur renne. Mit gesenktem Kopf dränge ich mich an den Leuten im Gang vorbei und flüchte aus der Schule.

11
Ein Löffel Geheimnis

Was mache ich nur? Wo will ich überhaupt hin? Ich rase an den Geschäften vorbei und stoße beinahe einen alten Mann um, der einen ramponierten Einkaufswagen hinter sich herzieht. Fast werde ich von einem Laster überfahren, der mit quietschenden Bremsen auf dem Zebrastreifen zum Stehen kommt. Ich bin auf dem Weg nach Hause, aber eigentlich will ich da gar nicht hin. Gedanken schießen mir durch den Kopf: *Hilfe! Meine egoistische Tochter wollte weglaufen* oder schlimmer: *Hilfe! Meine Tochter ist weggelaufen und leider wieder zurückgekommen!*

Völlig außer Atem halte ich schließlich an. Ich stehe vor Mrs Simpsons Haustür. Ich hole den Schlüssel unter der Matte hervor, öffne die Tür und gehe hinein.

Die Katze wartet gleich hinter der Tür. Ich nehme sie hoch und schluchze in ihr schwarzes Fell. Sie schnurrt in meinen Armen, schlägt aber mit dem Schwanz, als müsse sie noch überlegen, ob sie mich leiden kann oder nicht.

»Es tut mir leid«, sage ich und setze sie ab. »Du hast deine eigenen Probleme, nicht wahr?«

Die Katze stolziert zum Küchenschrank und miaut nach Futter. Ich folge ihr zögerlich und in der friedlichen Stille von Mrs Simpsons Küche schlägt mein Herz endlich langsamer. Das Rezeptbuch steht auf dem Buchständer, so wie ich es zurückgelassen habe. Aber ich bin mir fast sicher, dass die Seite mit den Zimtteilchen aufgeschlagen war. Nun ist eine Seite über »Backe-backe-Haferkekse« zu sehen. Eine Illustration, die aus einem alten Buch ausgeschnitten und auf die Seite geklebt wurde, zeigt einen kleinen Jungen mit einer bauschigen weißen Bäckermütze. Er wird von einer handgemalten Bordüre aus dampfenden Kuchen und glasierten Torten eingerahmt.

Ich blättere durch das Notizbuch und angesichts all der Möglichkeiten läuft mir das Wasser im Mund zusammen: »Hänsel und Gretels Pfefferkuchen«, »Herzbuben-Erdbeerkuchen«, »Die Prinzessin auf der Erbsensuppe«, »Hänschen Kleins Cottage Pie«. Aber schließlich kehre ich doch zu den »Backe-backe-Haferkeksen« zurück. Was auch immer sich dahinter verbirgt – ich muss sie einfach machen.

Genau wie letztes Mal befinden sich fast alle Zutaten für das Rezept in unmittelbarer Reichweite – als hätte eine magische Back-Elfe ihre Finger im Spiel gehabt. Neben dem Rezeptbuch liegen sogar zwei Tafeln belgische Blockschokolade auf der Arbeitsfläche, von denen ich hätte schwören können, dass sie letztes Mal noch nicht da waren. Es ist zweifellos ein bisschen merkwürdig, aber ich beschließe, das Beste daraus zu machen. Ich ziehe mir eine Schürze über, wasche mir die Hände und lege los. Diesmal denke ich sogar daran, den Ofen vorzuheizen.

Die Katze sitzt da und sieht zu, wie ich arbeite. Zuerst lese ich mir das Rezept durch, damit ich genau weiß, was zu tun ist. Dann messe ich die »feuchten« Zutaten ab – Butter, Zuckerrübensirup, einen Klacks Honig – und gebe sie in einen Topf. Ich füge Rohrzucker und Zimt hinzu und stelle den Topf auf den Herd. Mit einem Holzlöffel verrühre ich die Zutaten bei niedriger Hitze. Die Farben vermischen sich – warme Braun- und Goldtöne, durchzogen vom leuchtenden Gelb der Butter. Der würzige Duft steigt mir zu Kopf. Es macht Spaß zuzusehen, wie die einzelnen Bestandteile der Mischung verschmelzen, als hätte sie schon immer zusammengehört. Als alles gleichmäßig und flüssig ist, nehme ich die klebrige Mischung vom Herd und rühre die Haferflocken hinein. Die Zutaten kleben am Löffel. Ich kratze sie mit dem Finger ab und probiere. Die Mischung schmilzt auf meiner Zunge, sie schmeckt kräftig und köstlich.

Ich bin so vertieft in meine Arbeit, dass ich fast aus der Schürze springe, als es an der Tür klingelt.

Ich rechne nicht damit, ein zweites Mal davonzukommen. Es ist sicher Mr Kruffs oder vielleicht sogar die Polizei. Mein Herz beginnt zu hämmern, aber ehrlich gesagt beunruhigt mich am meisten, dass die Sirup-Mischung kalt werden könnte, bevor ich die restlichen Haferflocken hineingerührt habe.

Ich öffne die Tür. Und wieder steht dort die Person, die ich, nachdem ich mich in der Schule so komisch aufgeführt habe, am wenigsten erwartet habe: Violet.

Ich bin sehr froh, sie zu sehen.

»Kann ich reinkommen?«, fragt sie.

»Klar.« Ich trete zur Seite und sie schlüpft ins Haus. Sie setzt ihren Rucksack und daneben den leeren Osterkorb ab.

»Alle haben die Teilchen geliebt«, sagt sie. »Dieser Zimt, der hatte es echt in sich. Und dass niemand dahintergekommen ist, wer sie gebacken hat, macht es noch besser.«

»Das ist gut.« Ich nicke unsicher. Es ist so seltsam, dass die ganze Schule über meine Teilchen geredet hat, denn das ist das Letzte, was ich wollte. Ich drehe mich um und Violet folgt mir in die Küche.

Ich gehe wieder zum Topf und rühre weiter die Haferflocken in die klebrige Mischung.

»Was machst du da?« Violet sieht mir über die Schulter.

»Haferkekse.« Ich weise mit einer klebrigen Hand zum Rezeptbuch. »Mit belgischer Schokolade obendrauf.«

»Mmmh«, sagt Violet. Sie fasst hinter den Buchständer und nimmt eine Dose hoch, die ich noch gar nicht bemerkt habe. »Sieh mal«, sagt sie und liest das Etikett. »Karamell. Ich liebe Karamell.« Sie zögert. »Vielleicht könntest du noch etwas davon dazutun.«

»Vielleicht«, sage ich. »Kannst du mir mal die Form da geben?«

»Klar.« Sie reicht mir eine rechteckige Kuchenform, die ich schon mit Backpapier ausgelegt habe. Ich schöpfe die klumpige Mischung hinein und klopfe sie mit dem Holzlöffel platt. Als die Masse flach verteilt ist, trage ich die Form zum Herd hinüber.

»Wie lange soll es backen?«

Ich sehe ins Buch. »Fünfundzwanzig Minuten.« Sie öffnet den Ofen und stellt den Timer am Herd. Ich schiebe die Form hinein. »Magst du einen Tee?«, fragt Violet. »Oder heiße Schokolade? Wasser aufkochen kann ich.«

»Ja, heiße Schokolade klingt gut.« Ich wasche mir die Hände am Spülbecken.

Violet füllt den Wasserkocher und stellt ihn an. Ich finde den Schrank mit den Bechern. Mrs Simpsons Becher sind hübsch, Steingut in verschiedenen Farben, manche mit Streifen oder Punkten. Ich gebe Violet einen violetten und nehme mir selbst einen blauen. Sie macht die heiße Schokolade fertig und bringt sie an den Tisch. Wir setzen uns einander gegenüber hin.

»Hör mal, es tut mir leid wegen vorhin«, sage ich. »Es ist nur ... na ja ...« Die Worte bleiben mir am Gaumen kleben. »Alles Mögliche.«

»Kein Problem«, sagt sie. »Ich bin diejenige, der es leid tun sollte.«

Es ist einer dieser verrückten Momente, in dem man einfach weiß, was der andere denkt, und gar nicht reden muss. Aber dann ist der Moment vorbei und Violet stellt die Frage, die ich erwartet habe.

»Also, ist deine Mum wirklich diese Bloggerin?«

»Ja.« *Diese* Bloggerin. Das sagt schon alles.

»Ich hatte von dem Blog noch nichts gehört, aber Gretchen hat ihn mir gezeigt. Sie hat gesagt, ihr wärt mal Freundinnen gewesen, aber als deine Mum berühmt wurde, wärst du richtig eingebildet geworden.«

»Eingebildet?« Ich starre sie entgeistert an. »Ich?«

»Ich habe gesagt, so würdest du auf mich gar nicht wirken. Und ich habe ein paar Posts gelesen.«

»Hast du?« Ich beuge mich angespannt vor.

»Deine Mum nennt deinen Namen zwar nicht, aber in der Schule wissen alle Bescheid. Ich kann nicht glauben, dass sie diese ganzen persönlichen Dinge über dich geschrieben hat. Du weißt schon – dass du deine weiße Unterwäsche mit schwarzen Socken gewaschen, Kopfläuse an die ganze Familie weitergegeben und ins Bett gemacht hast, bis du acht warst.« Ihre Miene ist ernst. »Ich weiß, wie ich mich da fühlen würde ...«

»Wie denn?«

»Bloßgestellt«, sagt sie sofort. »Und auch irgendwie traurig.«

Ich lächele schwach. Und dann erzähle ich Violet, *wie* bloßgestellt und »irgendwie traurig« ich mich tatsächlich fühle. Ich erzähle ihr von Stacie und davon, wie Gretchen und Alison vorgaben, meine Freundinnen zu sein, aber eigentlich nur Dinge an Mum »geleakt« haben. Ich erzähle ihr von der Geige, dem Stepptanzen und Mums Survival Kit. Dann erzähle ich ihr, wie Dad abgehauen ist, und von Mums Online-»Sieg« über ihn. Ich erzähle ihr, dass Mums beliebteste Posts die sind, die sie unter der Überschrift *Warum ich wünschte, keine Kinder bekommen zu haben* veröffentlicht. Was sagt das wohl über mich? Als ich fertig bin, fällt eine Träne in den lauwarmen Kakao vor mir.

Violet legt mir eine Hand auf den Arm. »Ich habe niemandem erzählt, dass du die Teilchen gebacken hast, Scarlett. Ehrlich.« Sie zögert. »Ich wollte es aber tun. Denn du solltest die Lorbeeren dafür bekommen.«

»Ich weiß, das ist echt schwach von mir. Aber ich möchte einfach nicht, dass irgendwas – *irgendetwas* – bei Mum landet. Ich kann es nicht ausstehen, wenn sie über mich schreibt. Ich ...« Mir entfährt ein Schluchzer. »Ich hasse es einfach. Jede Woche, wenn der neue Post online geht, will ich mich nur noch in einem Loch verkriechen und sterben.«

»Hast du ihr das mal gesagt?«

»Ihr gesagt?« Sobald ich es ausgesprochen habe, wird mir klar, dass Violet es trotz ihrer Bemühungen, nett zu sein,

niemals verstehen wird.«»Ja, ich hab's versucht. Ich habe ihr gesagt, dass ich deswegen von allen ausgelacht werde. Ich habe ihr gesagt, dass ich keine Freunde mehr habe und dass ich nichts unternehmen mag, wenn sie darüber schreibt.«
»Was ist dann passiert?«
»Wir hatten eine Diskussion. Sie hat mir ihre Sicht der Dinge erklärt. Wie hart sie daran arbeitet, mit dem Blog erfolgreich zu sein, um Werbekunden zu gewinnen und so. Sie meinte, sie möchte eine Arbeit machen, mit der sie mich und meine Schwester ernähren kann, ohne uns den ganzen Tag allein zu lassen. Sie hat versucht mir Dinge über Internet-Demografie und einzelne Besucher zu erklären. Das meiste davon habe ich nicht verstanden. Ich habe ihr gesagt, dass ich sie unterstütze, aber dass ihre Äußerungen manchmal wirklich wehtäten. Ich dachte also, wir hätten uns irgendwie verständigt. Ein paar Tage lang ging es mir richtig gut. Bis der nächste Post online war. Rate mal, worum es da ging?«
»Euer Gespräch?«
»Bingo.« Ich seufze. »Er hieß *Die undankbare jugendliche Muse* oder so was. Du kannst dir sicher vorstellen, was drinstand.«
»Ja.«
»Das Einzige, was halbwegs funktioniert, ist nichts zu tun, und ich meine wirklich nichts. Keine Klubs, keine Hobbys, keine Freunde, nichts. Aus etwas Langweiligem kann sie nicht so viel rausholen wie aus Versagen.«
»Muss ziemlich einsam sein.«
»Schätze schon.« Ich zucke mit den Achseln.
Ihr herzförmiges Gesicht erhellt sich, als sie lächelt.

»Es ist gut, dass du etwas dagegen unternimmst.«

»Unternehmen? Was unternehme ich denn?«

»Du backst.« Sie schnuppert, als der Duft der Haferkeksmasse im Ofen immer stärker wird.

Ich beuge mich vor, nackte Angst durchzuckt mich. »Violet, bitte. Ich werde nicht wirklich etwas *unternehmen*. Ich kann nicht, ich meine, ich breche bei meiner Nachbarin ein und benutze ihre Sachen. Wenn Mum das herausfände und darüber schriebe, würde ich vermutlich verhaftet werden oder so.«

»Nun, ich werde nichts verraten – unter einer Bedingung.« Ihr Lächeln wird schelmisch.

»Und die wäre?«

»Ich möchte mit dir kochen. Wir können es uns zusammen beibringen. Nur wir zwei. Es wäre unser Geheimnis.«

»Aber ...« Ich öffne den Mund, um zu protestieren. An dieser Idee sind tausend Dinge falsch. Trotzdem lasse ich mich einen Augenblick von Violets Begeisterung mitreißen. »Ein Kochklub?« Ich blicke mich in der fantastischen Küche um und überlege.

»Ja. Ein geheimer Kochklub.«

»Hmm.« Ich stehe auf, als der Ofen piept, weil die Zeit abgelaufen ist. »Darf ich darüber nachdenken?«

12
Ein Schuss Freundschaft

Die Haferkeksmasse ist im Ofen honigbraun geworden. Ich nehme sie schnell heraus, damit sie nicht verbrennt. Es duftet aromatisch, buttrig und köstlich. Ich stelle die Form zum Abkühlen auf ein Kuchengitter. Dann öffnet Violet die Dose mit dem Karamell und löffelt es in eine Schüssel, während ich die Schokolade über einem Topf mit heißem Wasser schmelze.

»Ich bin noch nie auf die Idee gekommen, zu kochen oder zu backen«, sagt Violet. Sie starrt auf eine Bleistiftnotiz am Rand des Rezepts und gibt dann etwas Salz zum Karamell. »Bei uns hat immer meine Mum gekocht und ich dachte wohl, ich hätte noch Zeit, es zu lernen …«

Sie bricht ab. Ich halte im Rühren inne und werfe ihr einen Seitenblick zu. Sie beißt sich kurz auf die Lippe, dann heben sich ihre Mundwinkel wieder zu ihrer gut gelaunten Miene. Aber ihre Augen wirken traurig. Sie starrt auf das Karamell hinunter und rührt geistesabwesend mit dem Holzlöffel darin. Ich will sie fragen, was los ist, aber dann merke ich, dass die Schokolade geschmolzen ist und nehme sie vom Herd.

»Schnell«, sage ich, »lass uns das auftragen, bevor es hart wird. Du zuerst.« Wir tragen unsere Schüsseln zu dem Tisch hinüber, auf dem ich die Haferkeksmasse zum Abkühlen abgesetzt habe. Violet trägt eine gleichmäßige Schicht Karamell auf. Ich rühre weiter in der Schokolade, und als sie fertig ist, gebe ich eine dicke Schicht obendrauf. Dann nimmt Violet den Löffelstiel, um etwas in die leicht abgekühlte Schokolade zu ritzen.

Der geheime Kochklub.

Sie reicht mir den Löffel. Ich unterstreiche die Worte mit einem Schnörkel. Es wirkt alles sehr feierlich und offiziell. Aber genau in diesem Augenblick zerstört mein Magen die Stimmung durch lautes Grummeln. »Sieht gut aus«, sagte ich. »Ich kann's gar nicht erwarten zu probieren.«

Nachdem wir das Chaos beseitigt haben und die Schokolade etwas fester geworden ist, schneide ich das Gebäck in kleine Quadrate und serviere zwei davon auf Mrs Simpsons Porzellan mit Rosenmuster. Violet und ich stoßen mit unseren Bechern an. Dann nehmen wir jede einen Bissen.

»Himmel.« Violet grinst. »Sind die gut.«

»Stimmt.« Ich kann den Stolz in meiner Stimme hören. Der Keks ist knusprig und klebrig und ich schmecke Schokolade und Karamell gleichzeitig. Es verschmilzt alles in meinem Mund. Ich habe schon oft Haferkekse gegessen. Die einzeln in Plastik verpackten vom Eckladen. Aber diese sind vollkommen anders. Diese sind selbst gemacht. Und zwar von *mir*. Von *uns*. Ich nehme noch einen Bissen und kaue ganz langsam. Fast möchte ein Teil von mir Mum davon erzählen. Fast.

Ich lecke mir einen Schokoladenstreifen von den Lippen. »Was wollen wir damit machen?«, frage ich. »Wir können sie nicht allein essen.«

»Ich könnte es versuchen«, scherzt Violet. Dann schwindet ihr Lächeln. »Aber ich schätze, es ist deine Entscheidung.«

»Nein. Es ist *unsere* Entscheidung.« Ich genieße das Wort. »Wir sind jetzt ein Klub.«

Violet nimmt einen Bissen und kaut nachdenklich. »Ich weiß, dass du ein Problem damit hast. Aber mir hat es wirklich gefallen, die Teilchen in der Schule zu verschenken. Es war merkwürdig, irgendwie hat es alle ein kleines bisschen netter gemacht.«

»Netter?«

»Ja. Ich glaub schon. Und wenn wir es noch einmal machen, können wir sagen, dass der geheime Kochklub die Kekse gebacken hat.« Violet wischt sich das Kinn ab. »Das würde sich so anhören, als wären wir ganz viele.«

»Du meinst, als wären wir so eine Art Untergrund-Netzwerk, bei dem die Leute abwechselnd etwas zubereiten?«

Violet bekommt glänzende Augen. »Das wäre cool, oder? Vor allem wenn das, was wir machen, tatsächlich gut schmeckt. Und nahezu alles dürfte besser schmecken als der Kantinenfraß.« Sie streckt die Zunge raus. »Dieser Milchreis, den sie jeden zweiten Tag servieren, schmeckt wie Kotze.«

»Er sieht auch so aus«, sage ich kichernd. »Diese ganzen Klumpen.«

»Widerlich!« Sie muss auch lachen. »Also, bist du dabei?«

»Hm ...« Ich muss zugeben, dass die Idee wirklich cool klingt. Und wenn ein kleiner Zuckerschock die Schule zu einem besseren Ort macht, kann ich mich ja wohl kaum beschweren, oder?

»Es sei denn, du hast eine bessere Idee?«

»Nein«, sage ich. »Obwohl ich überlegt habe, dass wir Mrs Simpson vielleicht etwas backen könnten. Wenn sie noch im Krankenhaus liegt, findet sie das Essen dort bestimmt auch widerlich. Wir könnten ihr eine Dose Haferkekse bringen.«

»Das klingt toll«, sagt Violet. »Das machen wir.«

»Aber deine Schulidee gefällt mir auch«, sage ich. »Solange du hoch und heilig schwörst, dass niemand von mir erfährt.«

»Okay«, sagt Violet. »Ich schwöre.« Wir besiegeln unsere Abmachung mit einem klebrigen Handschlag. Dann essen wir jeder noch ein Quadrat und trinken dazu heiße Schokolade.

»Ähm, Violet«, sage ich und lecke mir die Krümel von den Lippen. »Ich glaube, wir müssen noch eine Ladung backen.«

13
Ein namenloses Geschenk

Violet und ich backen noch zwei weitere Ladungen Haferkekse und reden über all die Dinge, die wir als Nächstes zubereiten könnten. Die Möglichkeiten sind endlos und es ist schön, mit jemandem zusammen zu sein, der genauso begeistert ist wie ich. Als ich die letzte Schicht Schokolade auf dem gesalzenen Karamell verteile, kommt Violet mit einem kleinen Glas an den Tisch. »Ich hab die hier gefunden«, sagt sie. »Kristallisierte Veilchen. Es steht drauf, dass es echte Blumen sind.«

In dem Glas befinden sich funkelnde veilchenfarbene Blütenblätter, die mit glitzerndem Zucker überzogen sind. Ich öffne das Glas und halte es mir an die Nase. Sie duften extrem süß.

»Möchtest du sie obendrauf tun?«, frage ich.

»Na ja, ich weiß nicht. Das werden vielleicht komische Haferkekse. Aber es könnte die Leute davon ablenken, dass du etwas damit zu tun hast.«

»Okay, dann los.«

Violet arrangiert die kristallisierten Veilchen in einem

Wirbelmuster. Das Violett glitzert wie Zauberstaub. Ich habe keine Ahnung, wie sie schmecken werden, aber Violet scheint ein Händchen dafür zu haben, Sachen hübsch zu machen.

Wir legen die Haferkekse für Mrs Simpson in Violets Osterkorb. Die Schulkekse tun wir in eine große Dose mit einem Bild von Peter Hase, die wir in einem Schrank gefunden haben. Die letzten beiden Haferkekse wickle ich in Küchenpapier ein, damit Violet und ich sie mit nach Hause nehmen können. Ich lasse das kleine Notizbuch mit den Rezepten auf dem Buchständer zurück – bislang scheint es unser Geheimnis gut bewahrt zu haben und es gehört einfach in Rosemarys Küche.

Wir räumen gerade auf, als gedämpftes Klingeln ertönt. Violets Handy. Sie sieht auf das Display und schnappt nach Luft. »Es ist schon sieben. Ich muss los.«

»Sieben?« Ich kann nicht glauben, dass es schon so spät ist. Ich hatte Mum erzählen wollen, dass ich wieder in der Bibliothek war, aber die schließt um fünf. In meinem Kopf blitzen Worte auf: *Psst... meine Tochter war zwei Stunden lang verschwunden. Hat sie a) geraucht; b) geknutscht; c) getrunken; d) geklaut?*

Ich muss mir eine andere Ausrede überlegen.

Ich beeile mich mit dem Abwasch, während Violet die Arbeitsfläche putzt. Unter welchem Bann wir auch gestanden haben mögen, er ist gebrochen. Jetzt sickern all die Probleme unseres »Plans« in meinen Kopf ein. Was, wenn uns das Krankenhaus nicht reinlässt? Was, wenn Mrs Simpson im Koma liegt oder tot ist? Was, wenn Violet oder ich in der Schule gesehen werden, wie wir die Haferkekse hinstellen?

Was, wenn die kristallisierten Veilchen widerlich schmecken? *Was, wenn? Was, wenn –?*

»Ich weiß nicht, ob das Ganze wirklich eine gute Idee ist«, sage ich. Meine Brust fühlt sich an, als würde sie von einer gigantischen Faust zusammengepresst.

»Alles wird gut«, sagt Violet. »Versprochen. Lass es uns einfach versuchen.«

Ich zwinge mich Luft zu holen. »Okay.«

14
Das große Lachen

Als ich nach Hause komme, deutet nichts darauf hin, dass Mum meine Abwesenheit überhaupt bemerkt hat. Kelsie sitzt vor dem Fernseher und guckt *Die Eisprinzessin*, ihre Augen kleben förmlich am Bildschirm. Ihr Mund ist mit getrockneter Schokolade verkrustet, die Spuren einer halb leeren Packung Kekse. Die Tür zur Mama-Höhle ist geschlossen. Ich wickle den Haferkeks aus, schneide ihn in zwei Stücke und lege sie auf einen Teller in der Küche. Ich habe weder meinen Rucksack noch meine Hausaufgaben dabei, also setze ich mich neben meine Schwester aufs Sofa und esse eine Tüte Chips mit Krabbencocktail-Geschmack.

Als ich gerade versuche auszublenden, wie schief meine Schwester die Titelmelodie mitträllert, platzt plötzlich meine Mutter ins Zimmer.

»Haferkekse!«, ruft sie. »Den ganzen Tag hatte ich einen Wahnsinnsappetit darauf. Ich meine, ich hätte nicht genau sagen können, dass es Haferkekse waren ...« Sie streicht sich eine Strähne ungewaschenen Haars aus dem Gesicht. »Aber woher zum Teufel kommen die?«

»Von mir«, sage ich. »Ein paar aus der Schule haben sie gebacken. Sie haben Kostproben verteilt.«

»Ich liebe diese lila Glitzerdinger«, sagt Mum und mampft

zufrieden ihr Stück Keks. »Und das Karamell. Es erinnert mich an etwas anderes, das meine Oma ...« Mit gerunzelter Stirn bricht sie ab. »Du solltest auch so was machen, Scarlett.« Sie blickt auf die leere Chipstüte in meinem Schoß. Ganz offensichtlich rattern die Rädchen ihrem Kopf wieder.
Hilfe! An der Schule gibt es einen neuen Kochklub, aber meine faule Versagertochter kriegt den Hintern nicht hoch und futtert lieber Chips.
»Ja, Mum«, sage ich achselzuckend. »Das sollte ich wahrscheinlich.«

Am nächsten Tag in der Schule sitze ich hinten im Matheunterricht und beobachte, wie sich Gretchen und Alison unter dem Tisch Nachrichten schicken. Kurz vor der Mittagspause meldet sich Violet und bittet darum, zur Toilette gehen zu dürfen. Auf ihrem Weg aus dem Klassenzimmer wirft sie mir einen kurzen Blick zu. Eine Mischung aus Angst und Erwartung durchzuckt mich.

In der Kantine setze ich mich an einen Tisch in der Ecke und sehe zu, wie alle hereinströmen – manche bringen ihre Brottüten mit, andere nehmen sich Tabletts und holen sich etwas Warmes (irgendeine Hühnchenpampe mit Brotpudding als Dessert) von der Essensausgabe. Während ihrer »Toilettenpause« hat Violet die Dose mit den Haferkeksen auf den Tisch in der Mitte gestellt, mit einem kleinen Schild, auf dem steht: »Kostproben vom geheimen Kochklub«. Violet selbst kommt ein paar Minuten später in die Kantine, flankiert von Gretchen und Alison, die lachen. Ich sehe bewusst weg.

Jemand geht zur Dose – kein Geringerer als Nick Farr.

Mir stockt der Atem. Er sieht einfach zum Anbeißen aus! Seine mandelförmigen braunen Augen werden groß. Er blickt sich schnell um und nimmt gleich zwei Kekse heraus. Und dann sieht er genau in meine Richtung und lächelt.

OMG. Nick Farr sieht mich an. Er geht auf mich zu. Aus irgendeinem Grund weiß er es, er muss es wissen. Er …

… geht an mir vorbei und setzt sich mit einer Gruppe von Freunden an einen Tisch in der Nähe. Ich atme scharf aus. Was habe ich mir nur eingebildet!

»Zieht euch das rein«, sagt er zu seinen Kumpels und zeigt auf den Tisch in der Mitte. »Der geheime Kochklub.«

»Cool«, antwortet einer von ihnen. Er und ein weiterer Freund stehen auf und gehen zum Tisch hinüber. Sie nehmen sich jeder einen Haferkeks und essen ihn, dann noch einen. Ein anderer von Nicks Freunden stößt dazu und tut so, als würde er sich die ganze Dose schnappen und unter seinem Hemd verstecken. In einem steten Strom kommen immer mehr Leute: zwei Mädchen mit gepiercten Nasen, die zu den Goths gehören, drei Rugby-Stars, zwei Mädchen aus dem Schwimmteam, ein paar Computernerds und schließlich Gretchen und Alison, die sich an die Spitze der Schlange drängen.

Gretchen zieht ihre kecke Stupsnase kraus, als sie in die Dose guckt. Ihre Stimme ist so schrill, dass ich sie trotz des Lärms verstehen kann. »Was sind das für Dinger da obendrauf?«, fragt sie Alison.

»Keine Ahnung. Aber wenn ich die esse, kriege ich bestimmt Pickel!«

Die Mädchen stolzieren demonstrativ davon, ohne von den Haferkeksen gekostet zu haben. Ihre Zurückweisung macht die Stimmung kaputt. Abgesehen von den Computernerds, die sich noch einmal nachnehmen, beginnt die Menge sich aufzulösen.

Plötzlich kommt von einem der Tische am anderen Ende des Raums prustendes Gelächter. Ein paar Leute sehen sich um. Es ist ein großes Mädchen mit einer neonpinken Strähne im schwarzen Haar. Eine von den Goths. Und die lachen eigentlich nie, aber genau das tun sie jetzt. Das Mädchen flüstert seiner Freundin etwas zu und füttert sie mit einem winzigen Stück Haferkeks.

»O mein Gott, das ist fantastisch«, sagt die Freundin. Ehe ich michs versehe, sind alle am Quatschen und Lachen. Die Leute brechen ihre Haferkekse in Stücke, damit wirklich jeder mal probieren kann. Die gute Stimmung scheint sich wie bei einer Kettenreaktion von einem zum nächsten auszubreiten. Von Mensch zu Mensch, von Tisch zu Tisch. Der Zuckerkick macht alle glücklich.

Gretchen guckt Alison an. Ich kann sehen, dass sie überlegen alles zu ruinieren, indem sie so tun, als wären alle total beschränkt, aber dann kommt Nick und flüstert Gretchen etwas ins Ohr. Gretchen schenkt ihm ein kokettes Lächeln, geht zurück zum Tisch in der Mitte und nimmt einen Haferkeks. Ich sehe zu, wie sie sich verwandelt. Sie geht zurück zu Nick, flüstert ihm etwas ins Ohr und dann lachen sie sich beide kaputt. So laut, dass zwei Lehrer hereinkommen. Sie sehen sich um, wirken überrascht und lächeln dann auch. Die Haferkeksdose leert sich schnell, aber die positiven Schwingungen sind immer noch im Raum. Ich bin noch fassungsloser, als mir bewusst wird, dass ich selbst angesichts dieser ganzen albernen Geschichte lächle. Ich entdecke

Violet neben der Tür. Sie lacht nicht, aber ihre geschwungenen Lippen weisen zufrieden nach oben. Ich gehe zu ihr hinüber, doch in dem Moment klingelt die Glocke, und als ich die Tür erreiche, ist sie schon fort.

15

Mrs Simpson

Die Haferkekse sind schon längst aufgegessen, aber an diesem Nachmittag hält sich ein lebhaftes Schwirren im Klassenzimmer – mehr Schüler als sonst melden sich zu Wort, stellen Fragen, unterhalten sich mit Leuten, mit denen sie normalerweise nicht reden, und alle lächeln deutlich mehr. Als es Zeit ist, nach Hause zu gehen, treffe ich mich mit Violet im Flur. Sie hat den Korb über dem Arm und zusammen drängen wir uns durch die Schülerhorden zum Haupteingang und hinaus auf den Parkplatz.

»Sie haben die Haferkekse *geliebt*«, sagt sie. »Wie wir gehofft hatten.«

»Ich weiß. Ich habe nicht damit gerechnet, dass die Leute sie so sehr mögen würden.« Ich zittere ein bisschen bei dem Gedanken, dass Nick sie mochte.

»Vielleicht waren es die kristallisierten Veilchen«, sagt sie grinsend.

»Jedenfalls waren sie definitiv mal was anderes als der widerliche Brotpudding!«

»So viel ist sicher«, sagt Violet. »Wie auch immer, wir machen uns besser auf den Weg.«

»Auf den Weg? Wohin?«

»Mrs Simpson besuchen, schon vergessen? Weißt du, in

welchem Krankenhaus sie ist?« Violets Frage bringt mich ins Schleudern.

»Ähm, nein.«

»Tja, das Royal Elmsbury ist am nächsten, also lass es uns zuerst dort versuchen. Ich glaube, dahin fährt ein Bus.«

»Okay.« Ich zucke die Achseln und weiß, dass Violet recht hat. Haferkekse hin oder her, Mrs Simpson zu besuchen ist das Richtige. »Los geht's.«

Die Bushaltestelle befindet sich um die Ecke von der Schule und wir müssen nicht lange warten. Zwanzig Minuten später setzt uns der Bus vor dem Krankenhaus ab. Es ist ein geschäftiger, einschüchternder Ort, mit Autos und Transportern, die kommen und gehen, mit alten Leuten und schwangeren Frauen, die sich über den Zebrastreifen schieben, mit Menschen in Rollstühlen und Krankenschwestern in Kitteln, die ein- und ausgehen.

Violet führt mich hinein. In der Lobby gibt es einen Geschenkeladen und einen Coffeeshop und auf der anderen Seite einen Empfangstresen. Violet geht zu der Empfangsdame und spricht ganz selbstbewusst mit ihr, als wäre sie schon tausendmal im Krankenhaus gewesen und hätte kein bisschen Angst.

»Wir möchten eine Patientin besuchen«, sagt sie. »Mrs Simpson.«

Die Frau sieht Violet und mich über ihre Halbbrille hinweg an. »Auf welcher Station liegt sie?«

»Ich bin mir nicht sicher.« Violet guckt mich an.

»Sie heißt Rosemary Simpson«, sage ich und bemühe mich, wie eine Erwachsene zu klingen. »Können Sie uns sagen, wie wir zur richtigen Station kommen?«

Die Frau tippt etwas in den Computer ein, mit Ein-Finger-Such-System. Es dauert eine Ewigkeit. Endlich blickt sie auf. »Seid ihr mit ihr verwandt?«

»Ja«, sage ich, ohne zu zögern. »Ich bin ihre Nichte. Sie ist meine einzige Tante und ich mache mir große Sorgen um sie. Meine Freundin und ich haben ihr Kekse mitgebracht, die wir für sie gebacken haben.«

Die Frau runzelt die Stirn. »Sie liegt im Hessel-Flügel. Folgt der blauen Linie zur Station B.«

Wir folgen der blauen Linie auf dem Boden durch trostlose Korridore, an ambulant behandelten Patienten vorbei, die zu Terminen in beunruhigend klingenden Abteilungen wie Onkologie, Strahlentherapie, physikalische Rehabilitation und Pränatalmedizin eilen. Mit unserem Korb und unseren Rucksäcken sehen Violet und ich vermutlich aus wie zwei Rotkäppchen, die durch einen unheimlichen Wald voller Maschinen, Neonleuchten und kranker Menschen wandern. Endlich endet die blaue Linie an einer Tür, auf der »Hessel-Flügel, Station B« steht. Ich drücke die schwere Schwingtür auf.

Drinnen befindet sich ein weiterer Empfangstresen mit zwei Krankenschwestern in blassblauer Kluft. Eine geht Papiere durch, die andere tippt am Computer. Ich bin erleichtert, als Violet an den Tresen herantritt. Sie erklärt, wer wir sind und wen wir besuchen möchten.

»Rosemary Simpson?« Die Krankenschwester mit dem Papierkram sieht die andere Schwester an. »Darf sie Besuch empfangen?«

»Schätze schon«, antwortet die Frau, die weiter auf den Computerbildschirm starrt. »Aber sie hat ein leichtes Beruhigungsmittel bekommen. Sie hat eine Gehirnerschütterung und muss unter Beobachtung bleiben.«

»Können wir sie sehen?«, frage ich. »Wir haben einen Korb mit Haferkeksen für sie, die wir selbst gebacken haben.«

»Die wird sie nicht essen können. Aber da ihr Verwandte seid« – die Schwester guckt mich skeptisch an – »könnt ihr fünf Minuten zu ihr. Ihr könnt den Korb hierlassen, wenn ihr wollt.«

Ich ahne, dass sie und die andere Krankenschwester den Korbinhalt in null Komma nichts verputzen würden, sollten wir die Kekse da lassen. Violet denkt offensichtlich dasselbe, denn sie umklammert den Korb noch fester.

Die Krankenschwester deutet den Korridor hinunter. »Sie liegt in Zimmer sechs. Seid in fünf Minuten wieder hier.«

»Fünf Minuten«, wiederhole ich. Violet und ich gehen schnell durch den Flur. »Was für ein schrecklicher Ort«, flüstere ich.

Violet antwortet nicht. Sie scheint in ihrer eigenen Welt zu sein. »Ja«, sagt sie schließlich, als wir die Tür zu Zimmer sechs erreichen. Die Titelmelodie einer Gameshow plärrt laut heraus.

Ich spähe ins Zimmer. Darin stehen zwei erhöhte Betten, eins auf jeder Zimmerseite. Im Bett, das der Tür am nächsten ist, liegt eine weißhaarige Frau, die auf den Fernseher starrt und Pralinen aus einer herzförmigen Schachtel isst. Auf ihrem Nachttisch stehen viele Blumen und Karten mit Genesungswünschen. Offensichtlich ist sie gut versorgt. Im anderen Bett liegt eine schmale graue Gestalt unter der dünnen blauen Decke. Ein Atemschlauch ragt ihr aus der Nase, ein Infusionsschlauch aus dem Arm und sie ist an einen Monitor angeschlossen, der in der Ecke langsam vor sich hin piept. Blumen oder Grußkarten sind nirgends zu sehen.

Ich gehe ins Zimmer. »Schhhh«, macht die weißhaarige Frau. »Gleich kommt die Auflösung.«

Auf dem Bildschirm dreht eine Frau die Buchstaben des Rätselworts um. »Das war Pech«, sagt der Moderator zu dem enttäuschten Kandidaten.

»Pah, das war überhaupt kein Pech, der war einfach zu blöd«, sagt die alte Frau und fuchtelt mit ihrer herzförmigen Schachtel. Ihr Akzent klingt schottisch oder nordenglisch oder so. Sie sieht uns finster an, als würde sie Violet und mich gerade erst bemerken. »Wer seid ihr?«

»Wir suchen Mrs Simpson. Ist sie das?« Ich zeige auf den Deckenwulst, obwohl ich die Antwort schon kenne.

»Was von ihr übrig ist.« Die alte Frau runzelt die Stirn.

»Wir haben ihr das hier mitgebracht.« Violet hebt den Korb an. »Wir dachten, sie ist das Krankenhausessen vielleicht leid.«

Die Frau wirft sich eine Praline in den Mund. »Lieb von dir, Schätzchen, keine Frage. Aber ich glaube nicht, dass ihr in nächster Zeit danach sein wird.«

»War sie mal wach?«, frage ich.

Die Frau zappt mit der Fernbedienung durchs Fernsehprogramm. »O ja«, sagt sie mit großen Augen. »Sie war immer mal wieder wach. Und ich kann euch sagen, man bekommt nicht viel Schlaf, wenn sie wach ist.« Sie schüttelt den Kopf und macht *tss*. »Sie kämpft mit der Decke und jammert über ihre Katze. Sie will nach Hause, aber ihr Neffe lässt es nicht zu.«

»Neffe?«, fragt Violet.

»Sie meinen Mr Kruffs?«, frage ich.

»Ja, genau der. Ihr kennt ihn?«

»Nein, aber ich habe ihn auf Wahlplakaten gesehen ...«

»Die Wahl.« Sie schnaubt. »Na, viel Glück für ihn, kann ich da nur sagen. Kommt hier reingeschwebt und bringt sie ganz aus der Fassung. Ich habe schon überlegt, ob ich mich in ein anderes Zimmer verlegen lassen soll, aber hier drinnen«, sie lacht bitter, »ist ein altes Mütterchen so gut wie das andere.« Sie entscheidet sich für einen Sender und stellt lauter. »Wenigstens schläft sie die meiste Zeit.«

Aus dem anderen Bett kommt lautes Stöhnen und Rascheln. Die graue alte Frau unter der Decke hustet und prustet, dann windet sie sich im Bett und versucht sich auf die Ellbogen zu stützen und aufzusetzen. Ihre Augen sind geöffnet, aber glasig, als würde sie nicht wirklich etwas wahrnehmen. Sie dreht leicht den Kopf und entdeckt den Korb. Sie beugt sich vor und schnuppert. Ihre blauen Augen begegnen meinen.

»Mrs Simpson?«, flüstere ich. »Wir haben Ihnen ein paar Haferkekse gebacken. Mit Schokolade und gesalzenem Karamell.«

Die alte Frau lässt sich zurück ins Bett sinken. Ihre Augen schließen sich wieder, die Lippen sind nur ein schmaler Strich. Aber dann scheint sie zu lächeln. Ihre Atmung geht wieder gleichmäßig, als sie in den Schlaf sinkt.

»Vielleicht wird sie später welche probieren können«, sage ich leise zu Violet. Violet nickt und stellt den Korb auf

Mrs Simpsons Nachttisch ab. Ich strecke die Finger aus und berühre Mrs Simpsons gekrümmte Hand. »Gute Besserung«, flüstere ich.

Auf Zehenspitzen verlassen Violet und ich den Raum.

16
Bananentoffeetorte

Auf dem Rückweg im Bus reden Violet und ich nicht viel. Ich gelobe im Stillen Krankenhäuser in Zukunft unbedingt zu meiden. Ich muss immer an Mrs Simpson denken – ein hilfloses Etwas unter einer dünnen Decke. Ich weiß, dass es richtig war, sie zu besuchen, aber irgendwie wünsche ich mir fast, wir hätten es nicht getan. Ich würde mir Rosemary Simpson lieber als fantastische Köchin in ihrer fabelhaften Küche vorstellen. Immerhin schien es sie ein bisschen zu beleben, als sie die Haferkekse gerochen hat. Ich hoffe, sie kommt noch dazu, sie zu kosten.

Violet starrt aus dem Busfenster. Als es dunkler wird und ihr Spiegelbild in der Scheibe deutlicher hervortritt, sehe ich zu meiner Bestürzung eine Träne über ihre Wange rinnen. Ich wende mich ab, um sie nicht in Verlegenheit zu bringen. Der Bus hält in der Nähe der Schule und wir steigen aus.

»Ich schätze, dann sehen wir uns morgen?« Ich gebe mir große Mühe, fröhlich zu klingen.

Sie zuckt die Achseln. Die Tränen sind weg, aber unter ihren Augen sind dunkle Ringe. »Okay.«

Ich warte darauf, dass sie weggeht – ich weiß nicht mal, wo sie wohnt –, aber sie läuft einfach neben mir her.

Ich biege in meine Straße ein. Wir gehen gemeinsam an mehreren Häusern vorbei, die Schilder mit »Emory Kruffs ins Parlament« in den Fenstern stehen haben. Wir erreichen die letzten beiden Häuser der Reihe: mein Zuhause und Mrs Simpsons.

»Ich gehe kurz rein, um die Katze zu füttern«, verkünde ich.

Violet sieht mich an. Sie lächelt.

Ich öffne Mrs Simpsons Tür und wir gehen hinein. Mir wird sofort klar, dass etwas nicht stimmt.

»Wo ist die Katze?«, flüstere ich. Ich bekomme prickelnde Gänsehaut.

»Vielleicht schläft sie?«

»Sie war sonst immer da.«

Im Haus gibt es keine Spur von der Katze und auch andere Dinge sind verändert. Mrs Simpsons Bilder wurden von den Wänden genommen und aneinander gelehnt hingestellt und viel von ihrem Nippes wurde weggeräumt. Es stehen ein paar offene Kartons herum, aus denen Luftpolsterfolie quillt. Zu einem Frühjahrsputz ist Mrs Simpson offensichtlich gerade nicht in der Lage, deshalb kann nur einer dafür verantwortlich sein: Mr Kruffs. Der Gedanke, dass er hier gewesen ist, lässt mich schaudern.

Violet denkt wohl das Gleiche. »Was, wenn er noch da ist?«, fragt sie vorsichtig.

Wir bleiben ganz still und lauschen auf Geräusche von oben oder aus der Küche. Aber alles ist ruhig.

Ich recke die Brust. »Wir tun nichts Falsches. Wir sind nur hier, um die Katze zu füttern.«

»Vielleicht sollten wir lieber gehen.«

»Ich bleibe«, sage ich. »Vielleicht bekommen wir nie wieder die Gelegenheit, hier zu sein. Du kannst gehen, wenn du möchtest.« Ich werfe ihr einen Seitenblick zu. »Aber mir wär's lieber, wenn du es nicht tust.«
Ihre Augen weiten sich verständnisvoll. »Okay«, sagt sie. »Was backen wir heute Abend?«
Die Küche ist der Plünderung bisher entgangen, aber nur fast. Der Katzenkorb und die Fressnäpfe sind weg. Wenigstens wird die Person, die die Katze mitgenommen hat, sie füttern. Es gibt noch mehr Veränderungen: benutzte Teetassen im Spülbecken, eine Liste mit »Entrümpelungsfirmen« auf der Arbeitsfläche und das kleine Rezeptbuch steht nicht mehr auf dem hölzernen Buchständer. Ich bemerke, wie abgewetzt der Einband ist, wie verblichen das Cover. Das Buch ist mit Krümeln bedeckt, als hätte es jemand als Schneidebrett benutzt, um sich darauf ein Sandwich zu machen.
Ich nehme es und puste die Krümel hinunter. Dann stelle ich es wieder auf den Buchständer und schlage wahllos eine Seite auf. Und sehe das Rezept für »Georgie Porgies Bananentoffeetorte«.
»Bananentoffeetorte!«, ruft Violet. »Das ist mein absoluter Lieblingsnachtisch.«
Ich senke den Blick. »Ich glaube, die habe ich noch nie gegessen.« Ich überfliege die Zutaten. Bananen und Toffee. Ich wäre nie darauf gekommen, diese beiden Dinge zu mischen, plus reichlich Sahne.
»Ist das dein Ernst?! Dann müssen wir das machen!«
Violets Begeisterung überzeugt mich. Das und die Tatsache, dass mitten auf dem Tisch eine Obstschüssel mit ei-

nem großen Bündel frischer Bananen steht. Manche Dinge sind einfach Schicksal, schätze ich.

»Okay«, sage ich. »Legen wir los.«

Die restlichen Zutaten stehen diesmal nicht schon so ordentlich parat. Es wirkt, als wären die magischen Küchenelfen vor Mr Kruffs geflohen. Wir müssen die Schränke durchforsten, um eine Packung Haferkekse, eine Dose Kondensmilch und eine halb leere Packung Rohrzucker zu finden. Ganz hinten im Kühlschrank finden wir Crème Double und Butter.

Als wir alles zusammengetragen haben, lese ich mir das Rezept noch einmal durch. »Sieh ihn dir an«, sagt Violet über meine Schulter und zeigt auf die comicartige Zeichnung des kleinen dicken Georgie Porgie. Mit zum Kuss geschürzten Lippen jagt er eine Schar fröhlicher Mädchen. »Ist der eklig.« Sie verzieht das Gesicht. »Von dem möchte ich nicht geküsst werden. Es sei denn, aus ihm wird ein Junge wie Nick Farr.«

Ich zucke innerlich zusammen. »Nick Farr?«

»Der ist doch süß, oder?« Sie lacht.

»Ja.« Es hat keinen Sinn, darum herum zu reden.

Ich stelle den Herd an, um die Butter zu schmelzen. Aus irgendeinem Grund bin ich nervös und angespannt, vielleicht wegen des Krankenhausbesuchs oder des Eindringlings, der hier war. Aber wenn ich ehrlich bin, liegt es wahrscheinlich daran, dass Violet Nick Farr erwähnt hat.

Violet zerkrümelt die Kekse und gibt sie in den Topf. Während ich sie mit der Butter verrühre, beruhige ich mich langsam etwas.

»Glaubst du, er kommt wieder?«, fragt Violet.

»Wer?«, frage ich verschreckt.

»Mr Kruffs. Es ist irgendwie unheimlich, dass er hier war.«

Ich sehe mich in Rosemarys Küche um. Sie wirkt einsam ohne die Katze. »Vielleicht darf Mr Kruffs ja hier sein. Ich weiß nicht ...« Meine Stimme versiegt. »Ich wünschte, wir könnten etwas tun, um Mrs Simpson zu helfen.«

Violet bringt mir ein paar Tortenformen aus dem Schrank. Wir drücken die krümelige Mischung hinein und stellen die Formen dann in den Kühlschrank, damit alles fest werden kann. »Was könnte das sein?«

Ich schüttele den Kopf. »Ich habe nicht die geringste Ahnung.«

17
Geheime Kostproben

Ich weiß wirklich nicht, wie wir Mrs Simpson helfen könnten. Aber ich weiß, dass es großartig ist, die Bananentoffeetorte zu machen. Violet und ich verdreifachen die Rezeptmenge, damit wir genug für uns sowie jede Menge »Kostproben« für die Schule haben. Zum Glück gibt es in Rosemarys Küche zahlreiche Schüsseln und Tortenformen.

Die Füllung zuzubereiten ist eine süße, klebrige Sauerei und ein großer Spaß. Wir stopfen uns mit Bananen voll und lecken die Schüsseln aus. Dann quatschen und lachen wir und sehen die Schränke durch, während die Torten im Kühlschrank fest werden. Ich stoße auf mehrere große Tafeln Schokolade und nehme sie heraus.

»Laut Rezept soll man die Torten mit Schokoladenlocken verzieren«, sage ich.

»Die hier können wir auch verwenden«, sagt Violet und holt eine Blechdose mit Gebäckdekoration aus dem Schrank: Streusel in allen Formen und Farben, Spritzbeutel und Lebensmittelfarben, sogar Blattgold, das man essen kann.

Als die Torten abgekühlt sind, nehmen wir sie eine nach der anderen heraus, zwei runde, eine herzförmige und eine, die wir in einer Pfefferkuchenmannform gemacht haben.

»Guck mal, Georgie Porgie«, sage ich, als ich den Mann aus

marmorierter Bananencreme aus dem Kühlschrank hole. Wir müssen beide lachen.

Die Schokoladenlocken stelle ich mit einem Kartoffelschäler her, wie im Rezeptbuch vorgeschlagen. Violet verziert Georgie Porgie mit kleinen Zuckergusssternen und einer Krawatte aus bunten Streuseln. Sie verpasst ihm Augen aus Schokoplättchen und eine Nase und einen Mund aus Zuckerguss. Ich kann mir das Lachen nicht verkneifen, als ich ihm Haare aus Schokoladenlocken aufsetze. So eine ausgefallene Torte habe ich noch nie gesehen und Georgie Porgie hat keinerlei Ähnlichkeit mit Nick Farr. Violet macht ihm noch einen Kragen und einen Gürtel aus kristallisierten Veilchen. Am Ende sieht er aus wie ein großer, schmieriger Schneemann.

Auf die herzförmige Torte schreibt Violet in großen, geschwungenen Zuckergusslettern »Der geheime Kochklub« und ich bedecke den Rest mit Streuseln und Schokoladenlocken. Endlich sind wir fertig.

»Sie sehen toll aus«, sage ich strahlend. Wir finden ein paar tiefe Tupper-Behälter, mit denen wir die Torten morgen in die Schule mitnehmen können. Dann hauen wir rein und essen die kleine runde Torte, die wir für uns selbst gemacht haben.

Sie ist klebrig und saftig und der Geschmack nach Toffee und frischen Bananen ist die beste Kombination der Welt.

»Mmmh«, schnurrt Violet. »Besser geht's nicht.«

Ich lasse die kühle Creme einen Moment lang auf meiner Zunge ruhen, bevor ich sie hinunterschlucke. Sie schmeckt köstlich und schön süß, aber nicht zu süß, wie Goldlöckchens Haferbrei ist sie genau richtig. Ich kann immer noch nicht glauben, dass wir sie selbst gemacht haben. Aber das haben wir!

»Wir werden Plastikschüsseln und Löffel für die Schule brauchen.« Ich lecke mir die Creme von der Oberlippe. »Die Torten sind ziemlich klebrig.«

»Ja«, sagt Violet zwischen zwei Bissen. »Wir können beim Eckladen auf dem Weg zur Schule welche kaufen. Hast du Geld?«

»Ich habe ein bisschen Taschengeld gespart. Das könnten wir nehmen.«

Wir räumen alles auf und stellen die Torten wieder in Mrs Simpsons Kühlschrank, damit sie über Nacht durchkühlen. Wir verabreden, dass ich sie am Morgen vor der Schule holen werde.

Als wir das Haus verlassen, ist es dunkel, und nach draußen zu treten fühlt sich an, als würde man in ein kaltes Bad eintauchen. Außer Rosemarys Küche kommt mir nichts mehr real vor. Violet wirkt ungewöhnlich still, als ginge es ihr ebenso.

»Alles okay?«, frage ich. Wir stehen in der Nähe einer Straßenlaterne am dämmrigen Rand des Lichtkegels.

»Ja.« Violet nickt. »Wir sehen uns morgen.« Sie dreht sich um und macht sich auf den Weg. Ich sehe ihr nach, bis sie um die Ecke biegt und verschwindet.

Als ich diesmal nach Hause komme, habe ich nicht so viel Glück wie letztes Mal. Mum ist in der Küche und ruft mit ihrem Handy panisch Leute an, weil sie nach mir sucht.

»Ernsthaft, Scarlett«, sagt sie, »ich bin vor Sorge fast gestorben. Wo warst du?«

Ich setze mich an den Tisch und fühle mich erschöpft. Ich wünschte, ich könnte Mum alles erzählen – vom Krankenhaus, dem Kochen, Mrs Simpson und davon, dass wir sie vor Mr Kruffs bewahren müssen. Und von der oberleckeren Bananentoffeetorte, die wir gemacht haben. Ich öffne den Mund und schließe ihn wieder. Ich kann Mum überhaupt nichts erzählen. Wenn ich es tue, werde ich es nur bereuen.

»Tut mir leid, Mum«, sage ich halbherzig. »In der Schule ist ein neues Mädchen. Ich war bei ihr zu Hause. Wir arbeiten zusammen an einem Naturwissenschaftsprojekt.«

Mum fragt nicht nach dem Namen des Mädchens und ich gebe ihn nicht freiwillig preis. Sie schüttelt den Kopf. »Ehrlich, Scarlett! Ich meine, ich weiß, dass du nicht mehr mit mir reden willst, aber so was kannst du wirklich nicht machen.«

»Es tut mir leid, Mum. Es ist nur so, dass ...« Ich hole Luft. Ich werde ihr erzählen, wie ich mich fühle. Ich werde herausfinden, ob wir wieder Freunde sein können. Ich werde ...

»Mach das nie wieder.« Ihr Gesicht ist rot, als sie auf die Uhr sieht. »Ich hänge dermaßen hinterher. Mein Gastpost für *scarykids.com* ist morgen fällig. Ich kann einfach nicht fassen, wie rücksichtslos du manchmal bist.«

Sie dreht sich um und stürmt in die Mama-Höhle. Die Tür knallt hinter ihr zu. Mit einem großen Seufzer gehe ich nach oben in mein Zimmer und krieche ins Bett. Ich träume von einer Schar Mädchen, die Nick Farr als Georgie-Porgie-Version jagt und dessen Blick meinem begegnet, als er davonrennt.

Am nächsten Morgen wache ich mit Schmetterlingen im Bauch auf. Ich finde die Spardose mit meinem Taschengeld in meiner Sockenschublade und öffne sie. Am Boden liegen ein paar lose Münzen, aber der Fünfpfundschein, den ich hatte, ist verschwunden. Ich stöhne leise. Nicht nur, dass Mum meistens vergisst, mir Taschengeld zu geben, sie »leiht« sich auch immer Geld von mir, wenn sie nicht am Geldautomaten war.

Aus Mums Zimmer ist Schnarchen zu hören und ich will sie nicht wecken. Stattdessen gehe ich runter in die Mama-Höhle, wo Mum ihre Handtasche aufbewahrt. Wie immer ist ihr Schreibtisch in Unordnung. Überall liegen Unterlagen – zerknitterte Entwürfe für Artikel und Blogposts, Briefe von Boots und glänzende Fotos von der Survival-Kit-Verpackung. Mir wird plötzlich klar, wie hart Mum arbeitet, um ihr Blog-Imperium am Laufen zu halten.

Ich finde Mums Handtasche, »leihe« mir einen Fünfpfundschein zurück und vermerke es auf einem gelben Zettel, damit sie Bescheid weiß. Unter ihrer Tasche liegt ein Blatt Papier, ein Ausdruck von etwas, an dem sie schreibt, wobei die Hälfte davon mit rotem Stift durchgestrichen ist. Mein Magen verknotet sich, während ich den nicht durchgestrichenen Teil überfliege.

Ich gegen sie – warum sind wir uns so fremd geworden?

Sie fängt in humorvollem Ton an: »Ich wollte nie eine von diesen Eislauf-Müttern sein. Aber jetzt wird mir klar, dass ich kolossal versagt habe. Ich meine, wenn ich geahnt hätte, dass meine Tochter mich hassen würde, sobald sie ins Teenageralter kommt, hätte ich wenigstens dafür gesorgt, dass sie Konzertpianistin wird.«

Ich lese weiter. Statt sich über das übliche Zeug auszulassen, hat sie etwas geschrieben, das mich überrascht. »Neulich ist etwas Seltsames passiert. Ich habe angefangen mich daran zu erinnern, wie es war, in *ihrem* Alter zu sein. Es begann damit, dass ich mit einem Mal Appetit auf Makkaroni-Auflauf hatte, so wie meine Großmutter ihn immer gemacht hat. Und ich fing an mich zu fragen: Wie fühlt *sie* sich eigentlich und bin ich wirklich aufmerksam genug...?«

Der Absatz ist rot durchgekritzelt. Aber die Worte stehen da, schwarz auf weiß.

18
Im Korridor ...

Violet wartet vor dem Eckladen auf mich. Ich habe die drei Tupper-Behälter aus Rosemarys Küche in einer riesigen Leinentasche dabei. Unser Geld reicht gerade, um eine Packung Plastikschüsseln und eine Packung Löffel zu kaufen, außerdem etwas Backpulver, das wir bei Mrs Simpson fast aufgebraucht haben.

»Heute bist du dran«, sagt sie auf dem Weg nach draußen.

»Ich dran? Womit denn?«

»Damit, die geheimen Kostproben hinzustellen. Du musst nur sichergehen, dass du vor allen anderen in die Kantine kommst. Und vergiss nicht ein Schild zu schreiben, das du auf den Tisch stellen kannst.«

»Ich?« Mein Herz hämmert panisch. »Ich dachte, du machst das.«

»Ich habe es letztes Mal gemacht. Ich kann ja nicht jeden Tag zur gleichen Zeit auf die Toilette gehen, oder?«

»Ich weiß nicht.« Wir gehen schweigend weiter, während es in meinen Venen brodelt. Was, wenn mich jemand dabei beobachtet, wie ich drei cremige Bananentoffeeberge in die Kantine schmuggle? In der Schule spricht sich alles furchtbar schnell herum. Ich sorge mich auch um den geheimen

Kochklub. Er mag nur aus Violet und mir bestehen, aber wenn ich den Klub verliere, was bleibt mir dann noch?

Der Vormittag vergeht wie im Flug. Ich versuche mich auf Adverbien und Algebra zu konzentrieren, aber ich starre immer wieder auf die Uhr, während die Zeit näher rückt, zu der ich die Hand heben und um eine Toilettenpause bitten soll. Noch zwanzig Minuten, noch zehn, dann fünf.

Gerade als ich mich melden will, kommt mir Nick Farr zuvor.

»Entschuldigen Sie, Mrs Fry, ich muss zur Toilette«, sagt er.

Die Mathelehrerin nimmt den Jungs-Toilettenpass vom Haken und gibt ihn Nick.

»Ähm, ich auch«, sage ich kleinlaut. Ich spüre, wie mir die Röte ins Gesicht kriecht, während hinter mir jemand kichert.

Die Lehrerin stemmt die Hände in die Hüften. »In fünfzehn Minuten ist Mittagspause – kannst du nicht warten?«

»Nein, Mrs Fry.« Mir kribbelt die Haut von all den Blicken, die auf mir ruhen. Wenn die Bananentoffeetorten plötzlich in der Kantine stehen, werden sicher alle kapieren, dass ich es war.

Aber was kann ich schon tun? Ich sehe flehentlich in Violets Richtung, doch sie starrt auf ihr Heft hinunter, das bläulich schwarze Haar wie ein Vorhang vor dem Gesicht. Mit einem ärgerlichen Seufzer gibt mir die Lehrerin den Mädchen-Toilettenpass. Ich halte die Luft an, bis ich den Raum durchquert habe und aus der Tür getreten bin.

Der Korridor ist leer – keine Spur von Nick. Ich eile den Flur zu dem leeren Klassenraum hinunter, wo ich die Leinentasche mit den Torten im Garderobenschrank verstaut habe. Sie ist noch an ihrem Platz, zusammen mit der Tüte mit den Plastikschüsseln und -löffeln. Ich schnappe mir alles und gehe wieder in den Flur. An den Klos vorbei eile ich zur Kantine. Wenn mich jetzt jemand entdeckt ...

Hinter mir schwingt eine Tür auf ... bin ich erledigt! Ich spüre einen Blick in meinem Rücken. *Seinen* Blick.

Nick Farr. Kapitän des Rugby-Teams, Top-Schüler der Naturwissenschaften, guter Freund von Gretchen, Alison und all den beliebten Mädchen. Vom Rest von uns aus der Ferne angeschmachtet – in diesem Fall allerdings nicht fern genug.

»Scarlett?«

Seine Stimme.

»Alles okay?«

Ich drehe mich um, mit aufgerissenen Augen wie ein Reh im Scheinwerferlicht.

»Ja, alles gut.« Ich zwinge mich zu einem Lächeln.

Er starrt auf die riesige Tasche in meiner Hand.

»Was hast du denn da?«

»Ähm, nichts.« Bevor er noch etwas sagen kann, gehe ich auf die Mädchentoilette. Ich stehe keuchend da und betrachte mein Spiegelbild. Mein Haar ist genauso außer Form wie ich und die Haut an meinem Hals ist von schuldbewusst wirkenden roten Flecken übersät. Mein Kopf ist ein Strudel der Unschlüssigkeit. Soll ich wieder in den leeren Klassenraum gehen und die Kostproben verstecken? Soll ich meine Mission fortsetzen, als wäre nichts passiert? Soll ich Violet davon erzählen? Mit Nick reden und abwarten, ob er ein Geheimnis bewahren kann? Aber vielleicht zählt er eins und eins auch gar nicht zusammen. Okay, das ist eher unwahrscheinlich.

Ich streiche mir das Haar glatt und funkele mein Spiegelbild an. »Reiß dich zusammen«, sage ich zu dem Mädchen, das zurückstarrt.

Der Korridor ist verwaist, als ich aus der Toilette komme. Ich eile in die Kantine. Meine Hand zittert, als ich die Torten heraushole und sie in einer Reihe auf den Tisch stelle. Die Kantinendamen unterhalten sich laut hinter ihrem kleinen Ausgabefenster, während sie letzte Vorbereitungen für das Mittagessen treffen, aber sie bemerken mich nicht. Ich krame die Schüsseln und die Löffel aus der Tüte. Warum habe ich sie nicht schon vorher aus der Verpackung genommen? Irgendwie gelingt es mir, sie aus der Plastikhülle zu zerren, wobei mir ein Fingernagel einreißt. Schließlich falte ich mein Schild auseinander und klebe es an die Tischkante: »Kostproben vom geheimen Kochklub«.

Ich drehe mich um, renne aus der Kantine und wieder den Korridor entlang. Ich schlüpfe ins Klassenzimmer, als alle gerade ihre Hefte für die Mittagspause einpacken. Als ich meinen Platz erreiche, kann ich mir nicht verkneifen nach vorn zu blicken, wo Nick Farr sitzt. Er wendet sich um und unsere Blicke treffen sich, wie in meinem Traum. Mir dreht sich der Magen um. Er schenkt mir ein Lächeln zum Dahinschmelzen ... und legt dann einen Finger an die Lippen.

19
Der geheime Kochklub schlägt wieder zu

Hektisches Papiergeraschel und Stühlescharren bricht aus, als sich die Klasse in die Mittagspause aufmacht. Violet wirft mir quer durch den Raum einen wissenden Blick zu und gesellt sich dann zu Gretchen und Alison. Ich spüre einen eifersüchtigen Stich, aber zu unserer »Tarnung« gehört auch, dass Violet und ich nicht zusammen in der Schule abhängen. Ich folge den Schülerhorden in die Kantine.

Dort setze ich mich an meinen üblichen Tisch neben der Tür. Etliche Leute stehen schon Schlange am Tisch in der Mitte, um sich eine Schüssel mit Bananentoffeetorte zu nehmen. Es ist genau wie die Tage zuvor – die Goths, die Sportler, die Nerds. Mein Herz macht einen Satz, als Gretchen sich flankiert von Alison und Violet an die Spitze der Schlange drängt.

Doch wer mit mehr Heiterkeit gerechnet hat, erlebt eine Überraschung. Eins der Goth-Mädchen, groß und dünn mit kräftigem schwarzem Eyeliner, stößt Gretchen mit dem Ellbogen aus dem Weg. »Es gibt eine Schlange, weißt du«, sagt sie knapp.

Ich halte die Luft an, als Gretchen sich dem Mädchen zuwendet und den Kopf reckt. »Was hast du gesagt?«, fragt sie herausfordernd.

Das große Mädchen schnaubt. Zwei ihrer bleichgesichtigen Freundinnen flankieren sie wie gespenstische Zwillinge. »Stell dich hinten an.«

»Reg dich ab«, sagt Gretchen. Ihr Gesicht hat einen seltsamen gräulichen Ton angenommen. Ist sie krank?

Das große Mädchen sieht zu ihren beiden Freundinnen, starrt dann Gretchen an und schnaubt noch einmal leise. »Weißt du was?«, sagt sie mit einer wedelnden Handbewegung. »Geh ruhig vor, tu dir keinen Zwang an.«

Gretchen setzt ihr künstliches kleines Prinzessinnenlächeln auf. Sie nimmt sich ein großes, klebriges Tortenstück. Alle sehen zu, als sie sich den Plastiklöffel unter die Nase hält, daran riecht und ihn dann in den Mund steckt.

»Ha«, sagt das große Mädchen. »Davon wirst du *richtig* fett.«

Das letzte Wort hallt durch den ganzen Raum. Eine gefühlte Ewigkeit lang wagt niemand zu atmen, geschweige denn zu sprechen.

Wenn es eine Bezeichnung für Gretchens Gesichtsfarbe gibt, dann kenne ich sie nicht. Erst wird ihr Gesicht irgendwie pink und fleckig, als hätte sie sich ein Ekzem aufgekratzt oder so, doch dann nimmt es sofort ein grünliches Grau an, das an Erbsensuppe erinnert, die zu lange im Kühlschrank stand. Der Löffel in ihrer Hand fällt zu Boden. Alle drehen sich um und glotzen, als ihre Wangen sich aufblähen und ihre Augen hervortreten. »Achtung«, schreit Violet. Aber noch ehe jemand reagieren kann, öffnet sich Gretchens

Mund und ein Kotzeschwall bricht aus ihr hervor, der über den Tisch schießt und sich als glatte, braune Sauerei über den Boden ergießt.

Es folgt kollektives entsetztes Japsen. Und dann kreischt das große Goth-Mädchen: »Oh, widerlich! Das kotzende Gretchen!«

»Das kotzende Gretchen.« Die Worte wandern durch die Kantine wie bei einer Runde Stille Post. Hier und da wird gestöhnt und gekichert und dann bricht ein ziemliches Durcheinander los. Aus dem Augenwinkel sehe ich Violet den Raum verlassen. Ich stehe auf und renne ihr nach.

Vor der Kantine sacke ich gegen die Wand. »Was haben wir getan?«, zische ich im selben Moment, als Violet hervorstößt: »Unsere tollen Torten!«

»Das war schrecklich«, sage ich, unsicher, ob ich lachen oder weinen soll. »Wir hätten keine Kostproben anbieten sollen. Ich meine ... glaubst du, Gretchen geht es gut?«

Violet zuckt mit den Achseln. »Ich denke schon. Es lag ja auch nicht an unserer Torte, dass sie sich übergeben musste, sie hatte vorher schon Bauchschmerzen.« Ihre Augen werden groß. »Das kotzende Gretchen.« Sie lacht glucksend.

Die Kantine leert sich wie auf Knopfdruck. Mir fällt auf, dass trotz Gretchens Kotzerei ziemlich viele Leute Schüsseln mit Bananentoffeetorte dabeihaben.

»Ich sehe dich nach der Schule, okay?«, sagt Violet.

»Ich weiß nicht ...« Ich mache mich auf den Weg den Korridor entlang, damit uns niemand zusammen sieht. Jetzt, wo unsere Torte Gretchen gedemütigt hat, wird sie wissen wollen, wer dahintersteckt. Wie konnte ich nur zulassen, dass ich in diese Situation gerate?

»Komm schon, Scarlett!«, sagt Violet.

»Hör zu«, sage ich. »Ich kann das nicht mehr machen. Wenn meine Mum das herausfindet.«

»Das war's also?«, unterbricht mich Violet. »Du lässt sie einfach gewinnen? So wie du es die ganze Zeit gemacht hast?«

Ich wirble herum, um sie anzusehen, Wut kocht in mir hoch. »Du begreifst es einfach nicht, oder? Und du hast Glück, du musst es auch nie begreifen.«

20
Der Verrat

Das Einzige, was schlimmer ist, als nichts Gutes in meinem Leben zu haben, ist, etwas zu haben und es dann zu verlieren. Dank Gretchen und meinem Streit mit Violet stirbt der geheime Kochklub einen schnellen, aber schmerzhaften Tod.

Nach der Schule gehe ich in die Bibliothek statt zu Mrs Simpson. Der ganze Schulkram ist mir nie schwergefallen, deshalb bin ich mit meinen Hausaufgaben schnell fertig. Ich blättere in ein paar Wissenschaftsmagazinen in der Hoffnung, mich für irgendetwas zu begeistern. Aber ich kann nur daran denken, wie sehr ich Violet vermisse und welche Rezepte wir hätten ausprobieren können, wenn die Dinge anders lägen. Ich vergesse sogar mir allzu große Sorgen wegen Mums bevorstehendem Post zu machen. Selbst wenn sie irgendwie von Gretchen gehört haben sollte, deutet nichts darauf hin, dass die Ereignisse etwas mit mir zu tun haben könnten.

Gretchen ist am nächsten Tag nicht in der Schule. Violet hängt mit Alison ab. Die Schule brummt und brodelt immer noch wegen »des Vorfalls« und Handys werden herumgereicht, auf denen YouTube-Videos davon zu sehen sind. Mir tut Gretchen sogar irgendwie leid. *Irgendwie.*

Am Freitagmorgen geht Mums wöchentlicher Blogpost

online. Diese Woche lautet der Titel *Dating für Alleinerziehende*. Der Post ist schrecklich und zum Fremdschämen, aber immerhin handelt er nicht von mir. Gretchen kommt wieder zur Schule, mit neuem Haarschnitt und frischen French Nails. Sie tut so, als wäre nie etwas gewesen.

Mittags sehe ich aus der Ferne zu, wie Violet mit Gretchen, Alison und Nick plaudert und lacht, als wären sie schon seit einer Ewigkeit befreundet. Violet hat sich für sie entschieden statt für mich. Jetzt kann ich nur noch hoffen, dass sie vergisst, dass ich und der geheime Kochklub jemals existiert haben.

Nach der Schule gehe ich wieder in die Bibliothek. Diesmal muss ich einen Aufsatz schreiben, für den ich tatsächlich etwas zu recherchieren habe. Ich gehe direkt nach der Schule hin und bleibe, bis sie schließt. Langsam schleppe ich mich nach Hause. Mir graut vor dem Abend, der vor mir liegt, vor dem Wochenende und mehr oder weniger vor dem Rest meines Lebens.

Es ist fast dunkel, als ich in meine Straße einbiege. Ich bleibe vor Mrs Simpsons Haus stehen. Die Fenster sind verhüllt, aber drinnen kann ich einen Lichtschimmer ausmachen. Ich schleiche mich zur Tür und spähe durch den Briefschlitz. Das Licht fällt durch die halb offene Küchentür. Und dann höre ich Lachen – Mädchenlachen.

Mein Herz hüpft mir in den Hals. Violet ist drinnen. Und sie ist mit anderen zusammen, nicht nur mit einer Person, sondern mit zweien. »Lecker!«, quiekt eine hohe Stimme. Ich weiß, wer das ist.

Gretchen.

Ich stehe wie erstarrt da, unfähig zu atmen. Ich weiß

nicht genau, wie viel Zeit vergeht, aber bald erkenne ich die Silhouetten von Gretchen und Alison vor dem heimeligen Rechteck aus Licht. Ich höre einen Chor aus »Tschüs« und »Danke« und »Bis bald«. Ich haste weg von der Tür und verstecke mich hinter einem stinkigen Müllcontainer an der Seite des Hauses. Die Tür öffnet und schließt sich. Schritte.
»Das hat tatsächlich Spaß gemacht.« Alisons Stimme.
»Ja, ich hab dir doch gesagt, Violet ist cool.«
Mein Herz pocht so laut, dass ich kaum höre, wie sie sich die Straße hinunter entfernen. Was auch immer sie gemacht haben, Violet ist drinnen geblieben, um aufzuräumen. Ich stürme zur Tür und klingle. Ich hoffe, es jagt ihr einen Riesenschreck ein.

Es kommt keine Reaktion, also trete ich die Fußmatte weg, nehme den Schlüssel und drehe ihn rabiat im Schloss. Sobald ich im Flur bin, knalle ich die Tür hinter mir zu.

Aus der Küche kommt das Geräusch von tapsenden Füßen. Violet versucht wohl sich zu verstecken. Ich stapfe hinein, sie soll ruhig glauben, ich sei Mr Kruffs.

»Violet?« Aber statt mich bedrohlich anzuhören, versagt mir die Stimme.

Es kommt keine Antwort.

»Wie konntest du das nur tun? Wir hatten ein Geheimnis, nur du und ich. Wie konntest du Gretchen davon erzählen, ausgerechnet Gretchen?!« Meine Stimme versagt wieder und eine Sekunde später schüttelt mich ein Schluchzen.

»Ich habe dir *vertraut!*«

Violet kommt hinter dem Bücherregal hervor. Ihr Gesicht wirkt schmaler und sie hat dunkle Ringe unter den Augen, als hätte sie nicht geschlafen.

»Du hast gesagt, du willst das nicht mehr machen«, sagt sie leise. »Ich bin gestern *und* vorgestern nach der Schule hergekommen und habe auf dich gewartet. Aber du bist nicht aufgetaucht.«

»Also hast du stattdessen Gretchen mitgebracht! Du weißt, was ich von ihr halte. Du hast sie *hierher* gebracht!« Die Worte gluckern aus mir hervor wie Gift. »Das war Verrat, Violet. Du hast uns verraten.«

»Nein, habe ich nicht.« Sie versucht mir die Hand auf den Arm zu legen, aber ich zucke zurück. Erst dann bemerke ich das Tablett mit undekorierten Cupcakes in gekräuselten pinken Papierförmchen, die auf einem Rost abkühlen. Ich balle die Fäuste, um mich davon abzuhalten, sie in den Müll zu werfen.

»Gretchen ist dahinter gekommen, dass ich es war«, stößt Violet hervor. »Dass ich zum geheimen Kochklub gehöre. Ich meine, es war ja auch irgendwie offensichtlich, oder? Mit den Kostproben ging es ungefähr los, als ich an die Schule gekommen bin.«

»Und? Du hättest es ja abstreiten können.«

»Nein, hätte ich nicht! Nick hat dich im Korridor gesehen, wo du dich komisch benommen hast. Gretchen hat eins und eins zusammengezählt und kapiert, dass du das mit den Torten warst.«

»Nein!« Ich verberge mein Gesicht in den Händen. »Genau das habe ich befürchtet!«

»Hör zu, okay? Sie fand die Idee mit dem geheimen Kochklub echt cool. Sie hatte die Haferkekse probiert und mochte sie total gern. Und ihr ist wirklich nicht von der Torte schlecht geworden, sie hatte einen Magen-Darm-Virus.«

»Das ist Blödsinn.«

»Ich wusste nicht, was ich tun sollte. Das Geheimnis war gelüftet. Ich wusste, dass du nicht gewollt hättest, dass sie es deiner Mum erzählt.«

»Meiner Mum?« Mein Körper wird ganz steif.

»Ja«, sagt Violet. »Und damit sie das Geheimnis für sich behält, habe ich sie und Alison in den Kochklub eingeladen.« Ihre Schultern sacken zusammen. »Ich hatte gesehen, wo der Schlüssel versteckt ist, deshalb wusste ich, wie man reinkommt ... Ich weiß, dass es ein Riesenfehler war, aber ich wusste nicht, was ich sonst tun sollte. Ich wusste, du hasst mich wahrscheinlich dafür, dass du die Torten in die Kantine bringen solltest. Aber selbst wenn du nie wiedergekommen wärst, wollte ich das Geheimnis bewahren. Ich habe Gretchen gesagt, dass sie niemals jemandem erzählen dürfe, dass du dabei warst. Dass es mies war, was sie dir früher angetan hat. Ich ...« Ihre Stimme zittert. »Ich dachte, ich würde dir einen Gefallen tun ...«

»Einen Gefallen!«, rufe ich. »So nennst du das? Ich habe dir mein Herz ausgeschüttet, habe dir von meiner blöden Mutter erzählt und davon, wie ich mich dank ihr fühle. Und was machst du? Erzählst es ausgerechnet *Gretchen*!«

»Es tut mir leid, Scarlett.«

»Ich meine, wie fändest du es, wenn deine Mum dein ganzes Leben im Netz verbreitet? Wie fändest du es, wenn deine Mum wie meine wäre?«

Ich breche abrupt ab. Violet dreht sich weg, ihre Schultern beben, als sie anfängt zu weinen. Ganz plötzlich fällt der Groschen. Ich habe einen schrecklichen Fehler gemacht.

21
Buttercreme

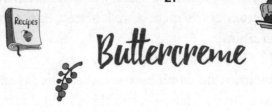

Die Wut, die mir ihm Hals steckt, verpufft. Auf traurige, tragische Weise ergibt alles einen Sinn. Während meines ständigen Gejammers über meine Mum hat Violet ihre nie erwähnt. Und ich habe nie nach ihr gefragt. Tante Hilda, warum *lebt* Violet bei Tante Hilda?

»Meine Mum ist tot«, sagt Violet. »Genau wie mein Dad. Insofern hast du recht, ich weiß wirklich nicht, wie du dich fühlst.«

»Oh, Violet.« Ich trete einen Schritt zurück, verblüfft von der Wucht ihrer Offenbarung und meines ahnungslosen Egoismus. Sie hebt den Kopf und ich lege ihr den Arm um die Schultern. »Es tut mir so leid«, sage ich.

Nickend wischt sie sich die Augen. Ich setze sie auf einen Stuhl. Die Cupcakes kühlen auf dem Rost ab. Ich beuge mich vor und nehme sie unter die Lupe. Auch ohne Guss sehen sie luftig und köstlich aus.

»Möchtest du darüber reden?«, frage ich leise.

Sie antwortet nicht. Neben den Cupcakes steht eine große Schüssel, aus der ein Holzlöffel ragt. Sie zieht sie an sich heran und fängt an zu rühren, es ist Buttercremeguss für die Kuchen. Ein Spritzbeutel und eine Schachtel mit verschiedenen Garniertüllen liegen auf dem Tisch bereit.

»Wir haben diese Cupcakes für meinen Geburtstag gemacht«, erklärt Violet. »Er ist morgen.« Ihre Lippe zittert. »Ich hatte ein schlechtes Gewissen, ohne dich herzukommen, aber ich habe wirklich geglaubt, du wärst ausgestiegen. Ich wollte das hier nicht verlieren.« Sie gestikuliert mit dem Löffel. »Der geheime Kochclub war auch für mich sehr wichtig.«

»Ich war total egoistisch«, sage ich. »Ich hoffe, du kannst mir verzeihen.«

Sie lächelt matt. »Natürlich.«

»Kann ich dir mit den Cupcakes helfen?«

»Ja.«

Wir teilen den Buttercremeguss in zwei Schüsseln auf. Ich färbe meinen pink und sie fügt zu ihrem weißen Glitzer hinzu. Ich reiche ihr den Spritzbeutel und das Zubehör. Die Abbildung auf der Schachtel zeigt, dass man mit dem Spritzbeutel kleine Kringel und Wirbel machen kann. Es wirkt irgendwie kompliziert, aber ich bin mir sicher, dass Violet es hinbekommt. Sie löffelt etwas Glitzerguss in den Beutel und probiert verschiedene Tüllen auf einem Stück Küchenpapier aus. Ich streiche auf jeden Cupcake eine pinke Grundierung.

Sie nimmt sich einen meiner Cupcakes und fängt damit an eine kleine Bordüre aus Buttercremekringeln um den Rand zu ziehen. Dann legt sie kristallisierte Veilchen in die Mitte und darum herum kristallisierte Rosenblütenblätter. Schließlich rundet sie alles ab, indem sie essbaren pinken Glitzer obendrauf streut.

»Das sieht so hübsch aus«, sage ich.

»Die Verzierungen mache ich am liebsten.«

Ich reiche ihr einen weiteren Cupcake. Sie wechselt die

Tülle und zieht diesmal eine Bordüre aus Schleifen. Ein paar Minuten arbeiten wir still vor uns hin.

»Meine Eltern hatten einen Autounfall«, sagt sie schließlich. »Sie sind von einer Wohltätigkeitsveranstaltung in der Kirche zurückgekommen und ein Betrunkener ist frontal mit ihnen zusammengestoßen. Dad war sofort tot. Aber Mum ...« Sie schnieft. Eine Träne rinnt ihr die Wange hinunter. Sie hält mit dem Spritzbeutel inne und wischt sich mit dem Ärmel das Gesicht. »Sie dachten, sie würde durchkommen. Sie lag im Koma. Ich bin bei Tante Hilda eingezogen und habe Mum jeden Tag im Krankenhaus besucht und stundenlang bei ihr gesessen. Ich habe mit ihr geredet, ihr vorgesungen, so was alles. Ich wollte einfach etwas tun, das sie aufweckt.« Sie schluckt schwer. »Und dann ist sie aufgewacht. Sie wusste nicht, wer ich bin. Die Ärzte haben gesagt, sie habe ein Schädel-Hirn-Trauma und verletzte innere Organe, aber dass sie mit der Zeit gesund werden könnte. Doch noch während ich da saß, fing die Maschine an zu piepen. Sie hatte einen Herzstillstand. Sie haben getan, was sie konnten, aber nichts hat geholfen.«

»Es tut mir so leid.« Als ich es wiederhole, wird mir bewusst, dass »leidtun« vermutlich der nutzloseste Ausdruck der Welt ist. »Es muss, ich meine, es muss schrecklich gewesen sein.«

Sie nimmt den Spritzbeutel wieder in die Hand. »Das war es«, sagt sie. »Ich versuche nicht daran zu denken. Aber manchmal träume ich von diesem Geräusch, als die Linie mit der Herzfrequenz flach geblieben ist.« Eine weitere Träne kullert ihr Gesicht hinunter. Sie wischt sie schnell fort. »Normalerweise weine ich nicht.«

»Das ist in Ordnung, wirklich.« Ich umarme sie noch einmal kurz. »Und es tut mir so leid, dass ich wegen meiner Mum rumgejammert habe, wo sie doch wenigstens ...« Ich breche ab, aus Angst, wieder ins Fettnäpfchen zu treten.

»... am Leben ist«, beendet Violet den Satz für mich. »Mach dir deshalb keine Gedanken.« Sie nimmt sich den nächsten Cupcake vor. »Deine Mum klingt ziemlich furchtbar. Ich schätze, ich habe Glück. Tante Hilda ist echt nett zu mir.« Ihre Hand zittert und sie verschmiert die Bordüre, die sie gerade macht. Ich streiche sie mit einem Messer weg, sodass sie noch einmal anfangen kann. »Sie wird nur nie Mum sein.«

»Ja«, sage ich dämlich. Ich erinnere mich an den Stich – den sehr kurzen Stich –, den es mir versetzt hat, als ich den Krankenwagen in unserer Straße gesehen habe und Angst hatte, Mum könnte etwas passiert sein. Als Dad uns verlassen hat, war ich traurig, und eine Weile habe ich mich gefragt, ob er geblieben wäre, wenn ich eine bessere Tochter gewesen wäre. Aber Dad war eigentlich immer bei der Arbeit oder mit seinen Kumpels zusammen. Er hatte nie viel Zeit für Kelsie und mich, deshalb war es keine große Veränderung, als er plötzlich nicht mehr da war. Kelsie war noch klein, deshalb kann sie sich kaum an ihn erinnern. Aber wenn Mum etwas zustieße ...

Ich schaudere innerlich. Sie ist bei Weitem nicht perfekt, aber sie ist immer noch meine Mum.

»Tante Hilda musste mich aufnehmen, weil es sonst niemanden gab. Ich glaube nicht, dass sie es wirklich wollte. Ich meine, sie hat ihr eigenes Leben. Sie geht gern nach der Arbeit mit ihren Freunden aus, aber sie will mich nicht allein

lassen. Außerdem hat sie sich vor einem Jahr oder so scheiden lassen und hat sich bei einer Online-Dating-Seite angemeldet. Ich bin ... du weißt schon ... irgendwie im Weg.«
»Das bist du bestimmt nicht.«
Sie zuckt mit den Achseln. »Wie auch immer. Wenigstens habe ich das hier.« Sie zeigt auf die Cupcakes, die so schön pink und weiß glitzern.
»Ja.«
Sie blickt zu mir auf, ihre Augen haben die Farbe eines leuchtend blauen Flecks. »Jetzt weißt du es also. Mein Leben in Kurzform.«
Ich nicke.
»Und was machen wir jetzt?«, fragt sie. »Mit dem geheimen Kochklub? Bist du noch dabei? Ich muss dass wissen.«
»Ja«, sage ich sofort. »Ich bin noch dabei.«

Ich bin noch dabei.
Natürlich bin ich das. Violet braucht eine Freundin genauso dringend wie ich und außerdem bin ich der halbe geheime Kochklub. Oder ... ein Viertel Kochklub.
In dieser Nacht liege ich wach, ich kann nicht schlafen. Ich mache mir immer noch Sorgen, weil Violet Gretchen in unser Geheimnis eingeweiht hat, auch wenn es gut gemeint war. Als wir mit den Cupcakes fertig waren und die Küche aufgeräumt haben, hat Violet mir versichert, dass Gretchen sich voll darauf einlasse und die Dinge geheim halten werde. Alison sei nicht das Problem – die macht, was immer ihr Gretchen sagt. Violet meinte, sie würde am nächsten Tag mit Gretchen und Alison reden und wir könnten uns alle am Sonntag treffen.

»Okay«, habe ich immer noch skeptisch gesagt. »Aber wenn Gretchen es irgendjemandem erzählt, dann war's das. Dann bin ich raus«, habe ich sie gewarnt. »Hast du verstanden?«

Violet sagte, das habe sie.

Sie sagte, sie werde sich um alles kümmern.

Das muss ich ihr glauben.

22
Der neue geheime Kochklub

»Willkommen im geheimen Kochklub.« Meine Stimme klingt weniger fest als beim Üben. Violet kommt mit Gretchen und Alison in Mrs Simpsons Küche und ich zwinge mich zu einem Lächeln.

Gretchen sieht mich argwöhnisch an. »Hallo, Scarlett.«

»Das ist so eine Hammer-Küche«, sagt Alison. »Es muss toll sein, eine Super-Bloggerin zur Mutter zu haben.«

Ich blicke zu Violet. Sie hat ihnen nicht erzählt, wem die Küche wirklich gehört. Verlegen zuckt sie die Achseln.

»Wir müssen uns gleich auf ein paar grundlegende Regeln verständigen.« Ich deute auf den Tisch, auf dem Becher und Gläser bereitstehen. Ich habe Wasser aufgekocht und außerdem in einer Karaffe ein Sirupgetränk angerührt. Alison und Violet nehmen Platz, aber Gretchen lehnt sich mit verschränkten Armen an das Kochbuchregal.

Ich bin mir nicht sicher, was ich als Nächstes tun soll: sitzen oder stehen, Getränke einschenken oder nicht. Eine starke Spannung liegt in der Luft. Ich bleibe am Kopf des Tisches stehen und rede einfach weiter.

»Erstens«, sage ich, »geheim heißt geheim.« Ich sehe Gretchen direkt an.

Sie reckt das Kinn, als hätte ich sie beleidigt, und starrt zurück. »Wir werden es niemandem in der Schule sagen«, sagt sie. »Falls du dir deshalb Sorgen machst.«

»Auch meiner Mum nicht?« Mir wird klar, dass ich mit diesen vier Worten alles verraten habe, aber was soll ich sonst tun?

Sie bleibt so lange stumm, dass mir der Schweiß ausbricht. »Auch deiner Mum nicht.«

Wir sehen uns einen Augenblick fest in die Augen. Ich beschließe, dass es reicht. Ich setze mich an den Tisch. Ich weiß nicht, wer von uns »gewonnen« hat, aber die Spannung löst sich langsam. Gretchen macht sich eine Tasse Tee und ich gieße uns anderen vom Sirupmix ein.

»Okay«, sage ich. »Das ist das Wichtigste. Aber es gibt noch ein paar Dinge, die ihr wissen müsst.« Ich sehe zu Alison. »Zum Beispiel ... dass dies nicht mein Haus ist.«

Violet holt die Cupcakes, die wir hiergelassen haben, aus dem Kühlschrank, während ich ihnen von Mrs Simpson erzähle. Gretchen versucht nicht überrascht zu wirken, aber ich bin mir ziemlich sicher, dass ich eine Art Respekt in ihren Augen aufblitzen sehe. Ich erzähle ihnen von meinem Einbruch, um die Katze zu füttern, und davon, wie Violet und ich Mrs Simpson im Krankenhaus besucht haben.

Als ich fertig bin, rechne ich mit irgendeiner Reaktion, mit Fragen oder dergleichen. Aber mittlerweile essen alle die köstlichen pinken Glitzer-Cupcakes mit den Buttercremekringeln und wir sagen so gut wie nichts mehr. Schließlich wischt Alison sich den Mund ab. »Du kannst uns vertrauen, Scarlett. Ich meine, die ganze Sache ist ja so cool, *weil* sie geheim ist.«

»Und da wir ein Klub sind«, sagt Gretchen, »sollten wir irgendein geheimes Zeichen oder ein Codewort haben.«

»Okay«, räume ich ein.

»Wie wär's mit ›Bananentoffee‹?«, schlägt Violet vor.

Gretchen verzieht das Gesicht.

»Vielleicht lieber was anderes.« Alison lacht.

»Wie wär's mit ›Marzipan‹?«, unternimmt Violet noch einen Versuch.

»Zu langweilig«, sagt Gretchen.

»Buttercreme«, sage ich leise.

»Wie bitte?«

»Buttercreme.«

Gretchen sieht Violet an, die nickt. »Ja«, sagt Gretchen. »Das klingt gut.«

»Prima«, sagt Alison. »Da wir das jetzt erledigt haben, können wir uns endlich ans Backen machen. Die Kostproben backen sich ja nicht von selbst.«

Ich stehe auf und hole das kleine Notizbuch vom Ständer. »Das ist das Rezeptbuch, das wir benutzt haben«, sage ich. »Es ist wirklich etwas Besonderes, finde ich zumindest.«

Violet nickt.

Ich reiche es Gretchen wie eine weiße Flagge, mit der wir Frieden schließen. »Worauf hättet ihr denn Lust?«

Gretchen und Alison blättern das Buch durch. »Ich kann gar nicht glauben, dass sich jemand die Zeit genommen hat, das alles aufzuschreiben«, sagt Alison. »Und die Bilder, die sind so süß! Lasst uns doch die »Herzbuben-Erdbeerkuchen« ausprobieren.«

»Ich würde lieber ›Hänsel und Gretels Pfefferkuchen‹ machen«, sagt Gretchen. Sie senkt die Stimme, als könnte es jemand dem Eltern-Lehrer-Ausschuss verraten. »Pfefferkuchen mag ich am liebsten.«

Ich überlasse die Diskussion den anderen und sehe nach, was in den Schränken und im Kühlschrank ist. Zu meiner Überraschung – warum überrascht mich überhaupt noch etwas, das in Rosemarys Küche vor sich geht? – finden sich im Kühlschrank haufenweise frische Früchte, darunter Schalen mit Erdbeeren und Blaubeeren, Kiwis und sogar ein Korb Kirschen.

»Ich glaube, wir sollten mit den Obstkuchen anfangen«, sage ich. »Pfefferkuchen können wir nächstes Mal machen.« Ich sehe zu Gretchen, um mich zu vergewissern, dass sie einverstanden ist.

»Okay«, sagt sie achselzuckend. »Wie auch immer.«

Ich hole das Obst aus dem Kühlschrank. Violet wirkt genauso überrascht wie ich, aber sie lässt sich auch nichts anmerken.

»Gut«, sage ich, »also, als Erstes Hände waschen. Dann muss jemand das Obst abspülen und klein schneiden, jemand muss die Vanillecreme anrühren und jemand muss den Teig für die Kuchen machen. Und ach ja, ehe ich es vergesse: Der Ofen muss vorgeheizt werden.«

Die Aufgaben sind schnell verteilt. Ich tue mich mit Gretchen zusammen, um den Kuchenteig zu machen. Wir suchen die Zutaten zusammen und wiegen sie in einer Schüssel ab.

»Hat deine Mum dir Kochen beigebracht?«, fragt Gretchen.

»Nein«, sage ich. »Sie kocht eigentlich überhaupt nicht. Sie hat keine Zeit dafür.«

Gretchen versteift sich und ich frage mich, was ich Falsches gesagt habe.

»Ich meine, sie ist zu beschäftigt damit, über mich herzuziehen«, füge ich hinzu.

Sie hört mit dem Abmessen auf. »Ich habe nie richtig verstanden, warum du so wütend warst. Deine Mum hat dich zum Star gemacht.« Sie runzelt die Stirn. »Und dann hast du dich total verändert. Als hättest du überhaupt keine Zeit mehr für deine Freunde oder irgendetwas in der Schule.«

»So ist es überhaupt nicht.« Wie konnte ausgerechnet Gretchen das alles so falsch verstehen?

»Aber wie ist es dann?«

Ich kippe das Mehl in die Schüssel. »Weißt du, bevor sie angefangen hat, dachte ich, ich wäre einigermaßen normal. Manchmal habe ich Dinge getan, auf die ich nicht stolz war ... du weißt schon ... peinliche Dinge. Aber das schien keine große Sache zu sein. Doch dann fing Mum an alles in die Welt hinauszuposaunen. Es landete gewissermaßen auf den Titelseiten, dass ich beim Weihnachtsessen gepupst und im Schlaf mein Ekzem aufgekratzt habe. Dann hat sie sich über meine Unterhosen ausgelassen und darüber, wie meine Sporttasche riecht. Plötzlich wurden all diese Sachen riesengroß, ich konnte an nichts anderes mehr denken. Ich hatte das Gefühl, alle starren mich an und lachen mich aus.«

Ich schiebe Gretchen die Schüssel rüber. »Ich meine, glaubst du wirklich, das macht mich zum Star? Glaubst du, ich hätte keine Zeit mehr für meine Freunde, weil ich stolz darauf bin?«

Gretchen zuckt mit den Achseln. »Ehrlich gesagt wusste ich nicht, was ich denken soll. Ich meine, du hast bei meiner Kampagne total mitgeholfen, aber sobald ich gewonnen hatte, bist du einfach verschwunden. Ich dachte, du wärst vielleicht neidisch, aber dann hättest du ja auch selbst kandidieren können. Du hättest voll gewinnen können.«

»Ich?«

»Ich meine, du warst cool. Klug und schlagfertig und so. Das fanden alle.«

»Ich dachte, ich sei ›das langweiligste Mädchen der Welt‹, deine Worte nicht meine.«

»Komm schon, Scarlett, das habe ich nicht wirklich so gemeint. Ich hatte die Nase voll, das war alles. Du hast mir nicht mal zu meinem Sieg gratuliert. Ich hatte keine Ahnung, was ich falsch gemacht hatte.«

»Nun, meiner Mum zu mailen war nicht gerade hilfreich.«

Gretchen stemmt die Hände in die Hüften. »Ich fand deine Mum total cool, als sie den Blog angefangen hat. Und nur um das klarzustellen: Sie hat mir geschrieben, nicht andersrum. Ich bin schließlich die Schülervertreterin im Eltern-Lehrer-Ausschuss. Sie hat mir Fragen über dich gestellt, weil du nicht mehr mit ihr geredet hast. Ich dachte, sie würde sich einfach Sorgen machen. Ich hab ihr gesagt, vielleicht ginge es dir nicht gut, weil du deine Tage hättest oder so. Ich hatte keine Ahnung, dass sie anfangen würde darüber zu schreiben.«

»Dann war es alles nur ein Missverständnis?«

»Vielleicht.«

Ich gebe die gewürfelte Butter in die Schüssel und verrühre sie mit dem Mehl. Und dann frage ich mich, ob ich vielleicht diejenige bin, die sich entschuldigen sollte, statt auf eine Entschuldigung zu warten. Vielleicht habe ich sie ein bisschen zu schnell fallen gelassen, so wie Stacie mich. Vielleicht hätte ich versuchen sollen, Gretchen zu sagen, wie es mir vor sechs Monaten ging. Hätte, hätte. Aber vielleicht ist es ja noch nicht zu spät.

Ich trete zurück und lasse Gretchen die Butter mit dem Mehl vermischen. »Ich bin froh, dass du die Wahl gewonnen hast«, sage ich. »Und ich bin froh, dass du jetzt hier bist.«

»Ja«, sagt sie.

»Es ist nur … dieser ganze Mum-Kram ist furchtbar für mich. Vor dem Blog haben Mum und ich uns gut verstanden, na ja, jedenfalls waren wir einigermaßen normal. Aber jetzt ist es nur noch *Hilfe! Meine Tochter dies* und *Hilfe! Meine Tochter das*. Ich weiß nur eins, sie darf das hier nie herausfinden.«

»Von mir erfährt sie nichts.« Gretchen macht eine lange Pause. »Versprochen.«

»Okay.« Ich hoffe, es ist nicht verrückt von mir, ihr zu glauben.

Ich schließe die Augen und beiße in einen der kleinen Obstkuchen. Die verschiedenen Geschmäcker prickeln auf der Zunge: der Teig leicht und mürbe, die Creme schwer und weich und die Früchte obendrauf (von Violet hübsch arrangiert) glänzend und frisch und mit Aprikosenglasur versehen. Als sich der Abend dem Ende neigt, scheint das mit uns vieren ziemlich normal zu sein. Und ich muss zugeben, dass vier Leute viel mehr wie ein echter Klub wirken als Violet und ich allein. Ich bin erleichtert, als Gretchen anbietet, die Obstkuchen zur Mittagszeit in die Kantine zu stellen. (»Es wird ja wohl keiner vermuten, dass *ich* damit zu tun habe, oder?«)

Als die Obstkuchen verstaut sind, räumen Violet, Gretchen und ich die Küche auf (Alison kriegt es irgendwie hin, die meiste Zeit Nachrichten zu beantworten). Wir überprüfen noch einmal, ob wir auch keine Spuren hinterlassen haben, und als es schließlich Zeit ist zu gehen, schließe ich ab und lege den Schlüssel wieder unter die Fußmatte. Gemeinsam sagen wir unser geheimes Codewort: »Buttercreme«.

23
Zu schön, um wahr zu sein

So gut können die Dinge einfach nicht laufen. Ich meine, das hier ist schließlich mein Leben. Am nächsten Tag geht erst mal alles glatt. Gretchen und Alison sagen im Gang »Hi« zu mir, aber das ist alles, sie sind freundlich, aber nicht zu sehr. Violet lächelt mir wie üblich quer durch den Raum zu. Gretchen bietet an der Lehrerin beim Fotokopieren zu helfen, also braucht sie nicht mal einen Toilettenpass. Und in der Kantine gibt es mittags weder Streit noch muss sich jemand übergeben. Alle stellen sich an, holen sich ihren Obstkuchen, machen »Mmmmh« und flüstern, wie klasse er schmeckt und wie cool der geheime Kochklub ist. Und was das Beste ist: Nick Farr scheint immer noch ein Fan zu sein. Ich stelle mich auch für einen Kuchen an und kann hören, wie er etwas zu Gretchen sagt. »Ich wünschte, ich wüsste, wie man so was macht.«

Für den Bruchteil einer Sekunde überfällt mich diese kleine Fantasie, dass der Lärm im Raum verstummt und alles wie in Zeitlupe abläuft. Plötzlich besteht das Universum nur noch aus mir und ihm. Ich gehe mutig zu ihm, tippe

ihm auf die Schulter und sage: »Warum machst du nicht bei uns mit?«
Aber natürlich tue ich das nicht.

Stattdessen freue ich mich einfach darüber, dass Nick Farr und alle anderen die Obstkuchen mögen und den Klub, den Violet und ich gegründet haben, respektieren, selbst wenn sie niemals erfahren werden, was ich damit zu tun habe. Das hoffe ich jedenfalls.

Denn als die Mittagspause vorbei und alles wieder normal ist, spüre ich dieses nagende Gefühl im Bauch, das nicht weggeht. Um einen von Mums Lieblingssprüchen in ihrem Blog zu zitieren: »Wenn etwas zu schön wirkt, um wahr zu sein, dann ist es in der Regel auch nicht wahr.«

Nach der Schule treffen wir vier uns bei Mrs Simpson. Beim Reingehen sagen wir unser Codewort »Buttercreme« und kichern ein bisschen darüber, weil es so albern ist, ein Codewort zu haben. Alles ist noch genau so, wie wir es am Abend zuvor hinterlassen haben. Gretchen und Violet reden darüber, wie gut die Kuchen angekommen sind. Alison nimmt das kleine Rezeptbuch vom Ständer und blättert es durch, um zu gucken, was wir heute backen können.

Ich gehe aus der Küche, um die Haustür abzuschließen, das hatte ich vorhin vergessen. Draußen hält ein Van. Ich kann durch das farbige Glas in der Tür nichts erkennen, aber ich habe wieder dasselbe komische Gefühl: Das hier kann nicht von Dauer sein. Mein Herz hämmert in meiner Brust.

Die anderen lachen und unterhalten sich laut in der Küche. Ich will gerade zu ihnen gehen, als ich eine Stimme vor der Tür höre. »Bist du sicher, dass du zurechtkommst, bis die Pflegerin morgen eintrifft? Ich kann dir gern helfen.«

Und dann die schrille Antwort einer Frau. »Unsinn. Ich brauche niemanden, der mir bei irgendwas hilft, jetzt, wo ich zu Hause bin. Schick deine Pflegerin ruhig vorbei, wenn du willst, aber ich werde sie nicht hereinlassen!« Ein Schlüssel dreht sich im Schloss.

Ich stehe wie gelähmt da. Die Tür öffnet sich und ich befinde mich Auge in Auge mit einer alten Frau: Rosemary Simpson.

Sie sieht mich an und stößt einen erstickten Schrei aus.

»Mrs Simpson, bitte – es ist in Ordnung!« Ich eile zu ihr und will ihr herein helfen. Ihr Haar ist wie Draht, der sich aus dem Knoten in ihrem Nacken windet, und sie stützt sich schwer auf einen Gehstock.

»Wer bist du? Was machst du hier?« Sie hält den Stock mit einer knotigen Hand in die Höhe und fuchtelt damit vor mir herum. »Ksch ...«

Ich trete zurück, um einem Schwinger auszuweichen, und hebe die Hände. Ich bin mir bewusst, dass die anderen direkt hinter mir aus der Küchentür spähen. »Ich bin Scarlett«, entfährt es mir. »Ihre Nachbarin. Ich, äh ... ich habe Ihre Katze gefüttert.«

Ihre Augen sind blutunterlaufen und wild. »Treacle? Wo ist Treacle? Was hast du mit ihm gemacht?«

»Nichts«, sage ich. »Die Katze, Treacle, ist die letzten Tage nicht hier gewesen. Aber ich bin rübergekommen, um nachzusehen, ob sie ... er ... wieder da ist.«

»Treacle?«, ruft sie und reckt den Hals, um nach ihm zu suchen.

»Er ist nicht da.«

Sie wirbelt wieder zu mir herum. Ich gehe ein paar Schritte zurück.

Violet kommt an meine Seite. »Hi, Mrs Simpson«, sagt sie. »Hätten Sie gern eine Tasse Tee? Wir haben auch noch Cupcakes von meinem Geburtstag übrig. Mit Buttercremeguss und Glitzer. Sie sind wirklich gut.«

Die alte Dame blinzelt und beugt sich vor. Ihr runzliges Gesicht wird ganz weiß, fast so, als hätte sie ein Gespenst gesehen. »Cupcakes?«, sagt sie. »Buttercreme?« Sie starrt im Raum umher, als versuche sie zu begreifen, wo sie ist. Ihr Blick bleibt an Violet hängen. »Ja, ich probiere einen.« Sie humpelt Richtung Küche. »Und den Tee mit zwei Stück Zucker und einem Klacks Milch.«

Gretchen und Alison stellen sofort Tassen hin und legen die letzten Cupcakes auf einen Teller. Violet weicht Mrs Simpson nicht von der Seite und rückt ihr einen Stuhl zurecht.

Alison stellt den Teller mit den Cupcakes vor die alte Dame und Gretchen schenkt ihr eine Tasse Tee ein. Ich halte mich im Hintergrund, um nicht im Weg zu sein. Es ist, als würden wir vier die Luft anhalten. Mrs Simpson hebt den Cupcake mit zittrigen Fingern, hält ihn sich vor die Nase und riecht daran. Sie sieht sich die Buttercremekringel, den pinken Glitzer und die Blume aus kristallisierten Veilchen und Rosenblütenblättern in der Mitte genau an. Einen Augenblick lang runzelt sie die Stirn. Dann beißt sie hinein.

Es scheint eine Ewigkeit zu dauern, bis sie den Cupcake mit dem Klacken falscher Zähne zerkaut hat und hinunterschluckt. Ich fühle mich, als wäre ich in einer TV-Backshow und würde das alles entscheidende Urteil der Juroren erwarten. Mithilfe ihres Stocks dreht sie sich auf ihrem Stuhl herum und sieht mich direkt an.

»Du«, sagt sie und zeigt mit einem knochigen Finger auf mich. »Du hast das gemacht?«

Mein Mund wird ganz trocken, als ich antworten will.

»Sie haben recht, Mrs Simpson, ich habe damit angefangen. Wir sollten nicht hier sein, ich weiß. Und es tut mir leid. Wir werden jetzt gehen und nie wiederkommen. Oder Sie können meine Mum anrufen, wenn Sie wollen. Bitte bringen Sie meine Freundinnen nicht in Schwierigkeiten. Es ist alles meine Schuld, nicht ihre.«

»Nein«, sagt Violet, »das stimmt nicht. Wir haben alle mitgemacht. Wir sind alle schuld.«

»Ssssch!« Mrs Simpson dreht sich nicht um, sie starrt mich einfach weiter an. »Der schmeckt, als wären da zwei Teelöffel Backpulver drin. Es sollte nur einer sein. Bringen sie euch Mädchen denn heutzutage keine Mathematik mehr bei?«

»Ähm ... ich dachte, ich hätte nur einen reingetan«, sagt Gretchen. »Das war mein Fehler.«

»Und die Buttercreme ist zu fest.« Sie wendet sich an Violet. »Du hättest einen Spritzer mehr Milch verwenden sollen. Und ein Hauch Vanille fehlt, glaube ich.« Sie leckt sich die faltigen Lippen. »Ansonsten ist er ... ganz passabel.«

»Passabel?«

Sie wendet sich von mir ab und wieder den anderen zu. »Ihr habt bewiesen, dass ihr euch an ein Rezept halten könnt.« Ihre Stimme nimmt einen belehrenden Ton an. »Ihr könnt Dinge verrühren, sie in eine Form geben und in den

Backofen stellen.« Sie macht *tss*. »Und übrigens, die Haferkekse, die ihr mir mitgebracht habt, waren in der Mitte noch nicht durch. Ihr hättet sie länger bei geringerer Hitze backen sollen.« Ihr Raubvogelblick wandert wieder zu Violet. »Und die kristallisierten Veilchen waren eine interessante Idee, aber sie haben das Ganze zu süß gemacht. Das Fazit lautet: Ihr habt meine Küche gefunden und hattet euren Spaß mit euren Nachspeisen und eurem Süßkram. Aber jetzt ...« Sie verschränkt die Arme.

Die Worte hallen in der Küche wider.

Ich beiße mir auf die Lippe. Sie wird uns auffordern zu gehen.

»... jetzt müsst ihr lernen, wie man kocht.«

24

Was auf die Rippen

Langsam begreife ich, was der alte Spruch von der Plackerei am Herd bedeutet. Es ist vorbei mit den Cupcakes und Bananentoffeetorte; Haferkekse und Obstkuchen sind nur noch eine vage Erinnerung. Mrs Simpson sagt, wir müssten lernen, wie man kocht, und sie versteht keinen Spaß dabei.

»Glaubt ja nicht, ihr wüsstet, wie man kocht, nur weil ihr ein paar Nachspeisen zusammenrühren könnt.« Sie nimmt jede von uns ins Visier, ihre tiefliegenden blauen Augen blitzen. »Ihr Mädchen seid heutzutage viel zu dünn. Zu meiner Zeit waren Lebensmittel rationiert.« Sie schüttelt den Kopf, als würde die Erinnerung sie schmerzen. »Es gab keinen Zucker und keine Süßigkeiten. Wir haben gelernt, wie man so kocht, dass man etwas auf die Rippen bekommt.«

Ich nicke höflich. Plötzlich habe ich großen Hunger auf etwas Richtiges zu essen.

Sie blättert die Seiten des Notizbuchs durch, hält inne und überlegt.

»Wisst ihr, worauf ich als Mädchen nach dem Krieg am meisten Appetit hatte?«, fragt Mrs Simpson, die buschigen Augenbrauen gereckt.

Wir schütteln die Köpfe.

»Eier. Das war's. Echte Eier, perfekt zubereitet und mit

allem, was dazu passt. Aber alles, was wir damals hatten, war *Eipulver*. Ihr wisst gar nicht, was ihr für ein Glück habt.« Sie spitzt die Lippen. »Heute verwende ich nur noch die frischesten Zutaten, das ist eins der Geheimnisse, wie man eine gute Köchin wird.«

»Ist das die geheime Zutat?«, frage ich schüchtern.

»Nein.« Meine Frage rührt etwas in ihr an. »Das nicht.« Ihre Augen wirken plötzlich glasig und weit weg. »Es ist etwas ganz anderes.«

Einen langen Moment fürchte ich, dass ich alles verdorben habe. Ich blicke zu Boden und wage kaum zu atmen.

»Wir werden hiermit anfangen.« Sie kommt wieder zu sich und stellt das Rezeptbuch auf den Ständer. Erleichterung durchfährt mich. Das Rezept auf der Seite ist für »Eiapopeia Benedikteier«. »Wenn man kein ordentliches Ei zubereiten kann, hat man in einer Küche nichts verloren.«

Wir schlagen ein ganzes Dutzend Eier an Tassenrändern auf, ehe Mrs Simpson auch nur halbwegs zufrieden mit unserer Technik ist. Selbst Gretchen ist der Schweiß ausgebrochen, als wir schließlich jede Menge Eier in Tassen vor uns haben, die pochiert werden sollen. Mrs Simpson weist Gretchen an das Pochieren und die Vorbereitung des geschnittenen Schinkens zu übernehmen. Violet und Alison sollen Muffins backen und ich soll die Sauce Hollandaise zubereiten.

Während Mrs Simpson Gretchen hilft die Utensilien aus den Schränken zu holen, beuge ich mich zu Violet. »Sieht so aus, als hätten wir ein neues Mitglied.«

»Das ist ein bisschen komisch, oder?« Violet spricht mit gedämpfter Stimme.

»Was?«

»Dass sie uns einfach bleiben und weiter kochen lässt.«

Ich zucke die Achseln. »Vielleicht wegen der Haferkekse.«

»Oder sie ist einfach einsam«, sagt Alison. Mehl stäubt überall hin, als sie es in die Schüssel gibt.

»Wie auch immer«, sage ich, »lasst uns einfach erst mal weitermachen.«

Es ist, als wären wir verzaubert. Eine Stunde vergeht, dann noch eine. Nichts sonst scheint mehr von Bedeutung – ob wir zu Hause erwartet werden oder Hausaufgaben machen müssen oder noch etwas anderes vorhatten. Die Muffins backen im Ofen, die Sauce Hollandaise wird aufgeschlagen und zubereitet. Mrs Simpson erzählt uns Geschichten darüber, wie die Menschen im Krieg gekocht haben und dass es in ihrer Kindheit noch keine Supermärkte oder Mikrowellengerichte oder so was gab. Sie lässt uns die meiste Zeit einfach dem Rezept folgen, aber ab und zu krächzt sie ein paar Anweisungen oder klopft mit dem Gehstock auf den Boden, um etwas zu betonen. Wir vier huschen herum wie Küchenmädchen von anno dazumal.

Irgendwie schaffen wir es, die Eier Benedikt zuzubereiten. Mein Magen knurrt, weil es fast acht Uhr ist und wir noch nichts gegessen haben. Violet schichtet alles auf den Tellern auf: Muffin, Schinken, Ei und ein kleiner Soßenkringel zur Dekoration. Wir werfen uns verstohlene Blicke zu, als Mrs Simpson sich an den Tisch setzt und unser Mahl anschneidet. Ich glaube, wir halten alle den Atem an – ich auf jeden Fall, so viel ist klar.

Sie hebt die Gabel zum Mund und steckt sich den Bissen

hinein. Sie kaut langsam und bewusst, die Haut an ihrem Hals zittert, als sie schließlich schluckt.

Dann sieht sie auf. »Nun«, sagt sie und wedelt verärgert mit der Hand. »Steht doch nicht einfach da und glotzt. Setzt euch und esst endlich.«

Die drei anderen setzen sich hastig an den Tisch, aber ich bleibe mit den Händen in den Hüften stehen. »Wollen Sie uns denn nicht sagen, ob es schmeckt?«

Sie blickt langsam zu mir auf und kaut weiter. Dann tupft sie sich die Lippen mit einer Serviette ab und nimmt einen Schluck Tee.

»Ihr habt das Essen zubereitet«, sagt sie. »Nur ihr könnt das beurteilen.«

»Oh«, sage ich und verstehe nicht wirklich, was sie meint.

Ich setze mich an den Tisch. Wortlos greifen wir zu Gabeln und Messern, als wäre der erste Bissen eine Art Test. Ich schneide mir ein kleines Stück von dem Ei-und-Muffin-Turm ab und stecke es mir in den Mund. Es schmeckt leicht und vertraut, aber auch völlig neu. Mir fällt auf, dass ich vorher nie wirklich darauf geachtet habe, was ich esse – auf die verschiedenen Geschmäcker und Texturen. Kochen zu lernen heißt vielleicht auch essen zu lernen. Ich blicke auf und bemerke, dass Mrs Simpson *mir* dabei zusieht, wie ich den ersten Bissen kaue. Sie hat die Lippen zu einer schmalen Linie geschürzt und nickt mir fast unmerklich zu. Ich lächle in meinen Teller. Ich weiß, dass es gut schmeckt.

In null Komma nichts sind alle Teller leer. Das Einzige, was ich bedaure, ist, dass wir nicht mehr gemacht haben. »Sollen wir mit dem Abwasch anfangen?«, frage ich Mrs Simpson.

»Lasst uns erst darüber reden, was wir heute Abend gekocht und was wir dabei gelernt haben.«

Sie geht um den Tisch herum und fragt jede von uns, was sie von unserem Gericht hält. Alison sagt, dass es »gut« geschmeckt habe, und Violet sagt, dass »die Zubereitung Spaß gemacht« habe. Aber Mrs Simpson fragt immer weiter und bringt uns dazu, über Dinge wie die Ausgewogenheit der Gewürze, die Textur der Eier, die Knusprigkeit der Muffins zu sprechen. Gretchen fand die Soße etwas zu flüssig; Violet fand ihren Muffin zu braun am Boden. Als ich an der Reihe bin, weiß ich nicht recht, was ich sagen soll.

»Ich fand, dass alles, was wir verwendet haben, wirklich gut zusammenpasste«, bringe ich schließlich hervor. »Als gehörte es schon immer so.«

Zum ersten Mal an diesem Abend huscht ein kleines Lächeln über Mrs Simpsons Gesicht. Die Jahre fallen von ihr ab. Ich lächele zurück, froh darüber, die »richtige« Antwort gegeben zu haben. »Wenn das so ist«, sagt sie, »dann sind wir hier fertig, scheint mir. Also, an die Arbeit. Ich will, dass diese Küche blitzt, bevor ihr geht.«

»Ja, Mrs Simpson«, sagen wir wie aus einem Mund.

Wir springen vom Tisch auf und machen uns an den Marathon aus Abwaschen, Arbeitsflächenabwischen, Zutatenverstauen und Herdschrubben. Ich blicke immer wieder verstohlen zu Mrs Simpson, während sie noch eine Tasse Tee trinkt, und frage mich, was es mit ihr auf sich hat. Heute hat sich mich gelehrt ganz anders übers Kochen zu denken. Und es ist ein gutes Gefühl, etwas geschafft zu haben. Das ist das Beste.

Aber als ich mit dem Abtrocknen fertig werde, sind Mrs

Simpsons Augen geschlossen und ihr Kopf hängt hinunter. Ihr Griff um den Gehstock lockert sich und er fällt polternd zu Boden.

»Wir müssen sie hinlegen«, sage ich. Wir nehmen unsere Schürzen ab und helfen Mrs Simpson aufs Sofa im Wohnzimmer. Wir decken sie mit einer orangefarbenen Wolldecke zu. Keine Minute später ist sie eingeschlafen. Plötzlich wird mir klar, wie unverantwortlich wir waren – es muss ein Schock für sie gewesen sein, aus dem Krankenhaus zu kommen und einen Kochklub in ihrer Küche vorzufinden. Wir hätten schon vor Stunden gehen sollen.

»Können wir sie einfach so allein lassen?«, frage ich Gretchen. Gemeinsam öffnen wir ihre Alte-Damen-Schuhe.

»Ich glaube, wir haben keine große Wahl. Wenn sie schläft, ist sicher alles in Ordnung.«

»Oh, oh!« Alison blickt zum ersten Mal an diesem Abend auf ihr Telefon. »Ich hatte meiner Mum gesagt, dass ich um halb acht nach Hause kommen würde, Gretch. Und jetzt ist es fast halb neun. Und ich muss noch den blöden Aufsatz fertig machen.«

Gretchen zuckt die Achseln. »Wir sitzen alle in einem Boot.«

»Wo ist ihr Gehstock?«, frage ich. »Sie wird ihn brauchen, wenn sie aufwacht.«

»Noch in der Küche vermutlich«, sagt Violet.

»Ich hole ihn schnell.«

Ich gehe zurück in die Küche. Das kleine Rezeptbuch steht geschlossen auf dem Ständer, als würde es Nachtruhe halten. Die Teller und Schüsseln, die wir benutzt haben, sind abgewaschen und trocknen auf dem Abtropfgestell beim Spülbecken. Die Töpfe und Pfannen stehen wieder hinter dem Herd. Ein schwaches Zischen ist zu hören, als würde noch irgendwo Wasser laufen. Ich überprüfe den Küchenwasserhahn, er ist zugedreht. Eins der nassen Geschirrtücher liegt zerknüllt auf der Arbeitsfläche. Ich hänge es vor den Herd, damit es schneller trocknet. Dann nehme ich Mrs Simpsons Stock und bringe ihn ins Wohnzimmer, wo ich ihn ans Sofa lehne, sodass sie ihn nicht übersehen kann.

»Gehen wir«, sage ich. »Ich werde morgen früh wiederkommen und nachschauen, ob es ihr gut geht.«

Wir schnappen unsere Rucksäcke und hasten aus der Tür. Wir sind so in Eile, dass keine von uns an das Losungswort denkt.

Vielleicht war das unser Fehler.

25
Ketchuphimmel

Unter der Tür zur Mama-Höhle ist Licht zu sehen. Ich schleiche auf Zehenspitzen von der Küche zur Treppe, als Mum plötzlich herausplatzt.

»Scarlett! Wo warst du? Ich habe mir solche Sorgen gemacht.« Sie bedenkt mich mit einer extra muffig riechenden Mama-Umarmung. »Ich wollte gerade die Polizei rufen. Ich kann nicht glauben, dass du mir das schon wieder antust.«

Ich bin so müde, dass ich einfach dastehe und mich von ihr drücken lasse.

»Tut mir leid, Mum«, sage ich. »Aber ich hatte dir von dem Naturwissenschaftsprojekt erzählt. Wir arbeiten zu zweit daran ...« Ich kratze mich am Kopf, als ich versuche mich daran zu erinnern, was wir dieses Jahr im Unterricht gemacht haben, »... ein solarbetriebenes Auto zu bauen.«

»Wirklich?« Mum sieht enttäuscht aus, das wird für ihren Blog nicht viel hermachen.

»Ich arbeite mit diesem neuen Mädchen zusammen. Sie heißt Violet.«

Mum tritt zurück. Ich muss mich am Riemen reißen, um nicht zusammenzusacken. »Okay, vielleicht hast du es erzählt, ich kann mich nicht erinnern.« Sie zuckt abschätzig die Achseln. »Aber ich glaube, es wird Zeit, dass du ein

Handy bekommst. Einfach damit du mir sagen kannst, wo du steckst.«

»Ein Handy? Wirklich?« Mum war immer dagegen, dass Mädchen in meinem Alter Handys oder Tablets bekommen. Ich habe zwar ihr altes Laptop und den Drucker, um meine Hausaufgaben zu machen, aber ich habe nicht mal einen Internetzugang. Sie hat sogar schon einen Post dazu verfasst: *Zu meiner Zeit gab es so was nicht ... also muss es auch nicht sein.*
»Das wäre toll.«

»Ich habe mir wirklich Sorgen gemacht, Scarlett. Das ist dir hoffentlich klar.«

Ich nicke und wünschte, ich könnte mehr sagen, ihr erzählen, dass ich irgendwie froh bin, dass sie sich Sorgen um mich macht. Aber ich bringe die Worte nicht über die Lippen.

»Es ist nur ... irgendwas ist manchmal komisch an diesem Haus.« Sie starrt auf die Wand, seltsam abwesend. »Ich ... ich rieche immer wieder Sachen. Und dann fallen mir Dinge ein ...«

»Wirklich?«, frage ich. »Was zum Beispiel?«

»Ach, nichts.« Sie schüttelt den Kopf. »Ich muss wieder an die Arbeit.« Sie geht zur Arbeitszimmertür. »Und weil du mir Angst gemacht hast, bekommst du Stubenarrest.«

Stubenarrest! Ich will protestieren, aber sie knallt mir die Tür zur Mama-Höhle vor der Nase zu. Das ist das erste Mal, dass sie mir Hausarrest verpasst, und ich sehe förmlich vor mir, wie sie fröhlich an ihrem Computer sitzt und ihren neuen Eintrag verfasst: *Kurze Testfrage einer Mutter: Wie viele Jahre hat meine Tochter mich altern lassen?*

Aber solange sie nicht über den geheimen Kochklub Bescheid weiß, kann ich mit ihren Ausbrüchen leben. Mir fällt auf, dass ich irgendwie stärker und selbstbewusster bin, seit wir mit dem Klub angefangen haben. Mehr wie früher.

Ich gehe nach oben und putze mir die Zähne. Ich kann mich nicht erinnern, schon einmal so froh gewesen zu sein, in mein Bett zu fallen. Ich ziehe mir die Decke bis unters Kinn und schließe die Augen. Aber der Schlaf will nicht kommen. In Gedanken gehe ich die Ereignisse des Abends noch einmal durch: Rosemarys überraschendes Eintreffen, das Eiergericht, das wir gemacht haben, der volle Magen, den ich nach so einem frischen und gesunden Essen habe. Aber irgendwo im Hinterkopf ist noch etwas Störendes, das nicht verschwindet. Ein zischendes Geräusch – als würde irgendwo Wasser laufen ...

»Wach auf, Scarlett!«

Eine Hand rüttelt in der Dunkelheit an mir. Hinter den Gardinen ist ein seltsames orangerotes Glühen zu sehen und es riecht komisch.

»Der Himmel ist wie Ketchup«, sagt Kelsie. Sie zieht mir die Decke weg. »Komm und guck dir das an.«

Ich schwinge mich mit einem schläfrigen Stöhnen aus dem Bett. Das Blut schießt mir in den Kopf. Irgendetwas stimmt hier nicht.

»Mädchen!« Mums Stimme ist panisch, als sie die Treppe hochrennt. »Wir müssen sofort raus. Da brennt was.«

Es brennt!

Plötzlich höre ich eine Sirene, die sich der Straße nähert. Im Ketchuphimmel spiegelt sich das Blaulicht des Feuerwehrwagens.

»Mrs Simpson!«, rufe ich. »Sie ist da drin.«

»Wer?«, bellt Mum.

»Unsere Nachbarin! Sie ist gerade aus dem Krankenhaus gekommen.«

Wir rennen vor die Haustür. Eine kleine Gruppe Nachbarn hat sich auf der anderen Straßenseite versammelt.

Aus dem glänzenden roten Wagen strömen mindestens sechs Feuerwehrleute und laufen zu Mrs Simpsons Haus. Einer versucht die Tür zu öffnen und ein anderer bereitet sich darauf vor, sie aufzubrechen.

»Der Schlüssel liegt unter der Matte«, rufe ich und stürze zu ihnen.

Einer der Feuerwehrmänner nimmt den Schlüssel und sperrt die Tür auf.

»Aus dem Weg«, sagt ein anderer zu mir. »Geh auf die andere Straßenseite.«

»Scarlett?«, sagt Mum warnend. »Komm da jetzt weg.« Sie zieht mich am Arm mit sich, mit dem anderen treibt sie Kelsie an. Als wir die Straße überquert haben, wende ich mich panisch um, während der Feuerwehrmann die Tür aufstößt. Aber da ist keine Rauchwolke, nur der verängstigte Schrei einer alten Dame: »Wer sind Sie, junger Mann? Verschwinden Sie. Ksch...«

Zwei weitere Feuerwehrleute flitzen rein, einer hält eine Trage. Mrs Simpsons Proteste werden noch lauter. »Das ist mein Haus. Ich gehe hier nicht weg.«

Die verbleibenden Feuerwehrleute verschwinden auch ins Haus und ziehen einen schlaffen Schlauch hinter sich her. Ich höre, wie Glas zersplittert. »Bitte, gute Frau!« Die Stimme eines Mannes. »Wir versuchen Ihnen zu helfen. In Ihrer Küche brennt es.«

Mum ist damit beschäftigt, Kelsie vom Daumenlutschen abzuhalten. Ich wittere meine Chance und sause wieder über die Straße. Einer der Nachbarn schreit auf und Mum brüllt: »Stopp, Scarlett«, aber ich laufe weiter. Mrs Simpson kennt mich. Ich kann mithelfen sie aus dem Haus zu bringen.

Aber gerade als mein Fuß den Bordstein betritt, fährt ein schnittiger schwarzer Mercedes vor. Ich bleibe stehen. Ein Mann springt aus dem Wagen: groß, mit hoher Stirn, schmaler Nase und zurückgegeltem dunklen Haar. Er trägt einen edlen schwarzen Anzug und glänzende schwarze Schuhe. Kurz wendet er sich der Menge zu und winkt. Dann schreitet er an mir vorbei zur Haustür.

»Tante Rosemary?«, ruft er laut. Wasser beginnt durch den Schlauch zu rauschen.

»Nein!« Das ist Mrs Simpsons Stimme. »Stellen Sie sofort das Wasser ab.«

Ich begreife, dass Mr Schwarzer Mercedes der Neffe sein muss, Mr Kruffs. Ich hatte ihn mir irgendwie anders vorgestellt – kleiner, stämmiger, mehr wie ein aufgeplusterter Pudel bei einer Hundeschau. Aber dieser Mann wirkt eher wie die moderne Version des schmierigen Kinderfängers. Jemand, dem ich nicht begegnen möchte.

Einen Augenblick später kommen zwei Feuerwehrmänner mit Mrs Simpson heraus. Sie tritt um sich und lässt die Füße schleifen, wie ein Verbrecher, der sich der Verhaftung widersetzt. Mr Kruffs macht eine große Show, als er ihren Arm nehmen will. Er signalisiert der Menge mit einem Winken, dass alles in Ordnung sei. Offensichtlich kostet er die Politiker-rettet-alte-Dame-aus-brennendem-Gebäude-Nummer voll aus. Mehrere Leute machen Fotos mit ihren Handys.

Mrs Simpson zieht den Arm weg. »Du kannst jetzt gehen, Emory«, sagt sie. »Es ist alles in Ordnung.«

»In Ordnung?« Seine Stimme ist ganz leise. »Dein Haus brennt ab und du warst mittendrin.«

»Nun ...« Mrs Simpson entreißt einem der Feuerwehrmänner ihren Stock, »die Jungs hier haben alles im Griff. Und es war nur ein sehr kleines Feuer.« Sie wendet sich an die Menge auf der anderen Straßenseite und fuchtelt mit ihrem Stock. »Verschwindet, ksch ...«

Ich trete vor. »Mrs Simpson?« Ich bemühe mich gelassen zu klingen. »Geht es Ihnen gut? Kann ich Ihnen helfen?«

Mr Kruffs starrt mich intensiv an seiner langen Nase vorbei an, als hätte ich gerade sein Auto mit Eiern beworfen. »Wer bist du denn?«

Ich halte die Stellung. »Ich bin ihre Nachbarin.«

»Nun, geh bitte wieder auf die andere Straßenseite. Hier ist es zu gefährlich für Kinder.«

Mrs Simpson starrt mich mit blauen Augen flehend an. »Scarlett?«, sagt sie und klingt verwirrt.

»Das ist richtig, Mrs Simpson.« Ich ignoriere Mr Kruffs und fasse sie sanft am Arm. »Sollen wir auf die andere Straßenseite gehen und warten, bis das hier vorbei ist?«

Die alte Frau sieht ihren Neffen zögerlich an. Bevor sie eine Entscheidung treffen kann, kommt einer der Feuerwehrmänner heraus.

»Es ist alles unter Kontrolle«, sagt er, laut genug, dass die Menge ihn hören kann. »Sie können alle wieder schlafen gehen.«

Jemand lacht, als hätte er etwas Lustiges gesagt. Aber niemand geht. Ich blicke zu Mum hinüber, die mit einer Frau aus der Straße redet. Ich schnappe etwas über Boots und Mums Survival Kit auf.

Mr Kruffs tritt vor und stellt sich neben den Feuerwehrmann. »Jetzt wird alles gut.« Er grinst breit, während weitere Fotos geschossen werden. »Ich glaube, wir sollten nun nicht länger im Weg stehen und unsere tapferen Feuerwehrleute ihre Arbeit machen lassen.«

Die Menge murrt und ein paar Leute brechen auf.

Ich beuge mich näher an Mrs Simpson heran und lausche, als der Feuerwehrmann mit Mr Kruffs spricht. »Es war nur ein kleiner Brandherd«, sagt er. »Der Küchenherd war nicht ganz aus und ein Geschirrtuch hat Feuer gefangen.«

»Ein Geschirrtuch ...« Ich schlage mir die Hand vor den Mund. *Was habe ich getan?*

Der Feuerwehrmann redet weiter mit Mr Kruffs. »Der Rauch hat einen gewissen Schaden verursacht, außerdem ist ein Fensterrahmen verbrannt und eine Scheibe ist zersprungen. Es hätte viel schlimmer ausgehen können.«

Aber die Dinge sind schlimmer. Das weiß ich, sobald ich Mr Kruffs ansehe, dessen Gesicht vor Besorgnis verzerrt ist. »Der Herd war noch an«, sagt er. Er schüttelt den Kopf und macht dramatisch *tss*. »Also wirklich, Tante Rosemary.«

»Es war nicht ihre Schuld!«, sage ich. Angst und Schuldgefühl brodeln in mir.

»Bitte halte dich da raus«, sagt Mr Kruffs schneidend. Er wendet sich wieder zu seiner Tante. »Das beweist nur, dass du nicht länger allein leben kannst.«

Ihr Gesicht verzieht sich. »Doch, das kann ich«, sagt sie. »Und ich wäre auch nicht allein, wenn du Treacle nicht mitgenommen hättest.«

Mr Kruffs zuckt gequält die Achseln. »Dafür solltest du mir danken. Diese gefräßige alte Katze hätte verhungern können, als du im Krankenhaus warst.«

»Er ist nicht gefräßig«, sage ich. »Und er wäre nicht verhungert. Ich habe ihn gefüttert. Sie sollten ihn zurückbringen.«

Mr Kruffs starrt auf mich hinunter wie ein Geier in einem großen Baum. »Das geht dich nichts an«, sagt er.

Mrs Simpsons knochige Hand umfasst meinen Arm fester. »Es geht mich sehr wohl etwas an«, sage ich in einer plötzlichen Aufwallung von Beschützerinstinkt. »Mrs Simpson ist meine Nachbarin, wir teilen eine Wand. Wenn ihr Haus abgebrannt wäre, dann unseres auch.« Ich wende mich an die alte Dame. »Kommen Sie, Mrs Simpson, wir gehen. Ich frage Mum, ob Sie heute Nacht bei uns schlafen können.«

»Siehst du, Emory?« Rosemary Simpson bedenkt ihren Neffen mit einem trotzigen Blick. Sie erlaubt mir sie wegzubringen. Sie humpelt zu unserem Haus, wobei sie sich schwer auf mich und ihren Stock stützt.

»Ich komme morgen wieder«, sagt Mr Kruffs. Mit zwei Schritten ist er bei dem schwarzen Mercedes und setzt sich hinters Steuer. »Darüber sprechen wir noch. Und dann werde ich etwas unternehmen.«

Mrs Simpson fängt am ganzen Körper an zu zittern.

»Es ist in Ordnung«, flüstere ich. »Es wird alles gut.«

»Lass nicht zu, dass er mich in ein Heim steckt, bitte.«

»Das werde ich nicht, Mrs Simpson.« Ich beiße mir auf die Lippe. »Versprochen.«

26

Ahornsirup

Aber wie um alles in der Welt konnte ich so etwas nur versprechen? Ich bin doch diejenige, die übersehen hat, dass der Herd noch an ist. Ich bin diejenige, die das Geschirrtuch zu nah daran gehängt hat. Das Feuer war meine Schuld und Mrs Simpson muss dafür bezahlen! Ich stehe neben ihr und habe das Gefühl, meine Brust könnte gleich platzen. Plötzlich stürmt Mum über die Straße und zerrt meine Schwester mit sich. Sie nimmt mich am Arm und zieht mich zur Seite.

»Scarlett«, schimpft sie, »der Mann ist Politiker. Du warst nicht gerade freundlich, als du eben mit ihm gesprochen hast. Was ist denn los?«

»Mum ...« Mir schnürt sich die Kehle zu. *Erzähl's ihr. Nein, erzähl's ihr nicht. Was soll ich nur tun?* Ich atme tief ein und reiße mich zusammen. »Kann Mrs Simpson heute bei uns übernachten, bitte? Die Feuerwehrleute haben da drinnen ein ziemliches Chaos angerichtet. Sie muss doch irgendwo unterkommen.«

Mum betrachtet Mrs Simpsons gebückte Gestalt und blickt dann wieder zu mir. Ihre Wangen sind gerötet – von der kalten Luft und von ihren Bemühungen, die Nachbarin mit Geschichten über das Boots-Produktauswahlgremium zu Tode zu langweilen.

»Ehrlich, Scarlett!«, sagt sie in einem gequälten Flüstern. »Wir können nicht einfach so jemanden aufnehmen. Wo soll sie denn schlafen?«

»In meinem Bett oder auf dem Schlafsofa, ist mir egal.«

»Aber wir kennen sie doch gar nicht.«

»Wir können sie doch nicht einfach hier draußen stehen lassen!«, rufe ich. »Sie ist unsere Nachbarin und bei ihr hat es gebrannt. Wir müssen ihr helfen.«

»Aber ich habe einen Abgabetermin. Ich habe so viel zu tun ...« Mum schüttelt den Kopf. »Das weißt du doch, Scarlett.«

Ich hole tief Luft. »Das weiß ich allerdings, Mum. Du musst deinen Blog schreiben. Was wird's diesmal: *Hilfe! Meine Teenagertochter holt Obdachlose von der Straße?* Oder vielleicht: *Psst! Wegen meiner gedankenlosen Tochter habe ich meinen Abgabetermin verpasst.* Aber falls du das schreibst, bin ich die Erste, die online geht und einen Kommentar hinterlässt.« Ich stelle mich aufrechter hin. »Ich werde allen erzählen, all deinen geliebten Lesern, Twitter-Followern und Facebook-Freunden, dass die alte Dame von nebenan nirgendwo hinkonnte und du sie nicht mal eine Nacht auf dem Sofa hast schlafen lassen.« Ich recke das Kinn. »Was glaubst du, wie du *damit* bei deinem nächsten Boots-Meeting dastehst?«

»Das würdest du nicht wagen«, stößt Mum aus. »Wenn du jemals etwas tust, das meinen Ruf im Netz schädigt, dann werde ich ... ich ...«

»Es ist nur für eine Nacht, Mum. Lass Mrs Simpson für eine Nacht bei uns bleiben.«

Mums Blick durchbohrt mich, aber es gibt kein Zurück mehr. »Diese Unterhaltung ist beendet.« Sie geht zu Mrs

Simpson hinüber, die alte Dame scheint im Stehen eingenickt zu sein, und legt ihr die Hand auf den Arm. »Mrs Simpson?« Mum klingt, als würde sie mit einem Kind reden. »Ich bin Claire, Scarletts Mutter. Wenn Sie heute eine Übernachtungsmöglichkeit brauchen, können Sie mit zu uns kommen.«

Irgendwie gelingt es mir einzuschlafen, denn als ich am nächsten Morgen aufwache, ist mein Körper schwer wie Blei. Die Erinnerungen an die vergangene Nacht stürmen auf mich ein: das Feuer, das ich verursacht habe, Mr Kruffs, Mum und vor allem der hilflose, vertrauensselige Blick von Mrs Simpson. Ich stehe auf und eile ans Fenster. Die Feuerwehrwagen sind spurlos verschwunden, als wäre nie etwas gewesen. Alles ist still und ruhig. Ich ziehe mich an und gehe nach unten, um nach unserem Gast zu sehen.

Die Decke liegt zusammengefaltet auf dem Sofa und das Zimmer ist leer. Panik durchzuckt mich. Ich habe Mrs Simpson mein Bett angeboten, aber sie sagte, sie würde lieber unten auf dem Sofa schlafen. Was, wenn sie einfach in die Nacht hinausgelaufen ist – vielleicht schlafwandelt sie – und von einem Auto angefahren wurde? Oder vielleicht ist Mr Kruffs eingebrochen, hat sie geknebelt und in ein Heim verfrachtet und ich werde nie erfahren, was mit ihr passiert ist, und alles ist meine Schuld.

Da rieche ich es. Wie ein Zombie wende ich mich um und verlasse benommen das Zimmer. Was immer es ist, es kommt aus *unserer* Küche und ich kann schon am Duft erkennen, dass es köstlich sein wird.

Am Fuß der Treppe pralle ich förmlich mit Mum zusammen. Sie sieht verschlafen und schlecht gelaunt aus, mit ungekämmtem Haar und ohne Make-up.

»Es tut mir leid, Mum«, platze ich heraus. »Ich hätte diese Dinge letzte Nacht nicht sagen sollen.«

Sie reibt sich die Augen. »Nein, Scarlett, ich war diejenige, die falsch lag. Du hast einfach versucht nett und nachbarschaftlich zu sein, so wie ich dich erzogen habe.«

Ich lächle schwach und mache mir nicht die Mühe, ihr zu widersprechen.

Mum schnuppert. »Was ist denn das? Es riecht, als würde gekocht.«

»Ich glaube, dass ist Mrs Simpsons Art, Danke zu sagen.«

Mum zieht die Augenbrauen in die Höhe. »Ach?«

Ich folge ihr in die Küche. Mum bleibt an der Tür stehen und schnappt nach Luft. Eine Sekunde später sehe ich, warum.

Die Küche ist makellos. Der Abwasch ist gemacht, die Zeitschriften und der Krimskrams wurden ordentlich an einer Seite aufgeschichtet und der Tisch gewischt und für vier Personen gedeckt. Auf dem Herd stehen zwei große gusseiserne Pfannen, eine mit vier brutzelnden Eiern und eine, die ich nicht richtig sehen kann, weil Mrs Simpson mir die Sicht versperrt. Sie steht aufrecht und kraftvoll da, ohne dass ihr Stock irgendwo zu sehen wäre. Einen Moment später hebt sie die Bratpfanne an und etwas fliegt in die Luft. Sie fängt es mit der Pfanne wieder auf und schiebt es mit dem Pfannenwender auf einen Teller.

»Bitte Platz nehmen«, sagt sie, ohne sich umzudrehen. »In fünf Minuten ist alles fertig.«

Mum und ich sehen uns mit großen Augen an. Mir würde

im Traum nicht einfallen den Befehl zu ignorieren. Mum setzt sich ans Tischende. Ich gehe zu meinem üblichen Platz und höre hinter mir die schlurfenden Schritte meiner Schwester in ihren Hasenpantoffeln.

»Ooooh, Frühstück«, sagt Kelsie. »Riecht gut.«

»Ja«, sage ich. »Setz dich.«

Mrs Simpson bringt Mum eine dampfende Tasse Kaffee. »Danke«, sagt Mum mit krächzender Stimme. Milch und Zucker stehen bereits ordentlich angerichtet vor ihr. Mrs Simpson geht zurück an den Herd und schöpft mehr Teig in die heiße Pfanne.

»Ich bin nicht der größte Fan von moderner amerikanischer Küche«, sagt die alte Dame. »Alles ist immer fettfrei und ohne Kohlehydrate. Aber wenn sie altmodisch kochen, die gute alte Hausmannskost, dann machen sie es richtig. Wie Pfannkuchen mit Ahornsirup. Das ist nicht zu toppen, wenn man mich fragt.«

»Ich liebe Pfannkuchen!«, sagt meine Schwester. »Das ist wie in Disney World.«

Ich lächle sie an. Kurz bevor Dad gegangen ist, haben wir Urlaub in Florida gemacht. Wir haben in einem kleinen Motel neben einem Pfannkuchenrestaurant übernachtet. Ich kann mich noch vage daran erinnern, wie gut alles geschmeckt hat.

»Wo haben Sie das alles her?«, fragt Mum leicht fassungslos. »Ich habe doch ganz vergessen, für diese Woche die Lebensmittellieferung zu bestellen.«

»Von zu Hause«, sagt Mrs Simpson. »Das Feuer war wirklich nicht der Rede wert, nur ein kleiner Rauchschaden.« Sie lächelt mir zu. »Der Kühlschrank war vollkommen in Ordnung. Ich bin früh hinübergegangen, um so viel wie möglich zu retten.«

»Klug von Ihnen«, sagt Mum. »Und ich bin sehr froh, dass der Brand nicht schlimmer war.«

»Ähm«, sage ich und beiße mir auf die Lippe, »es gibt da etwas, das ich loswerden muss ...«

Mrs Simpson bringt mich zum Verstummen, indem sie schnell einen Finger an die Lippen legt. Ich breche ab. Sie fängt an die Teller zu verteilen.

»Es ist nur ... kann ich Ihnen helfen?«, murmle ich.

Sie winkt ab. Das hier ist ihr Moment.

Neben den Pfannkuchen, dem Ahornsirup und perfekt gebratenen Eiern gibt es Speck, Obstsalat und Toast mit frischer Erdbeermarmelade aus einem Glas mit von Hand beschriftetem Etikett. Es ist wie im Frühstückshimmel.

Als alle versorgt sind, stellt Mrs Simpson sich selbst auch einen Teller hin, bleibt aber hinter ihrem Stuhl stehen. »Esst, solange es heiß ist«, sagt sie. Sie sieht aufmerksam zu, während wir zu unseren Gabeln greifen und probieren. Danach redet niemand mehr, es ist einfach zu köstlich. Endlich nimmt auch Mrs Simpson Platz, mit einem zufriedenen Lächeln im Gesicht. Ich lächle ebenfalls für eine Sekunde. Dann hat das beste Frühstück aller Zeiten wieder meine volle Aufmerksamkeit.

Mum macht sich nach einer zweiten Portion – und vor dem Abwasch – elegant aus dem Staub und Kelsie geht fernsehen. Ich bleibe allein mit Mrs Simpson am Tisch zurück.

»Das war umwerfend«, sage ich. »Vielen herzlichen Dank.«

Mrs Simpson seufzt und fängt an abzuräumen.

Ich springe auf. »Das können Sie mir überlassen«, sage ich, nehme ihr den Teller aus der Hand und lasse Wasser für den Abwasch einlaufen.

»Nein, mein Kind.« Sie bedeutet mir mit einem Winken mich wieder hinzusetzen. »Ich habe Kopfschmerzen. Und wenn das passiert, ist es das Beste, sich auf eine Suche zu konzentrieren. Ich brauche einen klaren Kopf.«

Ich schenke mir ein drittes Glas frischen Orangensaft ein und nehme wieder Platz. »Was kann ich tun, um Ihnen zu helfen?«, frage ich. »Violet und ich, eigentlich alle, würden gern etwas tun. Ihr Neffe hat kein Recht, sie in ein Heim zu stecken. Das darf er einfach nicht!«

Die Schultern der alten Dame sacken zusammen wie eine verblühte Blume.

»Ich meine, Sie haben das Feuer ja nicht ausgelöst. Wir haben den Herd angelassen und ich habe das Geschirrtuch vor den Herd gehängt, damit es trocknet. Das Feuer war meine Schuld. Und ich werde Ihrem Neffen und meiner Mum die Wahrheit sagen.« Ich fühle mich wie eine Gefangene, die zum Schafott marschiert, aber ich weiß, dass es das Richtige ist.

Mrs Simpson richtet sich plötzlich auf und dreht sich zu mir. »Erzähl es ihnen nicht, Scarlett«, sagt sie. »Es wird nichts nützen. Wenn Emory erfährt, dass du im Haus warst, macht es vielleicht alles nur noch schlimmer.«

»Aber warum? Ist es nicht besser, wenn er glaubt, dass Sie allein zurechtkommen?«

Sie dreht sich wieder zum Spülbecken und fängt an das Geschirr mit einem Schwamm einzuseifen, sie hält nur inne, um sich dann und wann eine graue Haarsträhne in ihren Knoten zurückzustecken. »Jeder wird mal alt«, sagt sie schließlich. »Dem kann man nicht entgehen. Irgendwann werde ich sterben und das ist in Ordnung. Ich würde nur gern so lange wie möglich in meinem Zuhause bleiben, das ist alles.« Dann schweigt sie. Eine Träne rinnt ihr die Wange hinunter, aber vielleicht ist es auch nur Seifenlauge.

Ich stehe auf. »Wie wär's, wenn ich abtrockne?«.

Mrs Simpson nickt. Ich schnappe mir ein Geschirrtuch und wir erledigen den Abwasch. Mein Kopf rattert. Es muss doch etwas geben, das ich tun kann, etwas, das der geheime Kochklub tun kann. Aber was nur?

Als wir fertig sind, trocknet sich Mrs Simpson die Hände und nimmt die Schürze ab. Sie trägt eine beige Strumpfhose, die einen Tick zu dunkel ist, und ihre Knöchel wirken geschwollen.

»Ich hätte gern meine Katze bei mir«, sagt sie. »Wenn ich an einen *dieser* Orte muss.«

»Wir wollen Treacle doch sowieso zurückholen.« Ich verschränke stur die Arme. »Und was mich betrifft, gehen Sie nirgends hin, wenn Sie das nicht wollen.«

Ihr Lächeln ist brüchig. »Danke, mein Kind. Und jetzt würde ich gern zu mir nach Hause.«

»Sind Sie sicher?« Ein Teil von mir hatte gehofft, dass Mrs Simpson hier bei uns bleiben würde.

»Ja«, beharrt sie. »Ich muss allein damit klarkommen. Glaub mir, es ist besser so.« Sie reibt sich die Schläfen, als hätte sie immer noch Schmerzen.

»Aber was ist mit dem Brand? Ich meine, sind Sie uns nicht böse?«

Sie lacht ein bisschen. »Ich will dir ein Geheimnis verraten, Scarlett. Jeder macht Fehler. In diesem Fall ist niemand zu Schaden gekommen, du hast etwas gelernt und es wird nie wieder passieren. Das weiß ich genau.«

»Oh«, sage ich und ein Teil der Last fällt von mir ab. »Trotzdem tut es mir leid.«

»Ich weiß.« Sie lächelt.

»Schaffen Sie es allein nach Hause?«

»Ja, das schaffe ich.« Sie packt ihren Stock ganz fest und humpelt zur Haustür. Ich öffne sie und sie geht nach draußen, ihr Stock klopft aufs Pflaster. Ich blicke ihr nach, um mich zu vergewissern, dass sie zurechtkommt. Als sie ihre eigene Haustür erreicht, bleibt sie stehen. »Übrigens, Scarlett«, sagt sie.

»Hm? Ich meine ... ja?«

»Ich erwarte dich und deine Freundinnen heute Nachmittag um fünf. Kommt nicht zu spät.«

Ich starre sie ungläubig an.

»Ähm, okay«, sage ich. »Das werden wir nicht.«

Wieder im Haus nehme ich Mums Handy vom Ladegerät und rufe schnell Violet an.

»Es ist was passiert«, sage ich. Ich erzähle ihr vom Feuer, davon, dass Mrs Simpson bei uns übernachtet hat, vom Frühstück und dass wir auf keinen Fall zu spät kommen dürfen.

»Oh, Scarlett«, sagt Violet, »das ist so schrecklich. Ich kann nicht glauben, dass wir ... Wie furchtbar!«

»Ich habe versucht es Mr Kruffs zu sagen, aber sie wollte das nicht. Sie sagte, es würde alles nur noch schlimmer machen. Ich bin mir nicht sicher, ob ich das glauben soll. Wir müssen irgendwas tun.«

»Und sie will wirklich immer noch, dass wir vorbeikommen? Hast du nicht gesagt, die ganze Küche hätte gebrannt?«

»Nein. Zum Glück war es nicht so schlimm, nur ein kleiner Rauchschaden. Es hätte ganz anders ausgehen können. Aber jetzt versucht Mr Kruffs sie in ein Heim zu stecken.«

»Ein Heim? Aber sie hat doch ein Heim.«

»Nein! Ich meine ein Pflegeheim. Wie eins von diesen furchtbaren Häusern, über die man in den Nachrichten hört. Ich wette, da gibt es nichts zu tun außer rumsitzen und fernsehen und Bridge spielen. Wahrscheinlich kriegt man da auch widerliches pampiges Essen, damit einem das Gebiss nicht rausfällt. Alle warten eigentlich nur darauf zu sterben.«

»Uch.« Violet schaudert hörbar. »Da darf sie doch nicht hin. Aber was können wir tun?«

Insgeheim bin ich ein bisschen enttäuscht, dass Violet keine Lösung weiß, weil es mir nämlich ganz genauso geht.

»Kannst du Gretchen und Alison anrufen?« Ich greife nach jedem Strohhalm. »Wir müssen direkt nach der Schule ein Notfalltreffen anberaumen. Wir müssen uns was überlegen!«

27
Brainstorming

Als sich der geheime Kochklub im Wohnzimmer von Violets Tante versammelt, fangen alle gleichzeitig an zu reden. »Wer hat den Herd zuletzt benutzt?« Gretchen versucht der Sache auf den Grund zu gehen.

»Ich weiß es nicht«, sagt Violet. »Vielleicht war ich es oder Alison, ich erinnere mich nicht genau.«

»Ich bin mir sicher, dass ich noch mal nachgesehen habe«, heult Alison. »Ich war das nicht.«

»Stopp«, ich hebe die Hand, »das hilft uns doch nicht weiter. Wir sind ein Klub, also sind wir in gewisser Weise alle verantwortlich.« Ich schlucke schwer. »Außerdem war ich als Letzte in der Küche.«

»Du hast recht, es spielt keine Rolle«, sagt Gretchen. »Es ist passiert und wir müssen nach vorne schauen.«

Alle nicken betrübt. Ich gebe eine Schüssel mit faden Käsechips herum.

»Wir könnten uns ab und zu hier treffen«, bietet Violet an. »Solange wir hinterher richtig gut sauber machen. Tante Hilda kocht nicht und sie mag es nicht, wenn es in der Küche nach Essen riecht.«

»Was bringt denn eine Küche, in der man nicht kochen darf?«, fragt Gretchen unwirsch.

»Wir könnten uns bei mir treffen«, sagt Alison. »Mum kommt erst um sieben von der Arbeit. Sie kocht auch nicht, aber sie hat viele Sachen, die wir benutzen könnten.«

Ich schüttle den Kopf. »Darum geht es nicht. Selbst wenn wir was anderes finden, wäre es nicht das Gleiche.«

»Das stimmt«, sagt Violet. »Außerdem haben wir Mrs Simpson in eine schlimme Lage gebracht: Ihr Neffe droht damit, sie in ein Pflegeheim zu stecken, weil sie allein angeblich nicht mehr klarkommt. Wir können nicht zulassen, dass sie bei pampigem Fraß weggesperrt wird, bis sie stirbt.«

»Pampiger Fraß?« Alison wirkt entsetzt. »Das würde sie hassen.«

Ich räuspere mich, um die Diskussion nicht ausufern zu lassen. »Außerdem«, sage ich, »unterrichtet sie uns. Ich hatte noch nie eine Mentorin.«

»Ich auch nicht«, sagt Gretchen. »Und ich glaube, dass es ihr auch Spaß gemacht hat, sie will ja, dass wir wiederkommen. Also, was sollen wir tun?«

»Tja, ich hatte irgendwie gehofft, ihr hättet ein paar Ideen«, sage ich. »Wo du doch im Eltern-Lehrer-Ausschuss bist und so.«

Gretchen sieht mich ungläubig an. »Warst du jemals bei einer dieser Sitzungen?«

»Nein.«

Sie schüttelt den Kopf. »Vergiss es.«

»Ich habe eine Idee.« Alison wirft sich eine blonde Haarsträhne aus dem Gesicht. Wir wenden uns zu ihr. Ich unterdrücke den fiesen kleinen Gedanken, dass sie diese Worte vermutlich gerade zum ersten Mal gesagt hat. »Ja, *wirklich*.« Alison funkelt Gretchen an (die wohl das Gleiche gedacht hat wie ich).»Ich dachte, wir könnten vielleicht einen Back-a-thon veranstalten oder so.«

Ich lehne mich in meinem Stuhl zurück.»Und wie stellst du dir das vor?«

»Ich weiß nicht. Vielleicht könnten wir Sponsoren und Werbekunden gewinnen und Leute könnten auf ein PayPal-Konto spenden. Nick sagt, man kann Geld sammeln, indem man Sachen online stellt. Ich meine ... sieh dir deine Mum an.« Sie wirft mir einen Seitenblick zu, als würde sie immer noch zu verstehen versuchen, womit ich eine »Berühmtheit« in der Familie verdient habe.

Als Nick Farr erwähnt wird, schießt mir das Blut in die Wangen.»Tja, ich weiß nichts darüber, was Mum treibt, außer dass sie mir das Leben zur Hölle macht«, sage ich.»Außerdem, wenn wir Spendengelder sammeln, was würde das bringen?«

»Mrs Simpson könnte eine Schwester oder eine Pflegekraft einstellen«, sagt Gretchen.»Das war bei meiner Oma so, als die richtig alt wurde. Am Anfang kam die Pflegerin einmal am Tag. Gegen Ende war sie dann rund um die Uhr da.«

»Das ist definitiv eine gute Idee.«

»Aber was ist mit Mr Kruffs?«, fragt Violet. Sie senkt die Stimme.»Tante Hilda sagt, er ist scharf darauf, dass Mrs Simpson ihr Haus verkauft. Ich glaube, es gehört ihm zum Teil oder so. Vielleicht hat er es deshalb so eilig, sie loszuwerden.«

»Das ist ziemlich mies«, sagt Gretchen.

»Wisst ihr«, sage ich,»es gibt da eine Sache, die wir vielleicht tun können – wegen Mr Kruffs, falls er Ärger macht.«

»Was denn?«, fragt Violet.

»Nun ...«, denke ich laut nach. »Ich weiß, dass meine Mum immer richtig gestresst ist, wenn es um ihr Online-Image geht und die Zahl ihrer Facebook-Freunde und Twitter-Follower. Sie redet ständig davon.«

»Sie hat ja auch jede Menge«, sagt Gretchen voller Bewunderung.

»Aber sie versucht immer noch mehr zu bekommen. Und wenn Mr Kruffs als Abgeordneter kandidiert, dann macht er sich sicher auch Sorgen um sein öffentliches Image.«

»*Die grauen Stimmen!*«, sagt Gretchen. »So nennt man es, wenn man möchte, dass die alten Leute einen wählen.«

»Ja. Und es würde gar nicht gut aussehen, wenn bekannt würde, dass er seine Tante ins Heim gesteckt hat, oder?«

»Nein!« Violets Augen funkeln. »Ich würde nie für ihn stimmen. Auf keinen Fall.«

»Wenn er also irgendwas versucht, stellen wir ihn bloß.«

»Okay«, sagt Gretchen. »Das ist ein Anfang. Und jetzt machen wir uns besser auf den Weg.«

»Ja.« Alison steht schnell auf. »Ich bin am Verhungern und ich will was kochen, nicht hier rumsitzen.« Sie blickt angewidert auf die Schüssel mit Chips.

»Ich auch.« Ich stehe auf, während Violet den Rest der Chips in den Müll kippt. »Also los.«

Wir gehen zu Mrs Simpson und klingeln. Von außen ist nicht zu erkennen, dass es hier jemals gebrannt hat, und auch nicht, ob jemand zu Hause ist. War Mr Kruffs wie versprochen vielleicht schon da? Nach einer Minute kommt immer noch niemand, also klopfe ich voller Sorge fest an die Tür.

»Ist der Schlüssel noch da?«, fragt Violet. »Wir sollten zumindest nachsehen, ob alles in Ordnung ist.«

Ich bücke mich und schaue unter die Fußmatte. Der Schlüssel liegt wie immer am gleichen Platz. Ich sperre die Tür auf und wir gehen hinein. Es riecht nach Rauch und das Haus ist so still, als würde es die Luft anhalten. Ich schleiche auf Zehenspitzen zur Küchentür, unter der Licht hindurchfällt. Ich bin sehr angespannt.

Als ich gerade den Türgriff drehen will, kommt eine Stimme von drinnen. »Ihr seid zwei Minuten zu spät!«

Mrs Simpson.

Ich öffne die Tür. Ein Teil der Wand ist schwarz verkohlt, das Fenster ist mit Pappe verhängt und auf dem Boden liegen Handtücher, die das letzte Wasser aufsaugen. Mrs Simpsons Kupferkessel steht auf dem Herd und dampft – wenigstens scheint der Herd zu funktionieren. Ich sauge Luft durch die Zähne ein und fühle mich sofort wieder schuldig.

Mrs Simpson blickt von ihrem Platz am Tisch auf, umgeben von Kochbüchern. Auch ein Zettel und ein Stift liegen vor ihr.

»Es tut mir leid, dass wir zu spät sind«, sage ich. »Und nur damit Sie es wissen, wir wollten sagen ...«

Sie hebt die Hand, um mich zum Schweigen zu bringen.

»Ihr wolltet sagen, dass es euch leid tut und dass es nie wieder vorkommen wird. Das weiß ich alles, also lasst uns das überspringen und zur Sache kommen.« Sie reckt stolz das Kinn.

»Ja, Mrs Simpson«, sagen wir wie aus einem Mund.

»Ich habe mir ein Menü überlegt.« Sie hält den Zettel

hoch. »Ihr seid zu viet, also wird es vier Gänge geben. Klingt das gut?«

OMG!

In den nächsten Stunden vergesse ich das Feuer, meine Probleme, Mrs Simpsons und alles andere. Ich konzentriere mich nur darauf, etwas Besonderes zu kochen, das ihren hohen Ansprüchen genügt.

28
 Eine Idee

Am nächsten Tag in der Schule verliere ich mich in Tagträumen über den Abend bei Mrs Simpson. Zum ersten Mal überhaupt habe ich wie in einem Fünf-Sterne-Restaurant gegessen. Es gab französische Zwiebelsuppe mit heimischen Kräutern, würzige Krabbenpuffer mit Dill-Mayonnaise, perfekt marinierte Rib-Eye-Steaks mit zartem Gemüse und als Nachtisch meine eigene Kreation – ein Schokoladensoufflé mit Minze und Erdbeeren.

Mrs Simpson hat während des Kochens nicht mal einen Löffel angefasst, aber sie hat jeden Schritt überwacht und das Messen und Mischen der Zutaten abgesegnet, als wäre sie vier Personen in einer. Außerdem hat sie den Tisch mit edlem Goldrandporzellan, schneeweißen Leinen-Platzdecken, passenden Servietten und goldenen Kerzen gedeckt. Über das Feuer oder unsere Sorgen haben wir nicht geredet.

Beim Kochen habe ich einmal versucht sie nach dem kleinen Rezeptbuch zu fragen, in der Hoffnung, dass sie uns mehr über die Widmung erzählt. *Für meine kleine Köchin – mögest Du die geheime Zutat finden.* »Es ist ein wunderbares Buch«, sagte ich. »Sie müssen Jahre dafür gebraucht haben.«

Aber Mrs Simpson hatte nicht gleich geantwortet. Ihr Atem schien flacher zu gehen und ich konnte sehen, dass ich sie irgendwie aus der Fassung gebracht hatte. Aber einen Augenblick später hat sie sich schon wieder gefangen. »Das ist lange her«, sagte sie und ihre Hand zitterte, als sie die Teetasse an den Mund führte. Ich hatte den Wink verstanden und Violet hat mir geholfen das Thema zu wechseln, indem sie gefragt hat, wie lange das Gemüse kochen müsse.

Als das Essen serviert war, brachte Mrs Simpson jede von uns dazu, etwas Gutes aus ihrem Leben zu erzählen: unsere glücklichsten Zeiten, unsere schönsten Erinnerungen, was wir einmal werden wollen, wenn wir erwachsen sind. Auch wenn es sich erst mal ein bisschen langweilig anhören mag, aber über all das zu reden war wirklich schön.

Gretchen erzählte viel von ihrer Familie und wie nah sie sich waren. Ich wusste schon, dass ihr Dad als Anwalt arbeitet, aber ich wusste nicht, dass ihre Mum Personalchefin einer Bank ist. Oder dass sie einen älteren Bruder hat, der für eine Stiftung in Afrika tätig ist, die sich für sauberes Wasser einsetzt. Kein Wunder, dass Gretchen sich so viel Mühe gibt, Miss Perfect zu sein. Mit Erfolg, meistens jedenfalls. »Ich möchte Jura studieren, wie mein Dad«, sagte sie stolz. »Damit ich Leuten bei ihren Problemen helfen kann. Aber ich muss lernen, wie man kocht, für die Zeit an der Uni. Und, na ja, für danach.«

Alison war ungewohnt schüchtern, als Mrs Simpson sie nach ihren Ambitionen fragte. Bevor sie antwortete, blickte sie zu Gretchen, als würde sie um Erlaubnis bitten. »Ich wollte gern auf die Ballettschule gehen«, erzählte sie, »aber ich musste am Knie operiert werden. Also wird daraus nichts.«

Ich sah sie mit neuen Augen, war überrascht und fühlte mit ihr. Alison ist netter, als ich dachte. Und ich hätte nie geahnt, dass ihr so was widerfahren war.

»Aber mir geht's ganz okay damit«, fuhr sie fort. »Ich dachte, ich könnte eines Tages eine Tanzschule aufmachen. Ich arbeite gern mit Kindern. Aber wer weiß ...« Sie lächelte in meine Richtung. »Vielleicht unterrichte ich auch Kochen, damit Mädchen, die Tänzerinnen werden wollen, sich gesund ernähren können. Es macht wirklich Spaß, das hätte ich nie geglaubt.«

Mrs Simpson nickte nachdenklich. »Wenn man gesund essen will, verwendet man am besten gesunde Zutaten: Gemüse, Nüsse, Früchte, Fisch, und zwar so frisch wie möglich. Ich habe ein paar besondere Rezepte, die ich dir zeigen kann.«

»Toll«, sagte Alison. »Das wäre super.«

Als Mrs Simpson sich an Violet wandte und sie fragte, was sie werden wolle, überraschte sie alle außer mir mit dem Bekenntnis, dass sie Ärztin werden wolle. »Ich möchte Leben retten«, sagte sie. Ihr Blick sprang kurz zu mir, doch sie erzählte den anderen nicht, was sie mir gesagt hatte. »Und bis ich das tun kann, bin ich ganz glücklich damit, Sachen zu backen. Ich hatte wirklich Angst vor der neuen Schule«, gestand sie. »Aber jetzt, wo wir den geheimen Kochklub haben, bin ich wirklich froh da zu sein.«

»Ja«, sagte ich. »Der geheime Kochklub tut uns allen gut.«

»Und was ist mit dir, Scarlett?«, fragte Mrs Simpson.

Ich hatte die Frage schon erwartet und mir alle möglichen Antworten ausgedacht: zum Beispiel eine Backshow gewinnen, mein eigenes Kochbuch schreiben oder helfen, den Hunger in Afrika zu beenden. Aber stattdessen hatte ich beschlossen die Wahrheit zu sagen.

»Ich weiß es eigentlich nicht«, sagte ich. »Ich versuche einfach zu genießen, was ich im Moment habe, euch zum Beispiel.«

»Lasst uns auf den geheimen Kochklub anstoßen«, entgegnete Violet und erhob ihr Glas.

»Auf Mrs Simpson«, sagte ich.

»Darauf, Freunde und Mehl zu vermischen«, fügte Gretchen hinzu.

»Auf Buttercreme«, sagte Alison lachend.

Mrs Simpson beugte sich vor. »Auf die Freundschaft«, sagte sie.

»Bravo.«

In der Küche hallte das Klirren von Kristallglas wider, als wir alle anstießen. Und obwohl es lange dauerte, abzuwaschen und das ganze gute Porzellan wegzuräumen, war es ein wirklich schöner Abend.

Aber jetzt ...

»Hey Scarlett, warte!«

Ich drehe mich um und sehe, wer da versucht, auf sich aufmerksam zu machen. Nick Farr! Ich fühle mich, als käme mir gleich das Frühstück wieder hoch. Alison und Gretchen sind mit Nick befreundet, also warum macht es mich so nervös, mit einem Jungen zu reden?

»Oh, hi.« Ich bleibe stehen, wobei ich spüre, dass ich rot werde.

»Alison meinte, du könntest Hilfe gebrauchen, bei einem Online-Profil oder so?«

»Ähm, ach ja ...?«
»Das hat sie gesagt.« Sein süßes Boyband-Gesicht nimmt einen irritierten Ausdruck an.
Reiß dich zusammen, Scarlett! »Ich meine – ja, das stimmt.« Er zieht eine Augenbraue in die Höhe. »Ich habe mein Laptop dabei. Ich könnte dich nach der Schule in der Bibliothek treffen. Aber ich habe nicht viel Zeit, ich helfe heute Abend noch beim Training eines Junior-Rugby-Teams.«
»Oh.«
»Okay, tja ...« Er sieht mich an, als bereute er schon überhaupt mit mir geredet zu haben. »Dann bis später?«
»Ja. Danke.«
Ich renne zum Mädchenklo. Mein Inneres schäumt und brodelt. *Nick Farr hat mit mir geredet. Nick Farr wird mich nach der Schule treffen. OMG! Ich werde sterben/mich übergeben/auf die Knie fallen und Alison danken/Alison umbringen/schreiend aus dem Gebäude rennen/nach Hause gehen und mich umziehen/mir die Haare waschen/kalt duschen/unter die Decke kriechen und nie mehr rauskommen.*
»Also hat Nick mit dir geredet?« Violet kommt aus der letzten Kabine und lächelt unschuldig.
»Du steckst da auch mit drin! Ich dachte, ich muss sterben.«
»Komm schon, Scarlett«, sagt sie lachend. »Das ist deine große Chance.«
»Chance worauf?«
Sie legt den Kopf schief, als wäre ich beschränkt oder so. »Ich dachte, wir wären uns einig. Wenn wir online sind, schaffen wir es vielleicht, Geld zu sammeln, um Mrs Simpson zu helfen.«

»Aber ich weiß immer noch nicht, wie.« Ich starre sie an, ohne sie zu sehen. »Außerdem habe ich keine Ahnung, wie man das angeht.«

»Vielleicht nicht, aber da kommt Nick ins Spiel. Wir glauben alle, dass du ein Naturtalent bist, wegen deiner Mum und allem.«

»Meine Mum!«

Sie zwinkert mir zu und steuert zum Ausgang. »Lass mich wissen, wie es läuft.«

Die Tür schwingt hinter ihr zu.

Meine große Chance. Ich sitze im Klassenzimmer und halte mir selbst eine Motivationsrede. Ein Teil von mir fühlt sich von meinen Freundinnen verraten, als hätten sie sich gegen mich verschworen, aber ein anderer Teil ist ganz aufgekratzt und irrsinnig aufgeregt. Als der Unterricht für den Tag vorbei ist, fühle ich mich unsicher und ängstlich. Aber worauf ich mich jetzt konzentrieren muss, ist, Mrs Simpson zu helfen in ihrem eigenen Haus zu bleiben.

Ich lege Lipgloss auf, bürste mir die Haare und gehe zur Schulbibliothek. Ich rechne fast damit, dass die anderen Mitglieder des geheimen Kochklubs an einem Tisch sitzen und kichern. Aber abgesehen von ein paar älteren Schülern, die für ihren Schulabschluss lernen, ist die Bibliothek leer.

Ich schnappe mir irgendein Buch von irgendeinem Regal und blättere es halb durch, ehe ich bemerke, dass es um die Geschichte der Zugreisen in Großbritannien geht. Ich knalle es zu und stelle es wieder ins Regal. Dann habe ich eine Idee. Ich frage die Bibliothekarin, ob es eine Kochbuchabteilung gibt. Sie zieht eine Augenbraue in die Höhe, als hätte ich nach etwas Merkwürdigem gefragt, und schickt mich zu einem Regal ganz hinten.

Es gibt ein paar Bücher für jüngere Kinder, Teddybären-Picknicks und Kochen in aller Welt, außerdem ein paar der üblichen Bücher von Jamie Oliver und Delia Smith. Am Ende des Regals finde ich ein abgegriffenes altes Buch, das in blaues Leder gebunden ist und falsch herum steht. Ich nehme es heraus. Es ist eine Ausgabe des Buches *Rezepte – weitergegeben von der Mutter an die Tochter*, das Mrs Simpson in ihrer Küche hat. Ich blättere durch die Rezepte und stelle fest, dass ich – dank Mrs Simpsons selbst gemachtem, handgeschriebenem Kochbuch – jedes einzelne nachkochen könnte. Und was das Beste ist: Ich hätte überhaupt keine Angst mehr davor, es zu versuchen. Tatsächlich *will* ich sie alle ausprobieren und Mrs Simpsons Rezepte mit noch mehr Kindern teilen.

Und genau das werde ich tun.

29
Der Plan wird umgesetzt

Ich werde meine eigene Website einrichten. Sie wird *Der geheime Kochklub* heißen. Ich werde lauter Rezepte und Fotos hochladen und andere auf die Idee bringen, auch heimlich Sachen für ihre Schule zu machen. Es wird eine Rubrik *Lecker Kuchen und Teilchen* geben, dann *Das perfekte Dinner* und *Rezepte zum Teilen*. Und ich werde über diese wirklich coole alte Dame schreiben, die uns hilft, und über ihr besonderes handgeschriebenes Rezeptbuch. Ich werde Fotos von dem Buch, die Rezepte und all die kleinen Zeichnungen und Reime posten.

Und wenn das alles läuft, werde ich Mr Kruffs den Link schicken. Und wenn er versucht Mrs Simpson in ein Heim zu stecken, gibt es einen schönen Shitstorm.

»Hi, Scarlett.«

Der Traum löst sich auf wie Zucker in Wasser.

»Oh – ähm – hi, Nick.«

»Tut mir leid, dass ich zu spät bin.« Er lässt seinen Rucksack auf den Tisch fallen. »Ich muss in einer halben Stunde wieder los, also lass uns gleich anfangen.«

»Cool.« Ich gehe zum Tisch und setze mich neben ihn, wobei ich versuche mich zu erinnern, wie man atmet. Ich lasse einen Vorhang aus Haaren vor mein Gesicht fallen, sodass ich jede seiner Bewegungen heimlich beobachten kann. Er nimmt das Laptop aus dem Rucksack und klappt es auf. Seine Hände sind schlank, die Finger grazil.

»Also, hattest du an einen Blog gedacht?«, fragt er.

»Ja, ein Blog plus eine Website, auf der ich Fotos posten kann und wo Leute Kommentare hinterlassen können«, überlege ich laut. »Vielleicht auch eine Seite für Gastbeiträge.«

»Also ein bisschen wie der Blog deiner Mum?«

Ich schaudere. Ich kann nicht glauben, dass ich das wirklich tue. »Na ja, er wird nicht *wirklich* wie ihrer.«

»Nein, schätze nicht.«

Ich überlege fieberhaft, was ich sagen könnte, während das Laptop hochfährt.

»Meine Mum lässt mich zu Hause nicht ins Internet«, plaudere ich aus. »Also weiß ich nicht viel darüber. Aber ich würde gern mehr darüber lernen.«

Er wendet sich mir zu. »Willst du es ihr heimzahlen?«

»Was meinst du?«

»Deiner Mum«, sagt er. »Ehrlich gesagt war ich ziemlich überrascht, als Ali mir erzählt hat, dass du eine Website einrichten willst. Ich finde, du hast es nicht gerade leicht mit einer Mum, die über dich schreibt und alles.«

»Findest du?« Ich werde selbstsicherer.

»Ich weiß noch, vor ein paar Jahren, da hast du dich im Unterricht ständig gemeldet. Du wusstest auf alles eine Antwort und hattest haufenweise Ideen, du warst echt schlau.«

Ich schenke ihm ein schiefes Lächeln. »Wirklich?«

»Aber dann hast du einfach aufgehört. Nachdem die anderen das mit dem Blog rausgefunden haben.«

»Tja ... ich glaube ...« Ich seufze. »Ja, das stimmt wohl.«

Er tippt sein Passwort ein. »Ich bin mir sicher, dass deine Mum cool ist und so, aber ich würde es hassen, wenn jemand so über mich im Netz schreiben würde.«

»Sie ist nicht cool. Und ich hasse es. Die meisten Leute verstehen das gar nicht.«

Von seinem Lächeln wird mir ganz warm und kribbelig. »Vielleicht verstehen es mehr Leute, als du glaubst.«

Ich denke darüber nach, während er eine Website öffnet. »Es gibt ein paar ziemlich gute Blog-Seiten. Ich finde die hier am besten.« Er tippt etwas in den Browser. »Sie heißt Bloggerific. Es ist ziemlich leicht, Bilder, Texte und Videos zu posten. Und man kann nach Hashtags suchen – so kannst du Leuten folgen und die Leute können dich finden.«

»Ähm ... okay.«

»Hier, ich zeig's dir.«

In den nächsten zwanzig Minuten begreife ich nur halb, was Nick macht. Den Rest der Zeit beobachte ich ihn einfach und genieße es, neben dem süßesten Jungen in unserem Jahrgang zu sitzen, der mich für »schlau« hält und »versteht«, dass ich es nicht gerade leicht hatte. Ich stelle ein paar Fragen, bringe es aber nicht über mich, die GROSSE Frage zu stellen. Er und Alison hängen in der Schule dauernd zusammen rum und sie redet viel über ihn, läuft da was zwischen den beiden? Oder gibt es Hoffnung für jemanden wie mich?

»Scarlett?« Mir wird bewusst, dass Nick auf eine Antwort von mir wartet.

»Oh, tut mir leid. Ich habe nur versucht mich zu konzentrieren, das ist alles neu für mich.«

»Tja, es tut mir leid, dass ich so schnell wieder weg muss. Aber lass mich wissen, wie du klarkommst und ob ich dir helfen soll.« Er klappt das Laptop zu. Die Spannung weicht aus meinem Körper.

»Tausend Dank«, sage ich. Die Worte können meine wirren Gefühle nicht ausdrücken. »Ich weiß, dass du viel zu tun hast, aber du hilfst mir sehr.«

Er zögert einen Augenblick. »Na ja, wenn du mir wirklich danken willst, gäbe es da schon etwas, was du für mich tun könntest.«

»Oh, was denn?«

»Könntest du dir vorstellen, ein neues Mitglied aufzunehmen?«

30

Der erste Post

Ich rechne fest damit, dass meine Füße den Boden nicht mehr berühren. Aber stattdessen bin ich bemerkenswert ruhig, als ich die Bibliothek verlasse. Es ist, all hätte mich die ganze Sache mit Nick Farr in einem Tag erwachsen werden lassen. Ich umklammere den Zettel mit seiner Telefonnummer. Ich habe mich bereit erklärt ihn anzurufen, wenn der geheime Kochklub sich das nächste Mal trifft, damit er dabei sein kann!

»Nur fürs Protokoll: Alison hat mir nicht verraten, dass die Kostproben von euch kommen«, hat er mir versichert, nachdem er meine Überraschung bemerkte. »Ich hab's an dem Tag erraten, als ich dich kurz vor der Mittagspause auf dem Gang gesehen habe. Und ich glaube, es könnte Spaß machen, ein bisschen was übers Kochen zu lernen. Ich meine, viele Typen machen das heute. Und Mum und Dad haben keine Zeit dafür. Es wäre nett, wenn ich sie überraschen könnte, indem ich ab und zu was Gutes koche.«

»Ja«, habe ich gesagt. »Ich glaube, das ist etwas, das jedem Spaß machen kann. Ich meine, wir müssen ja alle essen, oder?«

Er lachte. »Ja, das müssen wir. Außerdem feiert meine Mum bald einen runden Geburtstag, Dad plant eine Party für sie und ich soll den Kuchen bestellen. Aber wie großartig wäre es bitte, wenn ich ihr selbst einen backen könnte?«

»Das klingt toll«, sagte ich. »Und wir würden alle gern mithelfen.«

»Okay«, sagte er. »Mein Rugby-Plan ist ziemlich heftig im Moment, aber an einem Abend nächste Woche müsste es klappen. Montag?«

Er hat mir seine Nummer gegeben und ist zum Training verschwunden. Dann bin ich losgerannt, um die anderen Mitglieder bei Mrs Simpson zu treffen.

Als ich dort eintreffe und die Haustür aufschließe, ist alles ruhig, dunkel und leer. In der Küche entdecke ich, dass die Wand gestrichen und das Fenster repariert worden ist. Es wirkt so gut wie neu. Natürlich hat Mr Kruffs keine Zeit verloren und Handwerker bestellt. Aber wenn er hier war, wo ist jetzt seine Tante? Ich bin mir sicher, dass wir uns für heute verabredet hatten. Ich wünschte, sie wäre hier, damit ich ihr von der neuen Website erzählen könnte und davon, dass Nick sich uns anschließen möchte.

Mir ist nicht danach, nach Hause zu gehen, also gucke ich mich ein wenig um. Auf dem magnetischen Notizblock, der am Kühlschrank hängt, steht etwas: »Bin bei einer Freundin – RS.«

Das erklärt zumindest, wo Mrs Simpson steckt. Es muss sich kurzfristig ergeben haben. Erleichtert setze ich mich an den Tisch und hole Notizheft und Stift aus meinem Rucksack. Die Worte kommen mir einfach so in den Kopf und ich fange an zu schreiben:

Bitte erzählt meiner Mum nicht, dass ihr das hier lest. Ich meine, das werdet ihr wahrscheinlich nicht, weil ihr nicht wisst, wer ich bin, also wisst ihr auch nicht, wer sie ist. Und ich habe keine Ahnung, wer ihr seid. Vorerst sollten wir es dabei belassen. Das ist unser Geheimnis.

Es ist nämlich so, ich habe ein Problem mit meiner Mum. Sie ist Bloggerin und sie hat mein Leben in einen Albtraum verwandelt, weil sie lauter peinliches Zeug über mich gepostet hat. Ich musste in der Schule so ziemlich alle Klubs und Kurse aufgeben, so schlimm wurde es.

Ich halte kurz inne und lese mir durch, was ich geschrieben habe, wobei ich hier und da etwas streiche oder verändere.

Aber jetzt habe ich etwas angefangen, von dem meine Mum nichts weiß. Keine Sorge, es ist nichts Schlimmes. Es ist nur so, dass meine Nachbarin mit dem Krankenwagen abgeholt wurde, und als ich ihre Katze füttern wollte, bin ich auf diese fantastische Küche gestoßen und auf ein besonderes handgeschriebenes Rezeptbuch. Und da war diese Neue in der Schule, der ich von meiner Entdeckung erzählt habe, und sie wollte mitmachen. Das ist also unser Geheimnis, wir lernen, wie man kocht.

Mittlerweile sind wir zu fünft. Vier Mädchen und ein Junge plus die alte Dame, deren Küche wir benutzen. Wir sind ein echter Klub, ein geheimer Klub. Niemand weiß, wer wir sind.

Außer euch...

*Und davon handelt dieser Blog. Wir würden uns freuen, wenn ihr mitmacht. Hinterlasst einen Kommentar und dann heißt es: Willkommen im geheimen Kochklub.
Eure
kleine Köchin
PS. Kein Wort zu irgendwelchen Erwachsenen!*

Ich lege den Stift zur Seite. Zum Glück habe ich genug von Mums Blog gelesen, um zu wissen, wie es geht. Ich glaube, es klingt unverkrampft und auf den Punkt. Ich habe beschlossen es zu Ehren von Mrs Simpsons Buch mit »kleine Köchin« zu unterschreiben. Ein komisches Gefühl überkommt mich, nicht die Ruhe von vorhin, es ist eher ein Stromschlag. Ich war dazu *bestimmt*, hierher zu kommen und dieses besondere Rezeptbuch zu finden. Ich bin dazu *bestimmt*, das zu tun.

Genau in diesem Moment öffnet sich die Haustür. Ich springe auf und stecke meine Unterlagen weg. Es folgt ein lautes Kreischen und das Geräusch von kleinen rennenden Füßen. Dann Stimmen:

»Auuu, er hat mich gekratzt!«

»Na ja, er hat vermutlich einfach Hunger und ist froh zu Hause zu sein.«

»Hatschi! Ich habe eine Katzenallergie.«

Etwas Kleines, Schwarzes saust vor mir über den Küchenboden. »Treacle!« rufe ich glücklich. Der Kater läuft zu der Stelle neben dem Kühlschrank, wo seine Schüssel immer stand, und miaut ungnädig.

»Hi, Scarlett.« Violet kommt mit Treacles Schüssel in der Hand die Küche. Sie legt einen Finger an die Lippen. »Wir waren draußen und haben Treacle gekidnappt.«

»Gekidnappt?«

»Na ja, eigentlich ge-katz-nappt.« Gretchen kichert. Alison niest wieder kräftig.

»Wo war er denn?«

»In der Katzenpension in der Priory Road.« Violet stellt seine Schüssel ab und ich fülle sie mit Katzenfutter. »Ich habe meine Tante gebeten, Mr Kruffs zu fragen, wohin er den Kater gebracht hat. Sie hat ihm erzählt, dass wir überlegen würden ihn zu adoptieren, aber eigentlich wollten wir nur Mrs Simpson überraschen. Weißt du, wo sie ist?«

»Sie hat eine Nachricht hinterlassen, sie besucht eine Freundin.«

»Oh«, sagt Violet. »Das ist gut. Wir waren vorhin schon mal hier. Die Handwerker wollten gerade gehen, aber ich habe mir ein bisschen Sorgen gemacht, als sie nicht da war.«

»Lasst uns etwas kochen. Vielleicht ist sie rechtzeitig zum Abendessen zurück.«

Wir fangen an, den Kühlschrank und die Schränke zu plündern. Violet schlägt vor, dass wir uns an »Hänschen Kleins Cottage Pie« versuchen.

Ich hole das Hackfleisch, während Gretchen und Alison in den Garten gehen, um das letzte Gemüse der Saison zu ernten. Violet schneidet die Kartoffeln für das Püree klein.

»Wo warst du denn eigentlich?«, fragt Violet. Ihr Gesichtsausdruck verrät mir allerdings, dass sie genau weiß, wo ich war.

Meine ruhige, coole Entschlossenheit schmilzt dahin und ich kann mir ein dämliches Grinsen nicht verkneifen. Der Gedanke ist zu verrückt, dass ich mit Nick Farr an einer Website gearbeitet habe und er bei uns mitmachen will.

Gretchen und Alison kommen wieder rein. Plötzlich bin ich verlegen.

»Also, wie war das Treffen?«, fragt Alison, deren Augen wegen dem Kater tränen.

»Ähm, gut, glaube ich.«

»Glaubst du?«, spottet Gretchen. »Komm schon, Scarlett. Das kannst du besser.«

»Na ja, er wird mir dabei helfen, eine Website zu erstellen. Eine Online-Version des geheimen Kochklubs. Ich dachte, wir könnten verschiedene Sparten haben, für *Lecker Kuchen und Teilchen*, *Das perfekte Dinner* und *Rezepte zum Teilen*.«

»Wie wär's mit etwas Gesundem?«, schlägt Alison vor. »Zum Beispiel *Gesundes für zu Hause*? Mrs Simpson hat mir ein tolles Rezept für Proteinriegel mit Früchten und Nüssen gezeigt. Ich kann's kaum erwarten, es auszuprobieren.«

»Gefällt mir!« Ich grinse Alison an.

»Okay, okay«, sagt Violet. »Jetzt hör auf, dem eigentlichen Thema auszuweichen. Wie war das Treffen mit ... *ihm*?«, drängt sie.

Mein Gesicht läuft dunkelrot an. »Es war gut. Genau genommen will Nick bei uns mitmachen.«

»Bei uns mitmachen?!«, sagen Gretchen und Violet gleichzeitig.

Alison zuckt die Achseln. »Stille Wasser sind tief, schätze ich. Mir hat er davon nichts erzählt.«

»Das wird echt cool, einen Jungen dabeizuhaben«, sagt Violet.

»Vor allem Nick Farr, nicht wahr, Scarlett?« Gretchen zwinkert mir zu und bläst einen Kuss zu mir herüber.

»Sehr witzig«, schmolle ich. *Ist es so offensichtlich, dass ich mich bei Nick ganz komisch fühle, in einem Moment überschäumend und im nächsten unsicher?«* »Aber je mehr, desto besser.«

»Vielleicht lädt er noch das ganze Rugby-Team ein«, sagt Violet. »Die essen bestimmt viel.«

»Vielleicht«, sage ich. »Aber erst mal müssen wir uns darauf konzentrieren, Mrs Simpson zu helfen. Ich habe mir etwas überlegt ...«

Ich skizziere den anderen meine Idee. Wie wir eine Website starten, Follower und Freunde gewinnen und Geld sammeln, um Mrs Simpson und anderen alten Leuten zu helfen, die allein leben.

»Das könnte funktionieren«, sagt Gretchen. »Ich meine, sieh dir all die Sponsoren an, die deine Mum hat.«

»Und wir könnten einen Back-a-thon veranstalten, wie Alison vorgeschlagen hat. Aber den machen wir online. Wir werden Sponsoren, Werbekunden und Spenden bekommen. Und wenn wir andere dazu bringen, sich uns anzuschließen, können sie auch Sachen backen.«

Alison strahlt – der Back-a-thon war schließlich ihre Idee. Aber es ist Gretchen, die das Brainstorming aufgreift. »Das ist eine echt gute Idee, Scarlett«, sagt sie. »Und wenn wir erst mal ein Online-Profil haben, können wir, sollte Mr Kruffs versuchen seine Tante aus ihrem Haus zu vertreiben, es all seinen Wählern erzählen.«

»Glaubst du wirklich, das könnte funktionieren?«, fragt Violet.

»Na ja, solange niemand eine bessere Idee hat«, sagt Gretchen, »lasst es uns versuchen.«

»Okay, das machen wir. Da wäre nur noch eine andere Sache ...« Ich hole tief Luft und wende mich wieder an

Alison. Ich kann nicht glauben, dass die Worte wirklich aus meinem Mund kommen. »Ich habe mich nur gefragt ... wegen Nick. Ist er ... ähm ... dein –«

Gretchen und Violet sehen sich an und lachen. Alisons perfekte Haut nimmt einen hübschen Pfirsichton an.

»Nein, Dummchen«, sagt Alison. »Er ist mein Cousin.«

31
Mums Helferlein

In meinem Kopf brodelt es wie in einem Kochtopf. Die neue Website, Mr Kruffs, Mrs Simpson – wo steckt sie nur? – und das Verwirrendste von allem: die Tatsache, dass Alison NICHT mit Nick Farr zusammen ist. Er ist ihr Cousin! Kein Wunder, dass sie in seiner Gegenwart so unbefangen ist.

Wir machen die Cottage Pies fertig. Sie sind mit luftigem Kartoffelpüree bedeckt, das leicht angebräunt ist, und die Hackfüllung besteht aus viel frischem Gemüse, Bratensoße und Kräutern. Eigentlich ein einfaches Gericht, aber ein köstliches. Doch zum ersten Mal kann ich nicht aufessen. Ich verstaue den Rest in einer Plastikdose, zusammen mit der Pie für Mrs Simpson. Trotz der Nachricht, die sie hinterlassen hat, mache ich mir Sorgen, denn es wird langsam spät.

Wir packen beim Abwaschen alle mit an (und vergewissern uns doppelt und dreifach, dass wir den Ofen und den Herd ausgemacht haben). Treacle rollt sich dabei in seinem Körbchen neben dem Herd zusammen. Ich bleibe noch da, nachdem die anderen aufgebrochen sind, weil ich hoffe, dass Mrs Simpson zurückkehrt. Aber sie kommt nicht. Irgendwann beschließe ich nach Hause zu gehen. Ich sperre ab und lege den Schlüssel wieder unter die Fußmatte.

Zu Hause läuft überraschenderweise der Fernseher. Kelsie müsste längst im Bett sein und Mum hat immer zu viel zu tun, um was zu gucken. Aber als ich ins Wohnzimmer gehe, sehe ich sie ausgestreckt auf dem Sofa liegen. Sie schläft, das Laptop rutscht ihr fast vom Schoß. Erst mache ich mir Sorgen, dass sie auf mich wartet (glücklicherweise haben wir beide vergessen, dass ich eigentlich Stubenarrest habe). Dann wird mir klar, dass sie einfach erschöpft ist. Einen Moment lang tut sie mir leid.

Ich mache den Fernseher aus und sehe ihr kurz beim Schlafen zu, während eine Idee in meinem Kopf Gestalt annimmt. Sie erlaubt mir zu Hause nicht ins Internet zu gehen, also werde ich meinen Post nicht online stellen oder meine Website aktualisieren können. Aber vielleicht gibt es eine Möglichkeit, das zu ändern.

Ich nehme das Laptop von ihren Beinen und sie schreckt hoch. »Scarlett?« Sie sieht sich um, als wäre sie an einem unbekannten Ort. Dann bemerkt sie das Laptop in meiner Hand und nimmt es mir ab. »Danke, dass du mich geweckt hast«, sagt sie. »Ich muss noch was fertig machen.«

»Schon okay, Mum. Ich weiß, dass du müde bist.«

»Tja«, sagt sie achselzuckend, »das gehört wohl dazu.«

»Ich habe nachgedacht ... vielleicht könnte ich dir helfen. Mit deinem Blog-Zeug. Ich könnte E-Mails beantworten und Updates posten, vielleicht sogar auf Kommentare reagieren, wenn du mir zeigst, wie.«

Mum runzelt misstrauisch die Stirn. »Dafür hast du dich noch nie interessiert.«

»Na ja, wir lernen Computersachen in der Schule. Ich könnte ein bisschen Übung gebrauchen.«

»Ist das ein neuer Klub, an dem du teilnimmst?«

»Nein«, sage ich eilig. »Es ist nur so, dass alle anderen wissen, wie man Computer und die sozialen Medien nutzt. Ich sollte das auch lernen.«

»Da hast du vermutlich recht.« Sie schürzt nachdenklich die Lippen. »Soziale Medien sind wichtig. Vermutlich bist du alt genug, um verantwortungsvoll damit umzugehen. Aber wir müssen uns auf strenge Kontrollen verständigen.«

Ich kann hören, wie Mums Bloghirn rattert: *Hilfe! Meine Tochter will online gehen. Ist das die Rache?* Ausnahmsweise lasse ich mich davon nicht irritieren.

»Natürlich, Mum«, räume ich ein. »Und wenn ich dir helfen würde, müsstest du nicht immer so hart arbeiten.«

»Hmmm. Ich denke mal darüber nach.«

»Ich ... ähm, könnte jetzt anfangen.«

»Ich bin zu müde, um es dir zu zeigen.«

»Okay, aber wenn ich erst mal ein bisschen Übung habe, kann ich dir jede Menge Arbeit abnehmen. Du wirst deine ganze Energie für die Einführung bei Boots brauchen.«

»Nun ... ich werde darüber schlafen.« Sie klappt das Laptop zu und stellt es auf den Couchtisch. Dann reißt sie den Mund zu einem Riesengähnen auf. »Bleib nicht zu lange wach.«

»Mach ich nicht.«

Ich habe zwar nicht direkt die Erlaubnis, aber Mum ist niemand, der ein Hilfsangebot ablehnt, nicht mal von mir. Wir gehen beide nach oben, doch sobald ich höre, wie sich ihre Schlafzimmertür schließt und das Wasser im Bad zu laufen beginnt, schleiche ich mich wieder nach unten. Ich gehe zum

Sofa und klappe das Laptop auf. Es ist hochgefahren, aber es fragt nach einem Passwort.

Entschlossen nicht schon am ersten Hindernis zu scheitern, gehe ich in die Küche und probiere den Türgriff der Mama-Höhle. Die Tür öffnet sich nicht. Ich drücke fester, weil ich glaube, dass die Tür klemmt, aber sie öffnet sich immer noch nicht. Sie muss abgeschlossen sein. Ich habe noch nie erlebt, dass Mum abgeschlossen hat.

Ich gucke in die Kramschublade in der Küche auf der Suche nach einem Ersatzschlüssel. Während ich mich durch Papiere, alte Rechnungen und gelbe Haftzettel wühle, höre ich ein lautes Poltern hinter der Tür zur Mama-Höhle. Ich gehe wieder hin und lege ein Ohr an die Tür. Alles ist still, ich muss es mir eingebildet haben.

Ich suche wieder nach dem Schlüssel, aber stattdessen finde ich einen gelben Haftzettel mit dem Namen und der Telefonnummer eines Computerfachmanns. Hinten hat Mum ihr Passwort draufgekritzelt: scarlettkelsie1. Ich bin überrascht und auch ein bisschen gerührt, dass sie unsere Namen verwendet hat. Ich gehe wieder zum Sofa und tippe es ein. Der Bildschirm erwacht.

Okay, ich bin drin und was jetzt? Ich rufe die Bloggerific-Seite auf. Dann verbringe ich eine verwirrende und etwas nervenaufreibende halbe Stunde damit, mir ein Benutzerkonto einzurichten. Ich muss mir auf einer anderen Seite ein E-Mail-Konto einrichten, meine Adresse bestätigen, mir eine Vorlage aussuchen und herausfinden, wie man Textkästen und Fotofelder anordnet. Schließlich öffne ich einen neuen Textkasten und tippe langsam und vorsichtig, damit ich nicht zu viele Fehler mache, meinen ersten Blogeintrag als »kleine Köchin« ein.

Als ich fertig bin, gehe ich meinen Text noch mal durch. Er ist in Ordnung, glaube ich, aber auf dem Bildschirm wirkt er auf einmal irgendwie trocken und langweilig. Mir wird sofort klar, was fehlt. Mum verwendet immer ganz viele super peinliche Bilder mit nervigen Fünfzigerjahre-Müttern in Schürzen, die staubsaugen oder die Wäsche machen, und kleinen Sprüchen wie: »Wenn du endlich mal machen würdest, was ich sage, müsste Mutti nicht immer KOMPLETT AUSRASTEN.« Oder sie denkt sich nicht ganz so witzige kleine Abzeichen aus für Dinge wie *Ich hab's überlebt, die Sportsachen meiner Tochter zu waschen*. Ihre ganzen Freunde und Follower kommentieren immer, wie gut sie das finden. Für meinen Blog brauche ich auch ein paar Bilder. Gretchen und Alison haben mit ihren Handys Fotos von den Sachen gemacht, die wir zubereitet haben. Das sollte für den Anfang genügen.

Ich verbringe die nächste halbe Stunde damit, mit dem Cursor ein paar kleine leere Kästen hinzuzufügen, in denen die Fotos platziert werden sollen. Aber alles, was ich geschrieben habe, landet an der falschen Stelle oder verschwindet halb von der Seite. Frustriert speichere ich, was ich gemacht habe, als Entwurf ab und schließe alles, bevor ich es noch schlimmer machen kann.

Dann werde ich wohl Nick um Hilfe bitten müssen. Ich Ärmste!

32
Ein ungebetener Gast

Am nächsten Morgen breche ich früh zur Schule auf und gehe vorher bei Mrs Simpson vorbei. Treacle ist drinnen und miaut an der Tür. Nichts deutet darauf hin, dass Mrs Simpson zu Hause gewesen ist. Mein Magen verkrampft sich vor Sorge. Vielleicht ist sie irgendwann nach Hause gekommen und Mr Kruffs hat sie »ge-oma-nappt«. Oder vielleicht wollte sie allein irgendwohin und ihr ist etwas zugestoßen. Wenn wir mit ihr kochen, wirkt sie überhaupt nicht alt oder gebrechlich. Aber ich erinnere mich an andere Gelegenheiten: im Krankenhaus oder in der Nacht, als es gebrannt hat …

Violet sieht es mir an, als ich sie im Gang treffe. Ihr Lächeln verschwindet. »Sie ist noch nicht zurück?«

»Nein. Was sollen wir tun?«

»Ich weiß es nicht. Hast du nach der Schule Zeit?«

»Ähm, ja.« Ich zögere. »Aber ich habe ein paar Fragen an Nick, zur Website.«

Ihre Augen blitzen amüsiert auf. »Darauf wette ich.«

Ich werfe ihr einen finsteren Blick zu und gehe in meinen Kurs.

Ich brauche den ganzen Vormittag, um mich seelisch darauf vorzubereiten, mittags mit Nick zu sprechen. Als ich quer durch die Kantine auf seinen Tisch zusteuere, bekomme ich prickelnde Gänsehaut im Nacken, als würden mich alle ansehen und auslachen. Er quatscht mit einem seiner Rugby-Freunde, sieht aber auf, als ich an seinen Tisch komme. Verlegen verlagere ich das Gewicht von einem Fuß auf den anderen.

»Hi«, sage ich mit krächzender Stimme. »Danke für deine Hilfe gestern. Ich äh ... habe noch ein paar Fragen.«

Sein Freund zieht eine Augenbraue in die Höhe. Meine Wangen glühen.

»Ja, meinetwegen.« Nick zuckt die Achseln. Ich bereue sofort, dass ich in Anwesenheit seines Freundes zu ihm gekommen bin. »Heute kann ich nicht, vielleicht morgen?«

»Morgen?«, wiederhole ich dämlich. »Ja, das wäre toll.«

Bevor ich mich noch weiter lächerlich machen kann, drehe ich mich schnell um und gehe schnurstracks zum Mädchenklo. Ich platze förmlich in Gretchen und Alison, die am Waschbecken stehen und sich die Nägel in Regenbogenstreifen aus Pink und Lila lackieren.

Gretchen schenkt mir einen verächtlichen Blick wegen eines anderen Mädchens, das sich gerade die Hände wäscht. Sobald das Mädchen weg ist, zuckt Gretchen entschuldigend die Achseln. »Hi, Scarlett«, sagt sie. »Was gibt's?«

»Ich brauche eure Fotos für die Website«, sage ich. »Von den Sachen, die wir zubereitet haben.«

»Ich kann die Fotos hochladen und dir mit der Website helfen, wenn du möchtest«, bietet Alison an. »Du kannst bestimmt Unterstützung gebrauchen.« Sie lächelt verschmitzt.

»Es sei denn, du und der Loverboy wollt lieber alles allein machen.«

»Nein«, sage ich. Im Spiegel sehe ich, dass ich rot werde.

»Ich könnte definitiv Hilfe brauchen. Außerdem«, ich senke die Stimme, »müssen wir Mrs Simpson finden.«

»Was?«, fragt Gretchen und wirkt beunruhigt.

»Sie ist noch nicht wieder da«, sage ich.

»Und du hast keine Ahnung, wo sie ist oder wer diese ›Freundin‹ ist, die sie besuchen wollte?«

»Nein. Es ist, als hätte sie sich einfach in Luft aufgelöst.«

Wir kommen überein, uns nach der Schule wie üblich bei Mrs Simpson zu treffen. Aber alle wirken nachdenklich. Mrs Simpson war zwar nicht von Anfang an dabei, aber sie ist schon genauso wichtig wie jedes andere Mitglied. Wichtiger noch – schließlich unterrichtet sie uns und wir benutzen ihre Küche und ihr besonderes Rezeptbuch.

Das Haus ist immer noch leer, als wir dort eintreffen. Treacle miaut kläglich, als wäre er einsam und vielleicht ein kleines bisschen unglücklich darüber, dass wir ihn »gerettet« haben. Wir finden ein Rezept, mit dem alle einverstanden sind: »Peter Pans Paprika-Pasta«. Gretchen und Alison gehen in den Garten, um Tomaten zu pflücken, während Violet und ich den frischen Pastateig anrühren. Aber ich bin nicht mit dem Herzen dabei. Es dauert ewig, bis die Nudeln kochfertig sind: Wir müssen den Teig ausrollen und zurechtschneiden, dann verteilen wir lange Pastastreifen überall in der Küche. Gretchen und Alison haben eine große Schüssel Salat gemacht und angefangen Gewürze in die Soße einzurühren. Es riecht alles köstlich und mein Magen knurrt. Wenn nur Mrs Simpson endlich zurückkäme.

Plötzlich klopft es laut an der Haustür.

»Tante Rosemary, mach auf!«, ruft eine Stimme.

Wir erstarren und sehen uns entsetzt an. Es ist Mr Kruffs. Wir werden auf frischer Tat ertappt!

»Tante Rosemary, du weißt, dass wir uns unterhalten müssen. Du machst es nur schlimmer für dich, wenn du meine Anrufe nicht entgegennimmst. Ich komme jetzt rein.«

Ein Schlüssel schiebt sich ins Schloss. Die Tür öffnet sich donnernd. Augenblicklich werde ich aktiv.

Ich fange ihn an der Küchentür ab. »Hallo, Mr Kruffs«, sage ich und täusche ein Lächeln vor. Violet kommt stumm an meine Seite.

»Wo ist sie?«, fragt er vorwurfsvoll.

»Sie?« Ich werfe Violet einen verwirrten Blick zu. »Ich dachte, die Katze wäre ein Junge, du nicht auch?«

Violet kichert. »Ich habe nie nachgesehen.«

»Nicht die Katze!«, poltert Mr Kruffs. »Ich suche meine Tante.«

»Oh.« Ich zucke theatralisch die Achseln. »Tut mir leid, ich habe sie heute nicht gesehen. Sie hat eine Nachricht hinterlassen, dass sie eine Freundin besucht.«

»Freundin? Was für eine Freundin?«

»Das hat sie nicht gesagt.«

Er verschränkt die Arme vor der Brust. »Und was bitte schön macht ihr hier, wenn sie nicht da ist?«

»Wie ich letztes Mal schon sagte, bin ich Mrs Simpsons Nachbarin«, sage ich. »Und ihre Freundin. Das sind wir alle.« Ich bin erleichtert, als sich Gretchen und Alison hinter mich stellen. Jetzt sind wir vier gegen einen.

»Ihr solltet nicht hier sein«, sagt er. »Das ist unbefugtes Betreten.«

Ich stemme die Hände in die Hüften und fühle mich plötzlich mutig. »Dann rufen Sie doch die Polizei. Sie dürfte es interessant finden, dass *Sie* eine alte Dame schikanieren, ihr die Katze wegnehmen und versuchen sie aus ihrem eigenen Haus zu vertreiben. Und selbst wenn die Polizei uns nicht zuhören sollte, bin ich mir sicher, dass ihre Wähler es tun werden.«

Mr Kruffs macht einen Schritt vor. Ich packe Violets Hand und weiche nicht von der Stelle. OMG.

»Du weißt ja nicht, wovon du sprichst«, sagt er. »Meine Tante kann hier nicht länger alleine leben. Es liegt in meiner Verantwortung, Vorkehrungen für sie zu treffen.«

»Was, damit Sie ihr Haus verkaufen können und Geld für ihre Wahlkampagne bekommen – ist es das?«, fragt Violet. Ich drücke ihr dankbar die Hand.

Einen Augenblick lang sieht er tatsächlich verwirrt aus, dann fängt er an zu lachen. »Glaubt ihr das wirklich? Das ist das Verrückteste, was ich je gehört habe.«

»Nun, ich weiß es nicht.«

»Nein, das tust du nicht«, sagt er bestimmt. »Und diese Unterhaltung ist beendet. Geht nach Hause.«

»Okay, Mädels«, sagt Gretchen fröhlich. »Ihr habt den Mann gehört. Gehen wir.«

»Aber was ist mit der ...«

Gretchen schneidet mir mit erhobener Hand das Wort ab. »Wir müssen Mr Kruffs den Abwasch überlassen.« Gretchen wendet sich wieder an ihn. »Wir waren gerade dabei, Abendessen zu kochen. In der Küche herrscht ein bisschen

Chaos.« Sie lächelt schief. »Könnten Sie dafür sorgen, dass Herd und Ofen ausgestellt sind, wenn Sie gehen?«

»Ihr habt die Küche benutzt?«

»Natürlich«, antworte ich. »Ihre Tante bringt uns bei, wie man kocht. Sie ist im Moment nicht da, aber wir müssen üben. Wir dürfen sie nicht enttäuschen.«

»Sie bringt euch bei, wie man kocht ...« Er bricht abrupt ab und wirkt wirklich erstaunt.

»Ja«, schaltet Alison sich ein. »Sie ist eine tolle Lehrerin, die Allerbeste. Und sie weiß so viel übers Kochen, sie hat sogar ein besonderes Rezeptbuch verfasst, das wir benutzen. Ihr einziges Problem ist, dass sie ziemlich alt ist, das ist alles.«

»Rosemary hat seit Jahren nicht gekocht. Nicht seit Mariannes Tod.«

»Marianne?«, frage ich.

»Ihre Tochter. Aber da ihr so gute ›Freundinnen‹ seid, hätte ich gedacht, das wüsstest du.«

Für meine kleine Köchin – mögest Du die geheime Zutat finden. Ich habe einen Kloß im Hals. Mrs Simpson hat das besondere Rezeptbuch für ihre Tochter geschrieben: Marianne. Eine Tochter, die gestorben ist.

Mr Kruffs macht eine hilflose Geste. »Tante Rosemary wärmt sich Dosensuppe auf und isst selbst die kaum. Vor einem Jahr hat sie so viel an Gewicht verloren, dass sie langsam dahinsiechte. Sie musste Elektrolyte und Ballaststoffe zu sich nehmen.« Er sieht mich eindringlich an, als müsste ich wissen, was das ist.

»Klingt furchtbar«, murmle ich.

»Ja«, sagt er. »Dass sie nicht richtig isst, ist einer der Gründe, warum sie nicht alleine hierbleiben kann.«

»Aber ihr Kühlschrank ist immer voller Essen«, protestiere ich. »Sie hat eine Wahnsinnsküche und all diese Kochbücher. Und sie hat selbst ein Kochbuch für ihre Tochter geschrieben. Das ist offensichtlich ihre Leidenschaft.«

Mr Kruffs lacht bitter. »Und glaubst du wirklich, meine Tante geht einkaufen und schleppt all die Lebensmittel hierher? Oder glaubst, es gibt eine Backfee, die nachts aus ihrem besonderen Kochbuch krabbelt und sich in einem der Schränke versteckt?«

»Nein, natürlich nicht.« Ich verrate ihm nicht, dass wir uns schon die ganze Zeit gefragt haben, warum die Küche immer voller Essen ist.

»Tja, denk mal scharf nach. Sie fährt kein Auto und der Supermarkt ist zu weit weg, als dass sie dorthin laufen könnte.«

»Also ...«

»Also lasse ich ihr das Essen liefern, jedenfalls kümmert sich mein Assistent darum. Jede Woche, wie ein Uhrwerk. Und nicht nur vom örtlichen Supermarkt, weil ich weiß, wie sehr meine Tante gutes Essen schätzt. Es kommt von einem Feinkostgeschäft, sie stellen sogar alles in die richtigen Schränke oder auf die Arbeitsfläche, damit es sie vielleicht ermutigt mal wieder etwas zu kochen. Das ist nicht billig, das könnt ihr mir glauben. Aber ich will ja nicht, dass meine Tante verhungert.«

»Nein ...«, räume ich ein, während mir eine neue Möglichkeit in den Sinn kommt. Was, wenn Mr Kruffs sich wirklich um seine Tante sorgt? Wir haben sie nur ein paarmal getroffen, aber er weiß sicherlich eine Menge Dinge, von denen wir keine Ahnung haben. Was, wenn sie nichts gegessen hat, bevor wir ihr begegnet sind? Und sie ist ja wirklich so schlimm gestürzt, dass sie ins Krankenhaus musste …

»Und jetzt ist sie verschwunden und ihr seid hier. Sie hat keine ›Freundinnen‹ mehr, die in der Nähe leben. Also wo ist sie?«

»Ich weiß es nicht«, gestehe ich. »Und ich verstehe, warum Sie sich Sorgen machen.« Ich sehe meine Freundinnen an. Sie nicken besorgt. »Aber ehrlich gesagt, geht es ihrer Tante nicht schlecht. Wenn wir mit ihr zusammen waren, wirkte sie glücklich und sie hat gegessen, was wir ihr gekocht haben. Vielleicht geht es ihr besser, als Sie glauben?«

Er sieht mich lange an und ich spüre, wie mir der Schweiß auf die Stirn tritt. Ich recke das Kinn und versuche erwachsen zu klingen. »Mr Kruffs, würden Sie gern noch etwas bleiben und mit uns zu Abend essen? Es gibt Salat und Pasta mit einer selbst gemachten Soße. Das Rezept ist aus dem besonderen Buch ihrer Tante.« Ich überlege, was Mum in ihrem Blog schreiben würde, und hole tief Luft. »Es ist vielleicht keine schlechte Idee, wenn wir uns alle zusammensetzen und reden.«

33
Die Warnung

Er starrt mich an. Ich starre zurück. In den Gesichtern der anderen spiegeln sich Überraschung und Schock. Mein Herz hämmert in meiner Brust.

»Okay«, sagt er. »Lasst uns reden.«

Was habe ich nur getan?

Violet und Alison überschlagen sich fast dabei, noch einen extra Platz am Tisch zu decken. Ich bin unfassbar erleichtert, als Gretchen unserem »Gast« bedeutet sich zu setzen und gegenüber von ihm Platz nimmt. Sie sitzt aufrecht da, ganz die coole, ruhige, gefasste Vertreterin des Eltern-Lehrer-Ausschusses und zukünftige Anwältin, die alle Erwachsenen so lieben.

Mr Kruffs verschränkt die Arme und wirkt einen Moment so, als bereute er die Einladung angenommen zu haben. Ich bringe die riesige Holzschüssel mit dem frischen Salat an den Tisch und setze mich neben Gretchen.

»Also, Mr Kruffs ...«, sagt Gretchen, »wie läuft der Wahlkampf?«

»Er läuft ziemlich gut.« Seine Augen kleben an mir.

»Das sagt mein Dad auch. Sie kennen ihn vielleicht, Alan Sandburg, der renommierte Anwalt.«

»Er ist dein Vater?« Mr Kruffs setzt sich aufrechter hin.

»Ja.« Gretchen lächelt selbstzufrieden. »Er sagt, Sie seien der Champion der ›grauen Stimmen‹«.

»Das stimmt«, sagt Mr Kruffs. »Unsere Senioren sind wichtige Mitglieder der Gesellschaft. Wir müssen ihnen Respekt und Wertschätzung entgegenbringen.«

»Ich vermute, Sie werden oft nach London müssen, wenn Sie gewählt werden.«

»Ja, ich werde die meiste Zeit dort sein. Ich plane Anfang nächster Woche hinzufahren.«

»Haben Sie hier keine Familie?«, frage ich. Violet und Alison setzen sich und ich reiche Mr Kruffs die Salatschüssel.

Er lädt sich eine große Portion auf. »Ich bin geschieden«, sagt er. »Also nein. Abgesehen von Rosemary, versteht sich.«

»Es ist schön, dass Sie sich so um Ihre Tante sorgen«, sagt Violet. Es klingt aufrichtig. Ich runzle die Stirn.

Mr Kruffs gibt etwas Vinaigrette auf seinen Salat und reicht die Schüssel weiter an Alison. »Ob ihr's glaubt oder nicht, sie ist mir wichtig. Wie ich schon sagte, ist Tante Rosemary meine einzige Verwandte. Sie war einmal fast wie eine Mutter für mich. Aber in letzter Zeit hat sich ihr Gesundheitszustand verschlechtert. Sie ist zerstreut und vergesslich und manchmal wackelig auf den Beinen. Natürlich redet sie nicht darüber, aber ich fürchte, dass sie vielleicht an Demenz leiden könnte.«

»Und was genau ist das?«, fragt Gretchen.

»Einfach gesagt heißt das, dass sie ihr Gedächtnis verliert.« Mr Kruffs nimmt einen Happen Salat und kaut nachdenklich. »Das widerfährt vielen alten Leuten. Es gibt keine Heilung, ihr Zustand wird sich immer weiter verschlechtern. Sie könnte vergessen den Herd auszustellen oder sich anzuziehen oder die Katze zu füttern oder sogar regelmäßig zu essen. Sie wird zu einer Gefahr für sich selbst und ich kann nicht immer hier sein, um nach ihr zu sehen – sogar wenn sie das wollte.«

Wir essen schweigend unseren Salat. Ich denke über das nach, was er gesagt hat.

»Diese Tomaten ...«, sinniert Mr Kruffs. »Ich muss schon sagen, sie schmecken wirklich unglaublich.«

»Ihre Tante baut sie im Garten an«, sagt Violet. »Die sind total bio.«

»Meine Tante baut sie an?«

»Ja.«

Er macht schmale Augen und isst seinen Salat. Als er fertig ist, springt Alison auf und bringt die dampfende Schüssel mit Spaghetti herüber. Sie riechen köstlich, aber ich weiß, dass ich keinen weiteren Bissen hinunterbringe. Nicht, bis ich gestehe, was passiert ist.

»Mr Kruffs, es gibt etwas, das Sie wissen müssen«, sage ich und versuche mit fester Stimme zu sprechen. »Ihre Tante hat den Herd nicht angelassen, als es gebrannt hat.« Ich halte mich an der Tischkante fest. »Wir waren das, aus Versehen. Sie hat uns beigebracht, wie man die Eier Benedikt aus ihrem besonderen Rezeptbuch zubereitet. Wir haben vergessen das Gas auszustellen und es ist meine Schuld, dass das Geschirrtuch Feuer gefangen hat. Nicht ihre.«

Mr Kruffs Gesicht verzerrt sich zu einer bösen Miene. »Was hast du gesagt?«

»Ich habe gesagt, wir haben das Feuer verursacht, nicht ihre Tante.«

Er lehnt sich fassungslos zurück. »Ich könnte jetzt die

Polizei rufen. Was ihr getan habt, war gefährlich und dumm und eine Verschwendung öffentlicher Gelder.«

»Es war gefährlich und dumm«, gebe ich zu. »Aber ... es war ein Unfall. Es wird nicht wieder vorkommen.«

Ich beiße mir auf die Zunge und warte auf die Explosion, die ganz sicher kommt. Wird er aufspringen und den Tisch umwerfen? Wird er wirklich die Polizei rufen oder uns eigenhändig aus dem Haus werfen?

Also überrascht es mich, als er sich die Pastaschüssel nimmt und einen großen Haufen auf den Teller lädt.

»Hier ist die Soße«, sagt Gretchen. Ihre Hände zittern, als sie ihm die Schüssel reicht.

Er taucht die Kelle in die Soße, hält sie hoch und sieht sie sich genau an, bevor er sie über die Nudeln gibt. Dann nimmt er einen Bissen und kaut kaum, bevor er sich den nächsten reinschiebt. Wir beobachten ihn sprachlos – innerhalb von kürzester Zeit hat er die halbe Portion verputzt.

Er legt die Gabel hin und wischt sich den Mund mit einer Serviette ab. »Es war tapfer von dir, die Wahrheit zu sagen«, sagt er.

Meine Freundinnen und ich atmen gleichzeitig auf.

»Nicht dass das etwas ändert«, sagt er und nimmt sich mehr von den Nudeln. Er reicht die Schüssel an Gretchen weiter, die sich eine kleine Portion nimmt und die Schüssel Violet gibt.

»Nein?«, krächze ich.

»Nein.«

Ich schlucke schwer. »Aber vielleicht ist Mrs Simpson nicht wirklich dement oder so. Wenn sie manchmal etwas zerstreut ist, liegt das möglicherweise nur am Alter. Und vielleicht ist sie auch traurig wegen ihrer Tochter.« *Meine kleine Köchin.* Gretchen verpasst mir einen ordentlichen Ellbogenstoß. Ich ignoriere es. »Wann ist sie gestorben?«, frage ich.

»Vor zwei Jahren«, sagt Mr Kruffs. »Es war ein Autounfall.«

Violet saugt scharf die Luft ein.

»Es war kurz und schmerzlos – heißt es zumindest, aber sie war Rosemarys einziges Kind. Eltern sollten ihre Kinder nicht überleben.«

»Hat Rosemarys Tochter gern gekocht?«, frage ich.

»Gern?« Er nickt. »Sie war unglaublich. Sie hat Kochschulen in Paris und in der Schweiz besucht und in London als Profi-Köchin gearbeitet. Das Restaurant, in dem sie gearbeitet hat, bekam einen Michelin-Stern, als sie dort war. Ich erinnere mich noch an die Weihnachtsessen, die sie zusammen zubereitet haben, wahre Festmahle, so viel Essen gab es. Und alles war perfekt.« Er lächelt schwach. »Es waren glückliche Zeiten.«

»Das ist *so* traurig«, klagt Alison, als sie sich Soße auf die Pasta löffelt.

»Ja«, sage ich. Das Essen kommt bei mir an. »Aber das bedeutet nicht, dass Mrs Simpson verrückt ist oder das Gedächtnis verliert. Vielleicht ist sie einfach nur traurig oder einsam oder gelangweilt. Oder sie braucht einfach etwas zu tun.«

Mr Kruffs schüttelt den Kopf. »Wie ich schon sagte, ihre Gesundheit leidet. Sie muss versorgt werden. Und ich kann das nicht leisten. Es gibt wirklich schöne Einrichtungen da draußen mit sehr netten Leuten. Egal, was ihr gehört habt«, er schnaubt genervt, »und die Leute erzählen ziemlichen Unsinn über Pflegeheime ... nun, es gibt viele gute, freundliche Häuser, wo die alten Leute sehr glücklich sind. Und sicher aufgehoben. Sie würde neue Freunde finden. Genau das braucht sie jetzt.«

»Aber *wir* sind ihre Freunde«, sage ich und werde immer aufgebrachter. »Das ist doch auch etwas wert?«

»›Freunde‹, die praktisch ihr Haus abfackeln?« Er starrt mich finster an. »Ich glaube, auf die kann sie verzichten, meint ihr nicht?«

»Es war ein Unfall!«

»Aber es ist passiert.«

Ich verschränke die Arme vor der Brust. »Ich weiß, dass Sie ihr Neffe sind, aber Sie können sie nicht einfach zwingen ihr Haus zu verlassen und in eine von diesen Einrichtungen zu ziehen.«

»Doch, genau das kann ich.« Seine Augen blitzen kalt. »Ich habe die Betreuungsverfügung, was bedeutet, dass ich Entscheidungen für sie treffen kann. Und mir gehört ein Anteil an diesem Haus.«

»Aber das ist grausam! Sie will hier nicht weg.«

Gretchen stößt mich noch fester mit dem Ellbogen an. Ich klappe den Mund zu und starre auf meinen Teller.

»Ich verstehe, was Sie uns über Ihre Tante sagen wollen, Mr Kruffs, wirklich.« Gretchen reicht ihm wieder die Nudelschüssel. »Meine Großmutter war schlecht beieinander und brauchte Pflege, bevor sie gestorben ist. Eine Pflegerin kam jeden Tag vorbei. Und Dad hat ein Notrufsystem einbauen lassen, für den Fall, dass etwas passiert, wenn die Pflegerin nicht da ist.«

Mr Kruffs lädt sich in Sekundenschnelle auf. »Ich glaube, das wird nicht reichen. In den letzten Monaten bin ich zu der Überzeugung gelangt, dass sie eine Rund-um-die-Uhr-Betreuung braucht.«

Und dann können Sie ihr Haus verkaufen! Ich öffne wieder den Mund, aber Gretchen bringt mich mit einem Blick zum Schweigen.

»Es ist eine Überlegung wert.« Gretchen klingt wie eine Erwachsene. »Eine Option von mehreren.«

Mr Kruffs antwortet nicht. Er vertilgt weiter seine Nudeln, als gäbe es bald keine mehr. Ich atme den Dampf ein, der von meinem Teller aufsteigt. Jetzt, wo Gretchen übernommen hat, probiere ich einen kleinen Bissen. Die frischen Kräuter und die Gewürze der Soße prickeln auf meiner Zunge, das Gemüse hat einen vollen, köstlichen Geschmack. Die selbst gemachte Pasta ist seidig und üppig.

»Dieses Essen ...«, sagt Mr Kruffs und wischt sich den Mund mit einer Serviette ab, »ist köstlich.«

»Oh, finden Sie wirklich?« Violet strahlt. »Da bin ich aber froh. Ihre Tante wäre stolz, wenn sie das hören könnte.«

Er schüttelt ungläubig den Kopf.

Die Nudelschüssel und die Soße gehen ein weiteres Mal herum und binnen Minuten ist alles weg. »Darf es noch Nachtisch sein?«, fragt Gretchen.

»Bedauerlicherweise muss ich passen«, sagt Mr Kruffs. »Ich muss los. Tatsache ist, dass meine Tante immer noch verschwunden ist. Ich muss herumtelefonieren und versuchen sie zu finden.«

»Hat sie so etwas schon mal gemacht?«, fragt Violet.

Er hält inne, bevor er antwortet. »Ein paarmal. Leider sind

die alten Freunde, die sie noch hat, in alle Winde verstreut. Sie ist schon bei völlig Fremden aufgetaucht, weil sie nach Bekannten gesucht hat, die Jahre zuvor gestorben waren.«

»Oh.« Dazu fällt mir auch nichts mehr ein.

»Ist es in Ordnung, wenn wir bleiben und noch den Abwasch machen?«, fragt Alison. »Wir werden überprüfen, dass wir alles ausgemacht haben, und schließen dann ab.«

»Tut das«, sagt er. »Aber von nun an werdet ihr woanders kochen müssen, ist das klar?«

»Ja«, sage ich. Die Luft schwindet aus meinem Körper wie aus einem angepiksten Luftballon.

»Ich fahre nächste Woche für einen Tag oder so nach London«, fährt er fort. »Am Dienstag ganz früh. Wenn sie bis zum Wochenende nicht zurück ist, rufe ich die Polizei.«

»In Ordnung«, sagt Gretchen.

Ich nicke.

»Danke, dass Sie mit uns gegessen haben.« Violet wechselt fröhlich das Thema. »Ich glaube, wir verstehen uns jetzt besser.«

»Es war ... interessant.« Mr Kruffs fährt sich mit der Hand durch sein dunkles Haar. Er nickt uns kurz zu, dreht sich um und geht.

Sobald er weg ist, öffnen alle den Mund, als wollten wir gleichzeitig losreden, aber es kommt kein Ton heraus. Violet räumt die Teller ab und Alison lässt Spülwasser einlaufen.

»Was jetzt?« Ich finde meine Stimme wieder und wende mich an Gretchen.

»Dass du sauer geworden bist, war keine große Hilfe«, schimpft sie.

»Und du hast total auf lieb Kind gemacht, so wie du ihm in den Arsch gekrochen bist.«

»Ich kann nicht glauben, dass du ihm das mit dem Feuer erzählt hast!«

»Wir können ihn ja wohl nicht in dem Glauben lassen, dass sie es war, oder?«

»Okay, okay«, schaltet Violet sich ein. »Das reicht jetzt. Wir müssen überlegen, was wir als Nächstes machen.«

»Wir können nur hoffen, dass Mrs Simpson zurückkommt«, sagt Alison. »Wenn er die Polizei rufen muss, macht das alles nur noch schlimmer für sie.«

»Alison hat recht«, sagt Gretchen. »Es gibt nicht viel, was wir tun können, solange wir sie nicht finden.«

»Aber wenn sie wirklich zurückkommt, woher wissen wir dann, dass wir *ihm* trauen können?«, frage ich.

Gretchen lächelt geheimnisvoll. »Wenn sie erst zurück ist, werden wir Mr Kruffs schon überzeugen.«

»Was macht dich da so sicher?«, schnauze ich. »Er kam mir wie ein totaler Fiesling vor.«

Gretchen verdreht die Augen. »Ehrlich, Scarlett. Liest du denn nie den Blog deiner Mum? Sie sagt immer: Liebe geht durch den Magen.«

34

Sich verstecken

Ich bin erleichtert, als ich an diesem Abend nach Hause komme. Wir haben uns Mr Kruffs gegenüber behauptet. Obwohl ich zugeben muss, dass Gretchens erwachsene Art, mit ihm umzugehen, effektiver gewesen sein könnte als meine. Aber es gibt immer noch ein Riesenproblem – wo ist Mrs Simpson?

Den zweiten Abend hintereinander arbeitet Mum an ihrem Laptop auf dem Sofa. Ihr Haar ist ungekämmt und strähnig und sie hat dunkle Ringe unter den Augen. Aber auf dem Tisch neben ihr steht ein wunderbarer Schmetterlings-Cupcake mit rosa Glasur und daneben liegen die Krümel und das Papier von einem bereits verspeisten.

»Hallo, Mum«, sage ich, als ich meinen Rucksack absetze.

»Scarlett.« Sie lächelt müde und blickt auf die Uhr. »Lass mich raten. Du hast hart gearbeitet an deinem Projekt?«

»Ja, es wird echt cool, wenn wir fertig sind.«

»Es freut mich, dass du eine neue Freundin gefunden hast. Wie heißt sie noch mal?«

»Violet.«

»Violet. Das ist hübsch und passt zu Scarlett.« Sie lächelt.

»Ja.« Ich will aus dem Zimmer gehen.

»Manchmal mache ich mir Sorgen, dass du keine Freunde hast, weil …« Sie zögert. »Na ja, du weißt schon …«

Ich bleibe stehen.

»... meinetwegen«, endet sie in einem Flüstern.

Ich starre sie ungläubig an. »Deinetwegen?«

»Ich weiß, es ist ein alberner Gedanke.« Sie lacht ein bisschen. »Ich meine, niemand ahnt, wer ich wirklich bin oder wer du bist.«

»Ähm ...«

»Außer den Leuten bei Boots natürlich. Und vielleicht denen, die mein Profilbild wiedererkennen. Also eigentlich bin ich sicher, dass es kein Problem ist. Aber weißt du ...«, sagt sie und wird immer heiterer, »ich hatte neulich diese Idee. Dass ich in eine ganz andere Richtung gehen könnte.«

Ich bin mir nicht sicher, ob mir das gefällt. Ich presse die Lippen aufeinander. Wenn ich's mir genau überlege, ist es ein paar Wochen her, dass sie irgendwelche »lustigen« Posts über mich geschrieben hat. Nach *Dating für Alleinerziehende* hat sie einen Post für eine andere Seite geschrieben, über *Die besten mütterfreundlichen Wellnesstempel*, und der Post für den kommenden Freitag heißt *Psst – ich bin bei Boots!* und dreht sich um die Markteinführung ihres Produkts. Wenn das die neue Richtung ist, sollte ich wohl voll begeistert sein.

»Wie auch immer«, sagt sie achselzuckend, »wir werden sehen.«

»Klingt ... interessant«, ringe ich mir ab.

»Möchtest du einen Kuchen?« Sie zeigt auf den Teller. »Sie sind wirklich lecker. Ich hatte ein üppiges Abendessen und bekomme keinen Bissen mehr hinunter.«

»Oh.« Ich sehe sie genau an. Normalerweise ist Mums Vorstellung von einem Abendessen ein kleiner Becher Joghurt und eine Tüte Chips – ab und zu mal ein Stück kalte Pizza.

Ganz sicher keine Cupcakes. Ich erinnere mich daran, was Gretchen über Mums Blog gesagt hat: Dass Liebe durch den Magen geht. Vielleicht plant Mum ja sich wieder mit Männern zu treffen. Das wäre vermutlich gut. Es gäbe ihr viel Blogmaterial, und zwar nicht über mich.

»Ich nehme später einen, Mum«, sage ich. »Und wenn du früh ins Bett möchtest, kann ich dir mit der Arbeit helfen.«

Sie wühlt in ihren Papieren. »Ich habe ein paar E-Mails ausgedruckt, damit du meine Kontakte aktualisieren kannst. Meinst du, das kriegst du hin?«

»Klar, das kann ich.«

»Nun, dann ...« Sie steht auf und bewegt erschöpft die Finger. »Dann lasse ich dich mal machen. Und denk dran, ich vertraue darauf, dass du dir keine Websites anguckst, die du nicht sehen solltest. Vergiss nicht, ich kann das jederzeit überprüfen.«

Ich zucke empört die Achseln. »Mum! Ich versuche nur dir zu helfen. Aber wenn du das nicht möchtest, dann ...«

»Nein, Scarlett, ich weiß deine Hilfe zu schätzen.« Sie geht zur Tür. »Wie gesagt, ich vertraue dir.«

»Oh, Mum, eine Sache noch.«

Sie dreht sich zu mir um. »Was denn?«

»Stimmt was nicht mit deinem Arbeitszimmer?«

»Nein«, sagt sie ein bisschen zu schnell. »Es ist nur, dass ich immer die Essensgerüche von drüben riechen kann. Das lenkt mich wirklich ab.«

Ich esse den Cupcake und bringe Mums Kontakte auf den neuesten Stand. Als ich fertig bin, gehe ich wieder zu Bloggerific und melde mich an. Ich mache mir keine allzu großen

Sorgen, dass Mum das überprüfen könnte. Selbst wenn sie sehen sollte, dass ich einen Kochblog aufgerufen habe, wo wäre das Problem? Ich klicke auf meinen Entwurf, um ihn zu aktualisieren. Es gelingt mir, die Bilder von Alison hochzuladen. Das Layout stimmt noch nicht ganz, aber ich bin zufrieden, weil ich mein Bestes gegeben habe. Ich klicke auf das Symbol, um meinen ersten Beitrag als kleine Köchin zu veröffentlichen.

Der geheime Kochklub ist jetzt offiziell »online«.

Ich surfe eine Weile auf Bloggerific und sehe mir andere Kochblogs an. Ich gucke auch mehrmals nach, ob sich irgendjemand schon meinen Blog angesehen hat. Natürlich nicht, er ist ja erst seit ein paar Minuten sichtbar, was habe ich denn erwartet? Aber dann blinkt ein kleines Warnlicht unten auf dem Bildschirm: niedriger Akkuladestand. Mum hat kein Ladegerät im Wohnzimmer. Es muss in der Mama-Höhle sein.

Ich stelle das Laptop beiseite und gehe in die Küche. Es überrascht mich, lauter saubere Töpfe und Pfannen auf dem Abtropfbrett zu sehen. Mum hat keine Witze gemacht, als sie von einem üppigen Abendessen gesprochen hat. Da sind außerdem drei Teller. Mum, Kelsie ... und ...?

So unwahrscheinlich das sein mag, plötzlich weiß ich, wer es ist.

Ich gehe durch die Küche und will die Tür zur Mama-Höhle öffnen. Sie klemmt, aber diesmal ist sie nicht verschlossen. Ich hole tief Luft und öffne die Tür. Der Raum ist stockdunkel. Ich mache kein Licht an, sondern flüstere stattdessen: »Es ist in Ordnung, Mrs Simpson, Sie brauchen keine Angst zu haben. Ich bin's nur, Scarlett.«

Zunächst kommt keine Antwort, aber dann flammt ein kleiner Lichtkreis in der Nähe des abgewetzten alten Sofas auf, auf dem Mum manchmal schläft. Ich blinzle. Eine knochige Hand löst sich vom Schalter und zieht einen ausgeblichenen Quilt bis zum Kinn hoch. Ihr Haar ist ein silberner Kranz, die Falten sind weicher und weniger deutlich.

»Scarlett«, sagt Mrs Simpson. Sie legt einen Finger an die Lippen. »Du wirst Emory nicht verraten, dass ich hier bin, oder?«

»Natürlich nicht.« Ich trete ins Zimmer. Obwohl ich die Wahrheit geahnt habe, kann ich es kaum glauben. Ich meine, ausgerechnet *Mum* versteckt unsere Nachbarin, und dann noch in ihrem Arbeitszimmer?

»Deine Mutter war sehr freundlich zu mir«, sagt Mrs Simpson.

»Das ist gut«, sage ich.

»Willst du dich nicht setzen? Sie zeigt auf den drehbaren Bürostuhl, den Mum vom Sperrmüll besorgt hat.

Ich hocke mich auf die Stuhlkante. »Wir haben heute und gestern Abend für Sie gekocht, aber Sie waren nicht da. Meine Freundinnen haben auch Ihre Katze zurückgebracht.«

Sie blinzelt. »Treacle? Treacle ist wieder da?«

»Ja«, sage ich. »Er ist wieder da. Und Ihr Neffe ist vorbeigekommen.«

»Oh, Emory.« Sie seufzt und macht *tss*.

»Er hat ein paar Dinge erzählt, Mrs Simpson. Dinge, die mir Angst machen.«

»Was denn?« Sie grinst breit. »Dass ich den Verstand verliere und in die Irrenanstalt gehöre?«

Ich blinzle überrascht über ihre Wortwahl. »Na ja, ich

glaube nicht, dass er recht hat oder so. Aber ja ... so was in der Art.«

»Was genau hat er gesagt?«

Ich hole Luft. »Er hat gesagt, dass Sie nichts essen. Dass Sie vergessen Dinge zu tun, weil Sie ...«

»Weil ich dement bin«, beendet sie den Satz.

»Und, sind Sie's?«, frage ich und fürchte mich gleichzeitig vor der Antwort.

Mrs Simpson lacht ein bisschen traurig. »Wenn du in mein Alter kommst, ist dein Kopf voll mit allem, was du jemals gemacht hast – ganz zu schweigen von dem Bedauern über all die Dinge, die du nicht gemacht hast. Glaubst du, dass da noch Platz ist, um sich daran zu erinnern, welcher Tag es ist oder wann es Zeit ist, einzukaufen oder die Rechnungen zu bezahlen?«

»Vielleicht nicht. Aber die Menschen müssen diese Dinge trotzdem tun.«

»Ja«, sie nickt, »du hast recht, das müssen sie. Aber das heißt nicht, dass man sie irgendwo wegschließen muss, wo sie nur rumsitzen, fernsehen, Brei essen und auf die Schwester warten, die ihnen zur Toilette hilft, oder?«

Ich schürze die Lippen. »Er hat uns auch von Ihrer Tochter erzählt. Dass sie, ähm ... gestorben ist.«

Sie blickt auf ihre knotigen Finger, antwortet aber nicht. Ich bleibe dran, weil ich weiß, dass es der Schlüssel zu allem ist.

»Sie war diejenige, für die Sie die Widmung geschrieben haben, oder? ›Für meine kleine Köchin‹. Sie haben das Notizbuch für sie gemacht. Sie haben zusammen gekocht. Sie haben es ihr beigebracht. Und als sie erwachsen war, ist sie

Köchin geworden. Eine der besten, meinte Mr Kruffs. Sie müssen so stolz gewesen sein.«

Eine Träne bildet sich in ihrem faltigen Augenwinkel. »Ja, du hast recht, Scarlett. Du hast mit allem recht. Marianne war meine Tochter, meine ›kleine Köchin‹. Sie war alles für mich. Du hast mich auch einmal nach der ›geheimen Zutat‹ gefragt. Nun«, sie holt Luft, »das ist etwas, was jeder für sich selbst herausfinden muss. Es ist die Sache, die das Leben lebenswert macht. Das und noch viel mehr war meine Tochter für mich. Und jetzt ... ist sie tot.«

»Es tut mir so leid.« Ich nehme ihre Hand.

Ihr Griff ist überraschend fest. »Danke, mein Kind.«

Wir sitzen ein paar Minuten da, ohne zu sprechen. Ich wünschte, ich fände die richtigen Worte, aber tief drinnen weiß ich, dass es die ›richtigen Worte‹ nicht gibt.

Sie atmet rasselnd ein. »Mein Neffe meint es gut. Und mit einer Sache hat er recht – meine Gesundheit ist nicht mehr, was sie mal war. Es fühlt sich manchmal so an, als würde ich nur die Zeit totschlagen. Ich versuche mich mit dem Haus und der Katze und dem Garten zu beschäftigen. Aber was das Kochen angeht ...« Ihre Augen sind voller Tränen. »Lange Zeit konnte ich es einfach nicht ertragen. All diese Gerüche und Geschmäcker, all diese Erinnerungen.«

»Ich ... ich glaube, das verstehe ich.«

»Und dann seid ihr Mädchen aufgetaucht. Ihr seid in mein Haus eingebrochen und habt mein Leben durcheinandergewirbelt. Ihr habt mir diese Haferkekse ins Krankenhaus gebracht ...« Sie rümpft die Nase. »Wobei ich sagen muss, dass ich *wirklich* kein Fan der kristallisierten Veilchen bin.«

»Oh!«

»Aber da habe ich verstanden, dass mein Leben noch nicht ganz vorbei ist. Ich habe begriffen, dass ich noch Dinge zu tun habe, bevor ...« Sie schüttelt den Kopf. »Wie auch immer, ich werde nicht zulassen, dass Emory mich irgendwo hinbringt, selbst ›zu meinem eigenen Besten‹ nicht, egal wie bequem es ist und wie sehr es das Leben erleichtert. Ich werde das nicht kampflos akzeptieren.«

»Und wir werden Ihnen helfen.« Ich drücke ihre Hand.

»Ja.« Sie lehnt sich zurück aufs Kissen, als wäre die Anstrengung zu groß. Sie zuckt kurz zusammen und reibt sich eine Stelle am Kopf, kurz hinter ihrem Ohr.

»Alles in Ordnung?«, frage ich plötzlich beunruhigt.

»Ja. Ich bekomme manchmal Kopfschmerzen, das ist alles.«

»Möchten Sie eine Schmerztablette? Ich weiß, wo Mum sie hat.«

»Nein, mein Kind.«

Wir sitzen eine Weile schweigend da. »Wir haben ihm Essen gekocht«, sage ich stockend. »Mr Kruffs ist vorbeigekommen, als wir ›Peter Pans Paprika-Pasta‹ mit Salat und selbst gemachter Soße zubereitet haben.«

Sie zieht aufgeschreckt die Hand weg. »Ihr habt für Emory gekocht?«

»Ähm ... ja. Er ist vorbeigekommen, als wir auf Sie gewartet haben. Wir dachten, es könnte helfen, ihm was anzubieten.«

»Und, hat es das?«

»Hm ... Er hat uns nicht verhaften lassen, als wir ihm gestanden haben, dass das Feuer unsere Schuld war.«

Sie macht eine Bewegung, als wollte sie sich aus dem Bett kämpfen. »Ihr habt ihm davon erzählt?«

»Ja«, sage ich schnell. »Ich meine, das mussten wir ja. Es war das Richtige.«

Sie lehnt sich verblüfft zurück. »Das Richtige ...?«

»Oder etwa nicht?«

Mrs Simpson sieht mich genau an. Ich bekomme den Eindruck, dass sie mich in neuem Licht sieht. »Ja ... wenn du es so sagst. Das war es vermutlich.«

»Wir konnten ihn doch nicht in dem Glauben lassen, dass Sie es waren! Und ich hatte gehofft ... nun ... dass es reichen würde.«

»Aber das hat es nicht, oder?«

»Nicht wirklich. Aber er schien wirklich besorgt um Sie. Außerdem«, ich senke die Stimme, »hat er gesagt, er würde die Polizei rufen, wenn Sie bis zum Wochenende nicht zurück sind.«

»Pah! Die Polizei! Das wird er ganz sicher nicht tun. Nicht während er mitten im Wahlkampf steckt.«

»Das ist gut«, sage ich. »Aber vielleicht könnten Sie ihn wenigstens wissen lassen, dass es Ihnen gut geht.«

»Ja«, sagt sie seufzend. »Das werde ich. Ich bin für ihn im Moment eine Ablenkung, die er nicht gebrauchen kann. Und ich will niemandem zur Last fallen.« Ihr Atem wird schneller und flacher. Das macht mir ein bisschen Angst. Sie mag nicht verrückt sein, aber Mrs Simpson ist wirklich alt.

»Keine Sorge, Mrs Simpson«, sage ich mit besänftigender Stimme. »Ist Emory denn wirklich so ein schlechter Mensch? Gretchen schien anderer Meinung.«

»Nein, er ist kein schlechter Mensch.« Sie sinkt wieder in

die Kissen. »Er ist sogar ein sehr guter Mensch. Er und Marianne waren in ihrer Kindheit praktisch beste Freunde. Sie hat es geliebt, ihm zum Geburtstag und zu Weihnachten seinen Lieblingsnachtisch zu kochen. Emory war so ein ernster Junge, aber sein Gesicht begann zu leuchten, wenn er das Essen sah.« Sie lächelt schwach. »Und als die Küche nebenan eingebaut wurde, hat er alles arrangiert. Wir standen uns einmal sehr nah ...« Sie seufzt.

»Ich kenne das Gefühl«, murmle ich.

»Ich weiß, dass Emory einfach tun will, was das Beste ist. Und vielleicht hat er ja recht ...«

»Nein, hat er nicht!«, sage ich. »Weil wir uns um Sie kümmern werden.« Ich nehme wieder ihre Hand. »Ich und der geheime Kochklub. Und vielleicht«, irgendwie kann ich es immer noch nicht glauben, »auch Mum. Ich meine, sie hat Sie aufgenommen und versteckt.«

»Ja, das hat sie.«

»Und Gretchen kennt sich mit diesen Dingen auch aus. Sie können einen Notrufknopf bekommen, mit so einem Ding zum Umhängen, mit dem Sie Hilfe rufen können, wenn nötig, und Sie können eine Pflegerin bekommen, die täglich vorbeischaut oder sogar bei Ihnen wohnt. So könnten Sie noch eine ganze Weile klarkommen. Und wenn Sie irgendwann später mal in ein Pflegeheim gehen wollen ...« Ich schaudere. »Dann sollte das Ihre Entscheidung sein.«

»Danke, mein Kind«, sagt sie. »Ich bewundere deine Entschlossenheit. Und du hast mir sehr viel zum Nachdenken gegeben. Es ist gut zu wissen, dass es auch in meinem Alter noch ... verschiedene Möglichkeiten gibt.« Sie legt sich hin und unterdrückt ein Gähnen. »Und jetzt, wenn du einverstanden bist, sollten wir beide etwas Schlaf bekommen. Es war ein ziemlich aufregender Tag.«

»Gute Nacht«, sage ich und küsse sie auf die Stirn. Dann drücke ich ihre Hand, aber sie ist schon eingeschlafen.

35
Die Magie finden

Am nächsten Morgen wache ich erst spät auf und fühle mich erschöpft, weil ich mich die ganze Nacht herumgewälzt habe. Ich kneife die Augen zu, wegen des Sonnenlichts und der Gedanken, die auf mich einstürmen. Was sollen wir nur mit Mrs Simpson machen? Können wir Mr Kruffs zur Einsicht bringen? Hat irgendjemand meinen Blog gesehen? Und dann fällt mir ein, dass ich heute nach der Schule Nick Farr treffen soll. Mir dreht sich der Magen um.

Am Treppenabsatz rieche ich Frühstück. Mein Magen knurrt heftig. Mum ist schon mit Kelsie in der Küche. Mrs Simpson hat ein Riesenfrühstück mit Eiern, Speck und Buttercroissants zubereitet. Wundersamerweise ist der Teller meiner Schwester fast sauber und kein verschmierter Ketchup weit und breit.

Mum strahlt mich an, als ich in die Küche komme. Dann eile ich zu ihr hinüber. »Danke, Mum.« Ich umarme sie – zum ersten Mal seit langer Zeit freiwillig.

»Oh, Scarlett!« Mum drückt mich auch. Sie lächelt. »Und außerdem ist es kein Geheimnis mehr. Rosemary hat vor dem Frühstück ihren Neffen angerufen und ihm gesagt, dass sie hier ist.«

Ich bin von Glücksgefühlen überwältigt. Mrs Simpson

steht vom Tisch auf, streicht ihre Schürze glatt und nimmt einen Teller für mich vom Regal.

»Ich kann mir selbst auftun, Mrs Simpson«, sage ich. »Essen Sie doch. Das ist fantastisch.«

»Nein, mein Kind«, sagt sie. »Setz dich. Es ist mir ein Vergnügen.«

Es ist, als wäre die Küche von einem warmen Glühen erfüllt. Essen und Güte und ungewöhnliche Freundschaften. Mum nimmt ein zweites Croissant und beißt mit geschlossenen Augen hinein.

»Das ist göttlich, Rosemary«, sagt sie. »Ich hatte vergessen, wie gut richtiges Essen schmeckt. Tatsächlich«, sie sieht mich an und lächelt, »hatte ich so einiges vergessen, was wichtig ist.«

Ich lächle zurück und blinzle noch mal, um sicherzugehen, dass ich nicht immer noch schlafe und das alles nur träume. Es kann eigentlich nicht real sein.

»Sagen Sie ihr, was Sie mir gesagt haben«, drängt Mrs Simpson Mum. »Alles.«

Mum holt tief Luft. »Es gibt Dinge in meinem Leben, die ich dir nicht erzählt habe, Scarlett. Dinge, die schmerzhaft waren und die ich vergessen wollte.«

Ich starre sie an. Mum redet eigentlich fast nie über ihre Vergangenheit. Auf der anderen Seite des Tisches nickt Mrs Simpson ermutigend, als hätten sie das geübt.

»Du weißt es vielleicht nicht, aber meine Oma hat bei uns gelebt, als ich noch klein war. Sie war nicht gut beieinander, nachdem ihr Mann gestorben war, aber sie war liebevoll und half sich um mich zu kümmern, nachdem mein Dad uns verlassen hatte und Mum arbeiten gehen musste.«

»Dein Dad hat deine Mum verlassen?« Ich versuche diese neue Information zu verdauen. Ich habe Mums Eltern nie kennengelernt, beide sind vor meiner Geburt gestorben. Dads Eltern wohnten immer weit weg, sodass wir auch sie kaum gesehen haben. Da ich nie Großeltern hatte, habe ich sie auch nie vermisst. Und auch nicht vermisst etwas über sie zu wissen.

»Mein Dad ist mit seiner Sekretärin durchgebrannt, ich habe ihn nie wiedergesehen.« Sie schluckt schwer. »Zuerst habe ich Mum die Schuld dafür gegeben, dass sie meinen Dad vertrieben hat, und dann dafür, dass sie arbeiten musste. Sie war eigentlich jeden Abend weg. Die einzige Arbeit, die sie finden konnte, war als Barfrau in einem Pub, wo sie Bier gezapft hat. Manchmal blieb ich so lange wach, bis sie zurückkam und nach Rauch, Schweiß und abgestandenem Bier roch. Ich hab's gehasst.« Sie nimmt einen großen Schluck von dem frisch gebrühten Kaffee.

»Aber als meine Oma bei uns einzog, änderte sich alles.« Sie starrt irgendwo in die Ferne. »Es war, als wäre das Haus voller Magie. Sie war eine wunderbare Köchin, sie hat Geschichten erzählt und Klavier gespielt ...« Mum verstummt. »Eigentlich war es keine Magie. Es war einfach ... schön.«

»So klingt es auch«, sage ich ermutigend.

»Dann ist sie gestorben.«

Mrs Simpson legt Mum die Hand auf den Arm. »Jeder stirbt einmal, Liebes.« Sie seufzt tief. »Aber das bedeutet nicht, dass die Magie nicht existiert hat. Ich weiß, dass es sie gab, wenn ich mit meiner Tochter zusammen war, mit Marianne. Es war eine ›alltägliche‹ Art von Magie.«

»Ich weiß nicht.« Mums Stimme bebt. »Ich habe so lange

versucht sie aus meinem Kopf zu verbannen. Ich habe geschworen, dass ich nie wie meine Mum werden würde, die in einem erniedrigenden Job festsaß und weder Geld noch Freiheit hatte.«

»Natürlich, Liebes«, sagt Mrs Simpson.

»Als dein Dad aus dem gleichen Grund wie meiner gegangen ist, Scarlett, war ich deshalb wild entschlossen, die Kontrolle über mein Leben zu bekommen. Ich fing mit dem Blog an und daraus wurde etwas ...«, sie zögert, »Fantastisches. Zum ersten Mal nahmen Menschen Notiz von mir. Zum ersten Mal war ich wichtig.«

»Nein, Mum«, sage ich leise. »Du warst schon vorher wichtig. Für mich und Kelsie.«

»Ich schätze, das hätte ich begreifen müssen. Stattdessen habe ich zugelassen, dass der Blog mein Leben übernimmt. Ich wurde genau wie meine Mum. Schlimmer noch.« In ihren Augen glitzern Tränen, als sie mich ansieht. Zum ersten Mal sehe ich Einsicht, die sich in die Fältchen um ihre Augen gegraben hat. Die Dinge, die sie getan hat, und wie ich mich dabei gefühlt habe. »Viel schlimmer.«

»Oh, Mum ...« Mir fällt auf, dass ich ebenfalls weine.

Sie nimmt meine Hand und drückt sie. »Aber dann fing ich an die Essensdüfte aus Rosemarys Küche zu riechen. Es war, als wären die Erinnerungen auf der anderen Seite der Wand und würden versuchen durch Risse und Spalten zu kriechen. Ganz plötzlich dachte ich an meine Mum, meine Oma und meine Kindheit.« Sie lächelt, als wäre sie ganz weit weg. »Und das Merkwürdige war, dass es nicht mehr wehtat. Es war gut. Und ... richtig.«

»Das freut mich, Mum.«

Sie schüttelt den Kopf. »Aber ich mochte mich nicht dem stellen, was zwischen uns beiden stand. Dann kam es zu dem Brand. Ich war so stolz auf dich, Scarlett, und habe mich für mich selbst geschämt.« Sie seufzt. »Und dann hat Rosemary dieses umwerfende Frühstück gemacht. Danach wollte ich in mein Arbeitszimmer, um darüber zu schreiben. Aber stattdessen habe ich meinen Computer zugeklappt und bin nach nebenan gegangen.«

»Bist du?«

»Ist sie«, bestätigt Rosemary und tätschelt Mums Hand. »Wir haben geplaudert und eine schöne Tasse Tee getrunken.« Sie lächelt schief. »Na ja, eigentlich die ganze Kanne. Sie hat mir geholfen nach dem Feuer sauber zu machen.«

»Wirklich?«

Mum lacht. »Ehrlich, Scarlett, sogar eine Giftmülldeponie kann gereinigt werden, wenn man es angeht. Was ein sehr gutes Projekt für dieses Wochenende wäre. Wir könnten gemeinsam dein Zimmer in Angriff nehmen.«

»Okay.« Ich lächle vorsichtig. »Aber du wirst nicht, du weißt schon, darüber schreiben, oder? Oder darüber schreiben, nicht darüber zu schreiben?«

Sie presst entschlossen die Lippen zusammen. »Ich habe dir erzählt, dass ich mit dem Blog eine neue Richtung einschlagen werde. Ich denke schon eine ganze Weile darüber nach – seit dem Tag, an dem du diese Zimtteilchen mitgebracht hast.«

»Echt?«

»Echt. Ich habe mir noch einmal alle Statistiken angesehen, plus meine Kommentare und Interaktionen. Sie zeigen einen eindeutigen Trend.«

»Welchen?«, frage ich, während sich mein Magen verknotet.

»Mein Fazit ist, dass meine Follower den starken Wunsch verspüren, dass ich eine ›inspirierende Bloggerin‹ werde.«

»Eine was?« Ich bin mir nicht sicher, ob mir gefällt, wie das klingt.

»Ich will mich darauf konzentrieren, andere Mütter und Frauen zu inspirieren. Ich werde so etwas wie ein Online-Coach für Frauen, die ihre eigene Firma gründen oder den Beruf wechseln oder einfach etwas Neues aus ihrem Leben machen wollen. Ich möchte ihnen helfen ihre Träume anzupacken, genau wie ich es gemacht habe.«

»Oh.« Einen Moment lang glaube ich, sie macht Witze. Aber ihre Miene ist ernst.

»Was bedeutet, dass du, Scarlett, leider keine Hauptrolle mehr in meinem Blog spielen wirst.«

»Ich ... werde ich nicht?«

»Nein.« Sie lächelt. »Ich werde dir und deiner Schwester eine ganz neue Mum sein. Versprochen.«

Etwas löst sich in meiner Brust und ganz plötzlich fühle ich eine Welle der Erleichterung, die sich mit einem anderen fast vergessenen Gefühl mischt ...

Hoffnung.

»Und Rosemary wird mir dabei helfen«, sagt Mum. »Und wir werden ihr helfen, genau wie du es in jener Nacht getan hast. Das machen Nachbarn schließlich so, oder?«

36
Freunde und Follower

Ich breche wie in Trance zur Schule auf. Mums Geschichte, ihr schlechtes Gewissen, ihre »neue Richtung« und die Tatsache, dass sie tatsächlich einem anderen Menschen hilft, der in Schwierigkeiten ist. Ich glaube nicht an Magie, nicht an die Märchenvariante und ganz sicher nicht an »alltägliche« Magie, was immer das sein soll. Aber ich kann nicht leugnen, wie sehr sich die Dinge verändert haben, seit Mrs Simpson in unser Leben getreten ist.

Sie besprachen die Einzelheiten, während ich mein Frühstück beendete. Mrs Simpson wird eine Teilzeit-Pflegerin engagieren, die sich um sie kümmert, aber Mum und ich werden ihr auch helfen. Mum wird mit Mr Kruffs reden und versuchen sich mit ihm zu einigen. Wie sie für all das die Zeit finden will, weiß ich nicht genau, aber sie hat mir tatsächlich ihr altes Handy gegeben, damit wir »in Kontakt« treten können, falls Mrs Simpson etwas braucht. Und selbst wenn Mum wirklich eine Wandlung vollzogen hat, haben sie und ich immer noch eine Menge Dinge, die wir klären müssen. Ich nehme ihre Entschuldigung an und ich verzeihe ihr. Aber wie heißt es so schön: »Probieren geht über Studieren.« Doch für den Moment ist es mehr, als ich jemals erwartet habe.

Der Schultag geht schnell vorbei und am Ende des Tages lässt die Aussicht, Nick Farr zu treffen, meinen Puls in den Turbomodus schalten. Ich schlage mich zur Bibliothek durch und fürchte, dass meine Knie jeden Moment zu Wackelpudding werden.

Nick ist schon da und hat sein Laptop hochgefahren.

»Hi, Scarlett.« Er schiebt sich sein lockiges braunes Haar aus der Stirn.

»Hi.« Ich versuche meine Atmung zu beruhigen und setze mich neben ihn.

»Wie ich sehe, hast du deine Website schon aktiviert«, sagt er. »Das ist eine tolle Idee, finde ich.«

»Na ja, ich habe gemacht, was du gesagt hast. Aber ich muss die verschiedenen Rubriken noch einrichten und ich bin mir nicht ganz sicher, ob das Layout so richtig ist –«

Er strahlt mich an und mir bleibt fast das Herz stehen. »Du hast schon zwölf Follower. Nicht schlecht für weniger als einen Tag, findest du nicht?«

»Zwölf?« Ich beuge mich vor und scrolle die Seite hinunter. Der kleine Zähler ganz unten, den Nick installiert hat, zeigt an, dass 22 Leute meinen Blog besucht und zwölf sich als Follower angemeldet haben.

»Wahnsinn.« Meine Finger auf der Tastatur fangen vor Aufregung an zu kribbeln. Mir kommt der Gedanke, dass Mum sich genauso fühlen muss, wenn ein Kontakt mit einem völlig Fremden entsteht.

»Ja«, sagt Nick. »Das ist es.« Er hilft mir die vier Unterseiten hinzuzufügen: *Lecker Kuchen und Teilchen*, *Gesundes für zu Hause*, *Das perfekte Dinner* und *Rezepte zum Teilen*, außerdem einige Kästen, um Fotos hochzuladen.

»Jetzt«, sagt er, als alles steht, »gibt es noch ein paar Dinge, die wir tun können, um die Zahl deiner Follower zu erhöhen. Wir können dich bei anderen sozialen Netzwerken anmelden und dann alles verlinken. Du musst deine Online-Präsenz ausbauen, das Eisen schmieden, solange es heiß ist.«

»Okay.« Ich sitze da und sehe ihm zu, während er die Sachen für mich einrichtet. Ich weiß, dass ich genauer beobachten sollte, was er macht, aber stattdessen bin ich wie gebannt von seinen langen Fingern, die souverän über die Tastatur fliegen, und von seinen schokoladenbraunen Augen, während er sich darauf konzentriert, Dinge anzuklicken, zu verlinken, Symbole hinzuzufügen und mein Profil unter »Die kleine Köchin« auf anderen Seiten einzurichten.

»Welches Passwort möchtest du?« Er dreht sich zu mir und ich lehne mich aufgeschreckt zurück.

»Oh, ähm ...« Ich überlege einen Moment. »Wie wär's mit ›Buttercreme‹.«

»›Buttercreme‹ soll es sein.« Er tippt es ein. »Wo wir gerade dabei sind, wäre es für dich okay, wenn wir am Montag nach der Schule backen?«

»Montag?«

»Der Kuchen für meine Mutter.« Er beugt und streckt die Finger. »Ich kann's gar nicht erwarten, damit loszulegen. Ich kann doch auf den geheimen Kochklub zählen, oder?«

»Na klar.« Ich lächle. »Schließlich schulde ich dir was.«

»Nun, die Schulden darfst du gern in Backwaren begleichen.« Er zwinkert mir zu.

»Also stimmt es – Liebe geht durch den Magen?«

»So was in der Art.« Er hält meinen Blick einen kurzen Moment fest.
Ich schmelze innerlich dahin. OMG.

37
Der Showdown

10. Oktober, 21 Uhr

Danke an alle, die sich als Follower meines neuen Blogs registriert haben. Ich freue mich darauf, dass wir zusammen lauter tolle Sachen kochen.

Letztes Mal habe ich euch von meiner Nachbarin erzählt. Sie hatte einen Unfall und kam ins Krankenhaus. Ich bin zu ihr rübergegangen, um die Katze zu füttern, und habe dieses sehr alte, sehr besondere handgeschriebene Rezeptbuch gefunden, das der »kleinen Köchin« gewidmet war, ihrer Tochter, wie sich herausstellte. Also dachte ich: »Warum es nicht mal mit Kochen versuchen?«

Das Erste, was ich zubereitete, waren Zimtteilchen. Sie waren so luftig und würzig und köstlich – ihr MÜSST sie einfach probieren. Hier ist übrigens das Rezept.

Oh, und seid vorsichtig mit dem Ofen und dem Messer, vielleicht braucht ihr einen Erwachsenen, der euch hilft.

Ergibt 14 – 16 Teilchen

450 g Mehl
6 TL Backpulver
Große Prise Salz
100 g Butter

50 g feiner Zucker
1 Teelöffel gemahlener Zimt
250 ml Milch

Zum Garnieren:
20 g feiner Zucker gemischt mit ½ Teelöffel gemahlenem Zimt

Heizt den Ofen auf 220 Grad/Gas Stufe 7 vor und streicht das Backblech dünn mit Butter aus. Siebt das Mehl und das Salz in eine Rührschüssel, gebt die Butter hinzu und verknetet alles mit den Fingern, bis die Mischung krümelig aussieht. Rührt den Zucker und den Zimt hinein, gebt dann die Milch dazu und verrührt die Mischung schnell mit einem Konditormesser. Sobald die Mischung sich zu einem weichen Teig verbunden hat, legt sie auf eine leicht mit Mehl bestreute Arbeitsfläche und teilt den Teig in zwei Hälften. Versucht den Teig nicht mehr als nötig zu kneten. Formt jede Hälfte vorsichtig zu einem Block, den ihr dann sanft zu einem Rechteck von ca. 22 cm Länge, 8 cm Breite und 2 cm Dicke ausrollt. Zerteilt jedes Rechteck mit einem großen Kochmesser von einem Ende zum anderen in Dreiecke, die an der Basis etwa 6 cm lang sein sollen. Setzt die Dreiecke auf das Backblech und bestreut sie großzügig mit der Zimt- und Zuckermischung. Gebt das Backblech auf mittlerer oder oberer Schiene in den heißen Ofen und lasst die Teilchen 10 – 12 Minuten backen, bis sie aufgegangen sind und sich oben golden färben. Lasst das Blech auf einem Gitter etwas abkühlen. Die Teilchen schmecken warm oder kalt, aber am besten, wenn sie noch am selben Tag gegessen werden. Am leckersten sind sie warm, in zwei Hälften geschnitten, mit ein bisschen Butter bestrichen und etwas Zimt- und Zuckermischung über der geschmolzenen Butter.

Oh, und vergesst auf keinen Fall den Ofen vorzuheizen. So funktioniert es viel besser.

Danke, dass ihr das lest, und viel Spaß beim Teilchenbacken. Vielleicht könnt ihr ja machen, was meine Freundin und ich gemacht haben. Wir haben die Teilchen in die Schulkantine gestellt, ohne jemandem zu verraten, wer sie gebacken hat. Schreibt einfach dazu: »Kostproben vom geheimen Kochklub.«

Fröhliches Backen!

Die kleine Köchin

Als ich fertig bin, lade ich eins von Violets Fotos von den Zimtteilchen hoch. Bis jetzt macht es Spaß zu bloggen, nicht so viel wie Kochen und Backen, aber ich kann verstehen, warum Mum es gerne macht. Es ist ein Weg, mit Menschen in Verbindung zu treten. Etwas, das im Internet leichter funktioniert als im echten Leben.

Ich sehe mich in meinem Zimmer um und denke daran, wie sehr mein Leben sich verändert hat, seit ich den geheimen Kochklub gegründet habe. Nicht zu vergessen, was gestern passiert ist, als ich in der Bibliothek gesessen und tatsächlich mit Nick Farr geflirtet – GEFLIRTET! – habe. Und obwohl er zum Rugby-Training aufbrechen musste, lässt die Vorstellung, dass ich ihn wiedersehen werde, alles Schöne real wirken.

Als ich am Montagnachmittag von der Schule nach Hause gehe, bin ich immer noch aufgeregt (und ein bisschen nervös), weil Nick Mitglied in unserem Klub werden wird. Ich bin mir sicher, dass wir seiner Mum einen umwerfenden Geburtstagskuchen machen können. Aber als ich in meine Straße einbiege, verpufft mein Hochgefühl. Der schwarze Mercedes, der vor Mrs Simpsons Haus steht, gehört Mr Kruffs!

Ich beschleunige meine Schritte in Richtung der lauten Stimmen, die durch Mrs Simpsons offene Haustür dringen.

»Das bringt das Fass zum Überlaufen, Rosemary. Ich will mir nicht länger solche Sorgen machen.«

»Ich habe dich doch am Freitag angerufen, du hättest nicht herkommen müssen und du brauchst dir keine Sorgen um mich zu machen.«

»Aber ich mache mir Sorgen. Ich muss wissen, dass es dir gut geht. Jetzt hol deine Sachen und komm mit.«

»Nein, das tue ich nicht. Ich gehe nirgendwohin.«

Mein Herz macht einen Satz. Mum hat gesagt, sie würde sich um Mrs Simpson kümmern und die Sache mit Mr Kruffs regeln. Wo steckt sie?

Dann fällt es mir wieder ein. Sie hat heute einen Termin bei Boots wegen der Verpackung ihres Survival Kits. Und jetzt sitzt Mrs Simpson ihm ganz allein gegenüber!

Ich marschiere die Treppen zum Haus hoch.

»Es ist zu deinem Besten, das weißt du doch! Ich versuche nur zu helfen. Komm einfach mit und sieh es dir mal an. Es ist schön da, ich schwör's dir.«

»Was ist denn hier los?« Ich versuche meine Stimme älter klingen zu lassen.

Mrs Simpson kauert auf ihrem Sofa, ihr Neffe läuft vor ihr im Zimmer auf und ab. Ihr Gesicht ist eine Maske aus Trotz.

»Du?« Mr Kruffs sieht mich mit einem funkelnden Blick an, der Glas zum Zerspringen bringen könnte. In dem Moment habe ich eine Idee. Ich hole Mums altes Handy aus der Tasche. Bevor sich jemand bewegen kann, habe ich schon ein Foto geschossen.

»Ja, ich.« Ich lächle grimmig. »Scarlett.«

»Was hast du da gemacht?« Er weist mit einem Nicken auf das Telefon in meiner Hand.

»Nur ein Bild, dass die ›grauen Stimmen‹ interessieren dürfte«, sage ich. »Da Sie ja zum *Besten* Ihrer Tante handeln, wie Sie sagten.«

Rosemary reckt ihren Stock fast mit einer Art »Daumenhoch«-Geste. »Scarlett«, sagt sie. »Du scheinst immer zur rechten Zeit am rechten Ort zu sein.«

»Ich versuch's.« Ich grinse sie an.

Mr Kruffs sieht auf die Uhr. »Das ist lächerlich, Rosemary. Du weißt, dass ich morgen nach London muss.«

»Sie hält Sie bestimmt nicht davon ab«, sage ich und muss mir große Mühe geben, dass meine Stimme vor Aufregung nicht quietscht.

»Du hältst dich da raus.« Er wedelt mit seiner Hand, als wäre ich eine lästige Fliege.

»Aber Emory«, Mrs Simpsons Stimme wird fester, »ich habe versucht es dir zu sagen. Du musst dich nicht mehr um mich sorgen. Ich habe Menschen gefunden, die sich um mich kümmern. Neue Freunde. Scarlett und ihre Mutter.«

»Oh? Freunde, die deine Küche in Brand stecken? Und ich sehe hier keine Mutter. Wo ist sie denn?«, fragt er. »Als ich gerade herkam, bist du draußen auf der Straße rumgelaufen. Warum haben deine ›neuen Freunde‹ das nicht verhindert?«

»Ich bin nicht draußen herumgelaufen«, protestiert sie. »Ich bin vom Eckladen zurückgekommen. Ich brauchte mehr Mehl, wir wollen einen Kuchen backen.«

»Ihr backt einen Kuchen?« Mr Kruffs springen fast die

dunklen Augen aus dem Kopf. »Seit wann kochst du denn wieder, Rosemary? Ich dachte, das wäre mit Marianne gestorben.«

Sie öffnet den Mund und schließt ihn wieder. Ihre Lippen beginnen zu zittern.

»Das ist grausam!«, platze ich heraus und mache einen Schritt vor. »So über ihre Tochter zu reden. Das ist einfach scheußlich.«

»Schon gut, schon gut.« Er rudert zurück. »Das hätte ich nicht sagen sollen. Aber du scheinst nicht die geringste Ahnung zu haben, warum ich hier bin.«

»Das stimmt«, sage ich. »Mrs Simpson hat Sie gebeten zu gehen. Also warum sind Sie noch hier?«

»Bitte hört auf, alle beide«, sagt Mrs Simpson streng. »Das ist nicht besonders hilfreich.«

Mr Kruffs und ich sehen sie an und dann einander. Binnen Sekunden schaltet er wieder um auf Politikermodus. Ich schlucke schwer und überlege, wie Gretchen sich verhalten würde.

»Du scheinst mich für eine Art Monster zu halten«, sagt er mit leiser Stimme zu mir, »dabei will ich meine Tante wirklich nur an einem sicheren Ort wissen. Ich habe ein paar Gefallen eingefordert und einen Platz in einem fantastischen Pflegeheim für sie gefunden. Es ist nur fünfzehn Minuten entfernt. Sie würde dort ihr eigenes Zimmer haben, mit Betreuung rund um die Uhr. Es gibt viele Veranstaltungen und sogar eine Küche, in der sie kochen könnte, wenn sie möchte. Das ist eine einmalige Gelegenheit, so ein Platz findet sich nicht allzu oft. Ich will nur, dass sie heute Abend mit mir dorthin fährt und es sich ansieht. Wenn es ihr gefällt und sie ihr Haus verkauft, könnte sie dort für den Rest ihres Lebens bleiben. Sie müsste sich nie wieder wegen irgendetwas Sorgen machen.«

Ich atme langsam aus. »Sie will hier nicht weg. Sie will in ihrem eigenen Zuhause bleiben. Und wir werden uns um sie kümmern. Meine Mum, ich, meine Freundinnen und vielleicht eine extra engagierte Pflegerin, die aushilft – wir bekommen das hin. Und sie wird sich um uns kümmern. Ein bisschen wie eine Oma.«

Mrs Simpson humpelt vor und fasst ihren Neffen am Arm. »Es stimmt, Emory«, sagt sie. »Nimm morgen deinen Zug und mach dir keine Sorgen. Ich werde dich anrufen und du kannst Ende der Woche mit uns zu Abend essen.«

Er schüttelt den Kopf und gibt sich vorläufig geschlagen. »In Ordnung, ich gehe vorerst. Aber ich glaube, ihr lebt alle im Wolkenkuckucksheim.«

Ich trete zur Seite, als er hinauspoltert und die Tür hinter sich zuknallt.

Es dauert einen Moment, bis mir bewusst wird, dass ich zittere. Ich lehne mich an den Türrahmen, um mich zu beruhigen. Rosemary sinkt aufs Sofa zurück wie ein müdes, verwundetes Tier. Wir sehen uns an.

»Er ist furchtbar zu Ihnen«, sage ich und schlucke.

Sie schließt die Augen und reibt sich die Schläfen. »Er will nur das Richtige tun«, sagt sie. »Aber ich bin es so leid zu streiten. Vielleicht sollte ich einfach –«

»Nein, Mrs Simpson, geben Sie nicht auf. Das dürfen Sie nicht. Es ist zu schade, dass Mum nicht hier war. Sie hätte das schon geklärt.«

»Du hast das aber ziemlich gut gemacht.« Sie öffnet die Augen. Das Feuer darin scheint wieder zu leuchten.

»Danke.« Ich lächle. »Und machen Sie sich bitte keine Sorgen. Ich habe das hier.« Ich halte das Handy in die Höhe. »Das beweist, wie er sie schikaniert. Er wird nicht wollen, dass das herauskommt.«

Sie drückt meine Hand. »Behalt es, wenn du möchtest, aber ich glaube nicht, dass du es brauchen wirst. Also, wo bleiben deine Freunde?«

Ich sehe auf die Uhr. »Sie sollten jede Minute da sein«, sage ich. »Und übrigens, das neue Mitglied, von dem ich Ihnen erzählt habe, wird heute Abend dabei sein. Er heißt Nick. Ist es in Ordnung, wenn wir ihm helfen einen Kuchen für seine Mutter zu backen?«

»Unbedingt«, sagt Mrs Simpson mit einem kleinen Zwinkern. »Es gibt keinen Grund, warum ein Junge keinen Kuchen backen oder von irgendetwas anderem profitieren sollte, das ihr gerade lernt, wenn er das möchte. Wobei wir meiner Erfahrung nach die Rezeptmengen besser verdreifachen sollten.«

Wie aufs Stichwort klopft es an der Tür. Mein Herz macht einen Satz, als ich kurz fürchte, dass Mr Kruffs zurückgekommen sein könnte. Aber zu meiner Erleichterung steht der komplette geheime Kochklub vor der Tür: Violet, Gretchen und Alison – und dahinter Nick Farr. »Hi, Scarlett«, sagt er. »Alles okay?«

»Ja«, sage ich und meine Wangen laufen dunkelrot an. »Jetzt ja.«

38

Hunderte und Tausende

»Wow, die ist ja großartig«, sagt Nick, als er Rosemarys Küche betritt.

»Danke schön, junger Mann«, sagt Mrs Simpson. Sie lächelt ihn an und danach mich, es blitzt in ihren Augen. »Nun, wie ich gehört habe, werden wir heute Kuchen backen.«

»Ja«, sagt Nick. »Für meine Mum. Sie wird vierzig.«

»Ein junger Hüpfer«, sagt Mrs Simpson.

»Mum hat Kunst studiert, bevor sie Kinder bekam. Sie war früher Malerin. Ich habe überlegt, ob wir einen Kuchen mit vielen verschiedenfarbigen Schichten machen könnten. Ist so was möglich?«

Mrs Simpson strahlt. »Da bin ich aber froh, dass ich zwei extra Pakete Mehl gekauft habe. Die brauchst du, wenn du so was möchtest.« Sie wedelt mit ihrem Stock. »Und wenn du Farbe willst, versuch's im unteren Schrank beim Herd. Ich bin mir sicher, dass diese junge Dame«, sie zeigt mit dem Stock auf Violet, »dir sehr gerne beim Dekorieren hilft.«

Violet lächelt stolz über das Kompliment unserer Mentorin und holt die Farben für den Zuckerguss.

Wir rühren, färben und backen, rühren, färben und backen. Sechs Schichten in verschiedenen Geschmacksrichtungen und Regenbogenfarben; drei verschiedene Kuchen. Ein großer Kuchen für Nicks Mum, ein kleiner für uns und ein großer, rechteckiger Regenbogenkuchen für die Schule. Es ist harte Arbeit und sogar Nick, der super Rugbyspieler, kommt bald ins Schwitzen. Die ersten Schichten kommen aus dem Ofen, um abzukühlen, und Mrs Simpson überwacht das Dekorationsteam, das Violet und Alison anführen. Sie haben drei verschiedene Deckschichten gemacht, Schokoladenglasur, Zuckerguss und Buttercreme, und haben mindestens ein Dutzend verschiedener Spritzbeutel befüllt, um die Kuchen zu verzieren. Rosemarys Küche sieht aus wie eine Kreuzung aus Künstleratelier und hipper Londoner Bäckerei. Ich trage einen Stapel Kuchenformen zum Spülbecken, um sie abzuwaschen.

»Ich helfe dir«, sagt Nick.

»Gern«, sage ich und reiche ihm eine Form.

»Ich kann nicht glauben, wie viel Spaß das macht.« Er nimmt einen Schwamm. »Es ist ein bisschen wie ein Labor und mein Kinder-Chemiekasten in einem.«

»Es ist toll«, sage ich. »Und ich bin so froh, dass du dabei bist.«

Genau in diesem Moment berühren sich unsere seifigen Finger unter Wasser und mein ganzer Körper beginnt zu kribbeln. Nick sieht mich an und ich werde rot. Der Augenblick ist vorbei, aber es ist passiert. Ich, wie ich die Hand eines Jungen berühre!

Zwei Stunden später sind unsere besonderen Kreationen endlich fertig. Wir schneiden unseren kleinen Kuchen an und staunen über die Regenbogenschichten in leuchtenden Farben. Und was das Wichtigste ist: Er schmeckt köstlich.

Nick hat seine Kamera mitgebracht, und als wir mit dem Verkosten fertig sind, stellt er den Selbstauslöser ein. Wir versammeln uns hinter dem Tisch um Mrs Simpson herum. Die Kuchen sehen fantastisch aus. Weiße Glasur dekoriert mit Reihen und Kringeln in Regenbogenfarben, glitzernden Blütenblättern und bunten Streuseln, die auch »Hunderte und Tausende« genannt werden.

»Bitte lächeln!«, sagt Nick. Die Kamera blitzt. Wir sind alle klebrig und schmierig und glücklich und überall liegen Streusel. Hunderte und Tausende.

»Ihr Mädchen – und Jungs – habt ein echtes Händchen fürs Backen«, sagt Mrs Simpson. Das ist höchstes Lob aus ihrem Mund und wir sehen uns strahlend an. Die Probleme von vorhin scheinen längst nach draußen in den bewölkten Abend verbannt zu sein.

»Ich komme morgen wieder, um den Kuchen für die Schule abzuholen«, sage ich.

»Wollt ihr ihn verkaufen?«, fragt Mrs Simpson.

»Nein«, sagt Violet. »Wir verschenken ihn. ›Kostproben vom geheimen Kochklub‹.« Sie lächelt.

»Ihr habt ein gutes Herz«, sagt Mrs Simpson. »Ihr alle.«

»Danke«, sage ich. In diesem Augenblick habe ich das Gefühl, ich könnte alles schaffen.

Zu Hause finde ich Mum in ihrem Schlafzimmer vor. Sie schläft tief und fest und hat zwar die Schuhe auf den Boden gekickt, trägt aber noch ihren beigefarbenen, etwas verknitterten Leinenanzug.

Ich küsse sie auf die Stirn und sie rührt sich im Schlaf. »Scarlett?«, murmelt sie.

»Ja, Mum, ich bin's.«

Sie schlägt die Augen auf. »Es tut mir leid, dass ich vorhin nicht unten war. Ich war einfach so müde.«

»Das ist okay. Ich hatte dir doch geschrieben, dass ich später kommen würde.«

»Oh, das habe ich nicht gesehen. Ich schätze, Muttersein liegt mir nicht allzu sehr.«

»Es ist okay, Mum.« Ich nehme ihre Hand und drücke sie kurz. »Wie war dein Termin bei Boots?«

»Gut, danke der Nachfrage. Sie mochten meine Ideen für die Marketing-Kampagne und werden sie umsetzen.«

»Toll!« Ich lasse ihre Hand los und wende mich zum Gehen.

»Wie geht's Rosemary? Hast du sie gesehen?«

»Ähm, ihr geht's gut.« Ich gehe wieder zum Bett und setze mich auf die Kante. »Aber Mr Kruffs ist vorbeigekommen. Er war wirklich wütend, ein totaler Tyrann. Ich habe versucht Mrs Simpson zu helfen, aber es war ganz schön schwer.«

Mum stützt sich auf den Ellbogen und streicht sich das Haar aus dem Gesicht. »Ich hätte hier sein sollen. Rosemary bräuchte jemanden, der auf sie aufpasst. Aber ...« Sie seufzt. »Ich verbringe ja nicht mal genug Zeit mit dir und deiner Schwester. Wie soll ich mich auch noch um Rosemary kümmern?« Sie atmet erschöpft aus. »Ich hätte ihr das nie versprechen dürfen. Damit habe ich vielleicht alles nur schlimmer gemacht.«

»Wir müssen einfach jemanden suchen, der jeden Tag nach ihr sieht. Eine Schwester oder eine Pflegerin. Gretchen sagt, dass hätten sie bei ihrer Oma auch so gemacht.«

»Aber wer soll das bezahlen? Kann Mrs Simpson sich das leisten?«

»Na ja, ich glaube, sie kann einen Teil übernehmen. Aber es gibt noch eine andere Möglichkeit, wie wir ihr vielleicht helfen könnten.«

Ich erzähle Mum von meiner Idee. Sie hört aufmerksam zu und ihre Miene erhellt sich.

»Das klingt wirklich interessant, Scarlett.« Sie hält einen Moment inne, ihr Hirn klickt in den Bloggermodus. »Ich hätte da ein paar Vorschläge. Falls du sie hören möchtest…«

39

Der Back-a-thon

Einen Monat später ...

15. November, 17 Uhr

Ich kann nicht glauben, dass der geheime Kochklub nun schon einen Monat online ist! Ein Riesendankeschön an meine 451 Freunde und Follower. Ihr seid großartig! Bitte hört nicht auf mir zu schreiben und Fotos von all den wunderbaren Dingen zu schicken, die ihr macht. Und nicht vergessen – wenn ihr Kostproben in eurer Schulkantine hinterlasst, legt einen Zettel mit unserer Webadresse dazu.

Jetzt zu den Neuigkeiten:

Erstens, der Countdown für den Online-Back-a-thon hat begonnen. Nur noch sieben Tage, dann ist es so weit! Klickt hier, um euch zu registrieren und anzumelden.

Zweitens freue ich mich anzukündigen, dass meine Mum – ja, da habt ihr richtig gehört – uns bei unserem Plan unterstützt, 1000 Follower zu gewinnen. Sie wird meinen Blog auf ihrem verlinken und uns auf Twitter, Facebook und Instagram promoten. Sie glaubt, dass wir zusammen einen Haufen Geld sammeln können, um Mrs Simpson zu helfen und ganz allgemein das Bewusstsein zu schärfen, damit andere Senioren auch die Unterstützung bekommen, die sie brauchen.

Drittens haben wir unserem neuesten Mitglied dabei geholfen, den UMWERFENDSTEN Regenbogenschichtkuchen für seine Mum zu backen. Sie konnte nicht glauben, dass er etwas so Fantastisches hinbekommt. Also macht weiter, Leute, versucht es einfach mal, es könnte euch gefallen!

Ich kann nicht glauben, wie sehr sich die Dinge zwischen Mum und mir gebessert haben. Ich habe ihr schließlich vom geheimen Kochklub erzählt und auch, dass ich versehentlich einen Brand im Haus unserer Nachbarin verursacht habe. Sie war total überrascht, vor allem von der Website. Es gab noch gewisse Spannungen, aber damit sind wir nun durch. Und jetzt ist es fast so, als wären wir Partner, und das passt uns beiden perfekt in den Kram.

Und wisst ihr, was mich am meisten überrascht hat? Dass Mum tatsächlich kochen kann! Zu meinem Geburtstag hat sie mir eine zweistufige Torte mit lila Zuckerguss, Erdbeeren und Weingummi-Babys obendrauf gemacht! Und sie hat wirklich köstlich geschmeckt. Sie und Rosemary verbringen manchmal Stunden in der Küche und kochen echte, gesunde Hausmannskost für mich und meine Schwester und meine Freunde. Und meine Freunde und ich machen das Gleiche für sie. Wir lernen endlich uns zu respektieren. Und es fühlt sich gut an, wirklich gut. Jetzt, da ich dreizehn bin, werde ich vielleicht endlich erwachsen.

16. November, 20 Uhr.
Gastbeitrag von »Pst ... nicht weitersagen.«

Ich habe noch nie einen Gastbeitrag auf der Website einer Dreizehnjährigen verfasst und meiner Tochter gebührt höchste Anerkennung dafür, dass sie mir vertraut, obwohl ich in den letzten drei Jahren so wenig getan habe, um ihr Vertrauen zu gewinnen. Ich möchte der »kleinen Köchin« sagen, dass ich dich liebe und stolz auf dich bin. Aber mal im Ernst ... *Hilfe! Der Back-a-thon meiner Tochter verwandelt meine Küche in einen Saustall!*

17. November, 18 Uhr.
Gastbeitrag von »Die kleine Köchin« auf »Pst ... nicht weitersagen.«

Ihr wisst alle, wer ich bin. Und ihr wisst viel mehr über mein Leben, als mir lieb ist. Aber jetzt, da ich meine eigene Stimme gefunden habe und Mum und ich über alles geredet haben, geht es mir viel besser mit Mum. Mir ist es sogar egal, wenn sie etwas über mich schreibt (solange es etwas Gutes ist), na ja, nicht mehr allzu viel jedenfalls. Aber wenn ihr die wahre Geschichte hören wollt, schaut mal auf meinem Blog vorbei.

Das Beste an der ganzen Sache ist unsere Nachbarin. Wir haben sie fast als Großmutter adoptiert. Wir geben uns wirklich große Mühe, Geld für Menschen wie sie zu sammeln – ältere Leute, die allein leben –, damit sie zu Hause ein paar mehr Annehmlichkeiten haben. Und wenn möglich, wollen wir diesen älteren Leuten helfen zusammenzukommen und köstliches Essen und Leckereien zu teilen und neue Freunde zu finden. Klickt hier für mehr Informationen zu unserem Back-a-thon.

Wenn ihr findet, dass dies eine tolle Sache ist, klickt auf den Spendenlink unten, wir freuen uns über eure Unterstützung.

Oh, und bleibt dran für den Back-a-thon. Wenn ihr Glück habt, befindet sich ein Mitglied des geheimen Kochklubs in eurer Nähe und bereitet etwas Leckeres zu. Wir glauben und leben die Idee, Glück und Freundschaft durchs Backen zu teilen. Selbst wenn ihr (huch!) erwachsen seid, wären wir froh euch als Mitglied aufzunehmen. Hier ist noch einmal der Link.

Okay, also der Blog läuft wirklich gut und es macht mir großen Spaß, so viele neue Leute zu »treffen« und mich mit ihnen zu vernetzen. Aber so sehr der geheime Kochklub online ein Erfolg ist, bereitet der Back-a-thon mir schlaflose Nächte. Wir machen tonnenweise Essen, nicht nur für die Schulkantine, sondern auch für andere Schulen, das Kran-

kenhaus, ein paar Altersheime in der Gegend sowie für ein paar Mittagstische speziell für Senioren. Anders gesagt, es ist eine Riesenaufgabe. Das Gute ist, dass wir nicht alleine sind. Es gibt zwölf Leute an unserer Schule, die »eingetreten« sind. Ich weiß nicht genau, wer sie sind (weil wir anonyme Benutzernamen haben), aber es vergeht kaum ein Tag, an dem nicht zur Mittagszeit etwas Köstliches in der Kantine auftaucht. Jeden Tag gewinnt mein Blog drei bis zehn neue Follower.

Mrs Simpson ist eine interessante Mischung aus Großmutter, Feldwebel und guter Fee. Sie besteht darauf, dass der Blog nicht dem eigentlichen Vorhaben in die Quere kommt: zu lernen, wie man kocht, und zu teilen, was wir gekocht haben, und zwar nicht nur auf Bildern, sondern im echten Leben, mit so vielen Menschen wie möglich.

Aber nicht alles läuft so gut. Zum Einen bekommt Mrs Simpson häufig Kopfschmerzen und verliert manchmal das Gleichgewicht und scheint Dinge zu vergessen. Und Mr Kruffs ist auch noch da, auch wenn er allmählich akzeptiert, dass Mrs Simpson nirgendwohin geht, zumindest im Moment nicht.

Sobald er aus London zurück war, hat er Mrs Simpson einen erneuten Besuch abgestattet. Er ist einfach bei ihr vorbeigekommen und hat uns auf frischer Tat ertappt – mit den Fingern im Keksteig (Mrs Simpson half uns gerade dabei, Pfefferkuchenmännchen mit Schokoguss zu machen). Und man konnte sofort sehen, dass er das nicht allzu toll fand.

Er fing mit seiner üblichen Tirade an, dass Plätze in dem »schönen Heim« nicht sehr oft frei würden und ob Mrs

Simpson es nicht leid sei, sich alleine durch jeden einzelnen Tag zu kämpfen. Er war auch nicht wirklich begeistert, als ich ihm erzählte, dass wir noch keine Zeit gehabt hatten, uns um eine Pflegerin für seine Tante zu kümmern. Doch dann ist diese echt üble Sache passiert.

Mum muss den Aufruhr durch die Wand zu ihrer Mama-Höhle gehört haben und sie ist rübergekommen, um uns zu helfen. Sie lud Mr Kruffs zu uns nach Hause ein, damit sie bei einer Tasse Tee über Mrs Simpsons Zukunft reden konnten. Und als ich Stunden später nach Hause kam, konnte ich es nicht fassen – er war noch da!

»Hallo, Scarlett«, sagte Mum und umarmte mich kurz. »Emory und ich haben uns wirklich nett unterhalten.«

»Oh?«, entgegnete ich kühl. *Emory?* Meine Augen blieben an der halb leeren Flasche Rotwein und den Überresten einer beeindruckenden Käseauswahl hängen, die Mrs Simpson Mum aus einem örtlichen Laden mitgebracht hatte.

»Ja«, sagte Mr Kruffs und stand steif auf. »Deine Mum ist eine sehr interessante Person.«

»Ja, das ist sie.« Ich konnte es nicht glauben. Ist die »neue Mum« irgendein schlechter Scherz? Steckt sie plötzlich mit Mrs Simpsons Feind unter einer Decke?

»Oh, nicht wirklich.« Mum wurde rot. »Wir haben über Publicity geredet, das ist alles. Ein Profil entwickeln und so was. Dazu konnte ich ein, zwei Tipps geben.«

»Ich muss gestehen, dass ich den Blog deiner Mutter nicht kenne«, sagte Mr Kruffs. Er lächelte sie an und sah fast jungenhaft dabei aus. »Aber sie behauptet, sie würde mir verzeihen.«

»Ja, natürlich.« Sie grinste zurück und sie sahen sich länger in die Augen. Widerlich! »Vor allem seit ich angefangen habe, ihm eine ganz andere Richtung zu geben. Stimmt's, Scarlett?«

»Ja.«

Mum hat schon angefangen ihren Blog vom fiesen, alles enthüllenden Gezeter in einen »inspirierenden Frauen-Blog« zu »überführen«. Für den Teil über »Erziehung« hatte sie diese neue Idee, bei der wir beide zusammenarbeiten. Es soll ein »Dialog« (ihre Wortwahl) zwischen Mutter und Tochter werden, mit der Absicht, ihre Differenzen aufzulösen. Zuerst habe ich gelacht und vorgeschlagen, dass sie sich einen ganz neuen Auftritt für Boots überlegen müsste – *Für Mütter und Töchter* oder irgend so ein Müll. Leider fand sie die Idee super. Ich muss wohl einfach versuchen offener zu werden.

»Wie auch immer«, sagte Mr Kruffs zu Mum, »es war sehr nett, Sie kennenzulernen, Claire. Ich werde Ihnen eine E-Mail zu der Vernissage schicken, die ich erwähnt habe.«

Claire.

»O ja.« Mums Gesicht wirkte rosig und erhitzt. »Ich freue mich darauf.«

OMG. Schlagartig fiel mir das ganze Blog-Zeug über *Dating für Alleinerziehende* und *Liebe geht durch den Magen* wieder ein.

Mum hat ein Date mit Mr Kruffs!

»Entschuldigen Sie mich«, krächzte ich mit versagender Stimme. »Ich muss noch Hausaufgaben machen.«

»Gute Nacht, Scarlett.« Mum küsste mich auf die Wange. Ich ging nach oben in mein Zimmer und starrte auf die Leuchtsterne an der Decke. Wenigstens haben die sich nicht vom Fleck gerührt, während alles andere ein Wirbelwind aus Veränderungen ist.

Der Tag, den ich sowohl fieberhaft erwartet als auch insgeheim gefürchtet habe, ist endlich da. Der Tag des Online-Back-a-thons. Dank Mums vieler Gastbeiträge, Tweets und anderer PR-Maßnahmen habe ich über achthundert Follower in den verschiedenen sozialen Netzwerken und etwas mehr als ein Viertel von ihnen hat sich für den Back-a-thon angemeldet. Jeder Teilnehmer backt etwas und bringt es in seine Schule, in ein Krankenhaus, ein Altersheim oder zu einem Mittagstisch für Senioren – oder platziert sich einfach irgendwo an der High Street. Alle Läden und Geschäfte machen PR dafür und sponsern das Ganze. Und jeder, der möchte, kann online auf ein Spendenkonto einzahlen, um älteren Menschen zu helfen.

Natürlich passiert all das im Cyberspace und in der Welt da draußen, sodass ich nur wenig Einfluss darauf habe. Aber bisher sind stetig Spenden eingegangen. Ich musste eine ganz neue Seite ins Leben rufen, die ich mit meinem ursprünglichen Bloggerific-Konto verlinkt habe, um all die Fotos unterzubringen, die uns für unsere vier Unterseiten geschickt worden sind: *Lecker Kuchen und Teilchen, Gesundes für zu Hause, Das perfekte Dinner* und *Rezepte zum Teilen*. Und was unseren eigenen geheimen Kochklub angeht – tja, wir haben rund um die Uhr gekocht. Jeder verfügbare Kühlschrank, Tisch, Tresen, Kasten und Schrank ist mit den Dingen gefüllt, die wir zubereitet haben. Und in letzter Minute hat Mr Kruffs in einer Aktion, die man wohl »einlullen durch Umarmung« nennt, Mum angerufen und sich bereit erklärt unsere Einnahmen aus dem Back-a-thon zu verdoppeln, um sich an den Kosten für die Pflegerin seiner Tante zu beteiligen. Deshalb bin ich jetzt noch heißer darauf, so viel Geld wie möglich einzusammeln.

Ich bin schon lange bevor Gretchens Mutter mit dem Auto vorbeikommen soll, um das Essen bei Mrs Simpson abzuholen, aufgestanden und angezogen. Es ist ein frischer, strahlender Herbstmorgen und ich kann die Vögel im Garten singen hören, als ich nach nebenan gehe, um alles vorzubereiten. Ich trete leise ins Haus, falls Mrs Simpson noch schläft. Überrascht stelle ich fest, dass sie in ihrer lichtdurchfluteten Küche sitzt, die Türen zum Garten weit geöffnet. Auf dem Tisch vor ihr befindet sich eine dampfende Tasse Tee und eins der fluffigen Croissants, bei denen sie uns geholfen hat. Außerdem liegen ein Blatt Papier und ein Stift vor ihr. Sobald ich eintrete, faltet sie das Papier zusammen und steckt es weg.

»Scarlett«, sagt sie und streckt mir ihre runzlige Hand entgegen. Ich nehme sie und sie ergreift meine Finger. »Es ist ein wunderbarer Tag für deinen Back-a-thon.«

Ich sehe in ihr faltenüberzogenes Gesicht. Ihre Wangen haben mehr Farbe als sonst und ihre Augen scheinen zu funkeln, so klar und blau wie der Himmel draußen. Sie wirkt irgendwie jünger. Sie trägt ihr schönstes geblümtes Kleid und eine elfenbeinfarbene Strickjacke und ihr Haar ist in einem ordentlichen Knoten im Nacken zusammengefasst.

»Sie sehen hübsch aus, Mrs Simpson«, sage ich. »Erwarten Sie Gesellschaft?«

»Nein, mein Kind.« Sie sieht mich lange an. »Nicht ganz. Aber heute liegt Magie in der Luft. Kannst du sie spüren?«

Für einen Augenblick stehe ich ganz still, etwas, das ich schon eine ganze Weile nicht mehr gemacht habe. Ich lausche dem Gurren einer Taube auf dem Dach, dem Wind, der durch die orangefarbenen und goldenen Blätter streicht. Ich fühle die Wärme der bleichen Sonne auf meinem Gesicht. Vielleicht sind diese Dinge magisch, ich weiß es nicht. Jedenfalls fühle ich mich etwas ruhiger und bereit dem Tag entgegenzutreten.

»Ja, Mrs Simpson.«

Sie lächelt. »Ich bin so stolz auf dich, Scarlett.«

»Danke.« Ihr Lob bedeutet mir alles. Ich beuge mich vor und gebe ihr einen Kuss auf die Wange.

Genau da klingelt es. Ich gehe zur Tür, es sind Gretchen und Violet. »Hi!«, sage ich und geleite sie hinein. »Gerade rechtzeitig.«

Wir gehen in die Küche, aber Mrs Simpson ist nicht mehr da. Ich sehe sie im Garten, wie sie auf ihren Stock gestützt in den Himmel blickt. Sie winkt uns, als wir den Kühlschrank leeren und das Auto von Gretchens Mum mit vollgepackten Körben, Töpfen und Kartons beladen. Alison und Nick helfen dabei, die Essensabholung bei einigen der neuen Mitglieder aus unserer Schule zu koordinieren – Susan, Eloise und Fraser –, die noch mehr zubereitet haben.

Gretchens Mum fährt uns bei den Adressen vorbei, mit denen wir im Vorwege Absprachen getroffen haben: beim Krankenhaus, in dem wir damals Mrs Simpson die Haferkekse vorbeigebracht haben, zwei Altersheimen, der Kommunalverwaltung, der Zweigstelle einer örtlichen Stiftung, die Mittagstische für Senioren veranstaltet, und mehreren ortsansässigen Firmen, die sich bereit erklärt haben uns zu unterstützen. Schließlich bleiben uns noch große Mengen Schokoladenkekse, Brownies und Cupcakes für die Schule und ich vermute, dass Mitglieder des geheimen Kochklubs, die wir noch gar nicht kennen, auch noch Dinge mitbringen.

Wir tragen alles durch die Hintertür der Kantine nach drinnen. In der Schule weiß mittlerweile so ziemlich jeder, wer ein Mitglied des geheimen Kochklubs ist, oder ahnt es zumindest, und selbst wenn sie es nicht tun, sind die Kantinendamen voll dabei und helfen uns. Sie haben sogar gesagt, dass Klubmitglieder die Kücheneinrichtung der Schule nutzen dürfen (natürlich nur unter strenger Aufsicht).

Als wir endlich in unsere ersten Kurse stapfen (zu spät), sieht es so aus, als würden die Dinge wirklich gut laufen. Irgendwie schaffe ich es durch den Vormittag und dann ist plötzlich Mittagszeit.

Als ich den Klassenraum verlasse, kann ich durch den Gang schon den Lärm aus der Kantine hören. Violet und ich haken uns unter und gehen zusammen hin. Sobald ich durch die Tür trete, schnappe ich nach Luft. Es ist wie ein Koch-Flashmob. Jeder Tisch ist mit Backwaren beladen. Entweder hat der geheime Kochklub sehr viel mehr Mitglieder an der Schule, als ich vermutet habe, oder die Kantinendamen haben sich ausgetobt und ihre eigenen Rezepte und Nachtische zubereitet. Alle stehen herum und reden, lachen, winken mit Tabletts und versuchen gar nicht erst sich ordentlich anzustellen. Ich bin so glücklich, als die Münzen in die Zahlt-was-ihr-wollt-Sammelbüchse klimpern.

Dann reißt jemand die Tür auf, die hinaus auf den Rasen führt, und die Leute fangen an, für ein spontanes Herbstpicknick nach draußen zu strömen. Es verstößt gegen die Schulregeln, aber die Lehrer halten uns nicht auf, sondern tragen ihre vollen Teller nach draußen und setzen sich zu den anderen auf die Bänke. Der Tag ist immer noch strahlend sonnig, mit blauem Himmel und kleinen weißen Wattewölkchen.

Ich schnappe mir ein Tablett und schiebe mich zu den Schülern, die sich vor dem Desserttisch versammeln (ich bin viel zu angespannt, um etwas Richtiges zu essen). Jemand tippt mir auf die Schulter und ich drehe mich um. Sofort flattern die Schmetterlinge in meinem Bauch, wie immer, wenn ich mit Nick Farr zusammen bin.

»Das hier ist fantastisch, Scarlett«, sagt er. Sein Lächeln ist umwerfend, seine Augen glänzen.

»Danke«, sage ich und werde rot. »Nicht dass *ich* etwas damit zu tun hatte, aber ich bin mir sicher, dass *Die kleine Köchin* deine Hilfe mit der Website zu schätzen weiß.«

»Kein Problem.« Er lacht. »Und ich habe heute den neuen Post deiner Mum gesehen, in dem sie den Back-a-thon promotet. Sie zeigt wirklich eine ganz neue Seite von sich.«

»Na ja ...« Ich verdrehe die Augen. »Sie ist noch ganz am Anfang.«

»Hör mal ...« Er beugt sich näher zu mir und mein Herz bleibt praktisch stehen. »Mein Bruder und meine Schwägerin haben mir zwei Tickets für *One New Direction* geschenkt, du weißt schon, die Tribute-Band? Ich habe mich gefragt ...« Seine Stimme versagt plötzlich. »Ich meine, wenn du nicht zu beschäftigt bist ...«

»Ich würde liebend gern hingehen«, keuche ich. »Wann ist es denn?«

»Übernächsten Sonntag. Ich kann dir die Adresse mailen.«

»Das wäre toll.«

Plötzlich bin ich mitten in der Menge vor dem Tisch mit dem Essen. Ich kann fühlen, wie Nick meine Hand nimmt und sie drückt, dann werden wir getrennt. Ich sehe mich mit kribbelnder Hand nach ihm um, aber er ist weg.

Ich lasse mich von der Bedeutung dessen, was gerade passiert ist, umspülen wie von einer warmen Welle. *Nick Farr hat mich zu einem Konzert eingeladen. Nick Farr mag mich!!!*

Alles fühlt sich an wie in Zeitlupe. Ich schnappe mir eine Teigtasche, einen kleinen Obstkuchen und einen Brownie und nehme den Lärm und die drängelnden Menschen um mich herum überhaupt nicht mehr wahr. Ich habe immer noch das Gefühl zu fliegen, als ich mit meinem Teller nach draußen gehe und Violet, Alison und Gretchen im Kreis auf einer Decke im Gras sitzen sehe. Sie recken ihre Hände und wir klatschen uns ab. Ich setze mich und nehme einen Bissen von dem Obstkuchen, den Alison gemacht hat, ihre Spezialität.

»Mmmmmh. Köstlich.« Ich schließe die Augen, um den Geschmack auszukosten, und versuche Nicks Gesicht in Gedanken festzuhalten.

Als ich die Augen wieder aufschlage, ist der Himmel plötzlich dunkel, weil sich eine Wolke vor die Sonne schiebt. Ein paar Leute blicken nach oben und strecken die Hände aus, als die ersten Regentropfen fallen.

40
Die geheime Zutat

Am Ende des Tages bin ich erschöpft, aber glücklich. Irgendwann habe ich es geschafft, mich für eine Toilettenpause nach draußen zu schleichen und unsere Website auf meinem Handy zu checken. Ich wollte sehen, wie der Back-a-thon lief. Hunderte von Fotos waren hochgeladen worden und fast zwei Dutzend Rezepte. Und das Beste war, dass wir bis dahin fast 3000 Pfund für eine Stiftung gesammelt hatten, die älteren Menschen hilft, und es sind noch nicht annähernd alle Spendenzusagen eingelöst worden.

Nach der Schule logge ich mich in den Blog ein und erkläre den Back-a-thon offiziell zum Erfolg. Ich kann es gar nicht erwarten, nach Hause zu kommen und Mum und Mrs Simpson davon zu erzählen. Violet hilft mir noch die Schüsseln und Körbe einzusammeln. Gretchen und die anderen gehen schon los, um das Geschirr an den anderen Standorten abzuholen. Aber als Violet und ich aus dem Schulgebäude kommen, sehe ich überraschenderweise Mum in ihrem blauen Vauxhall Astra in der Ladezone warten. Wir hatten nicht verabredet, dass sie uns abholt. Selbst wenn sie jetzt eine »ganz neue Mum« ist, hätte sie sich nicht einfach so entschlossen, herzukommen und uns einzusammeln. Sie beugt sich aus dem Fenster, um nach mir zu rufen, und da bemerke ich, dass ihre Wangen tränenüberströmt sind.

»Mum!«, rufe ich. »Was ist los? Geht es dir gut? Geht es Kelsie gut?«

»Ja, ja, uns geht's gut.« Meine Schwester sitzt hinten im Wagen und spielt ein Micky-Maus-Spiel auf Mums iPhone. »Steigt ein«, sagt Mum. »Wir müssen ins Krankenhaus.«

»Ins Krankenhaus?«, sagen Violet und ich gleichzeitig. Wir sehen uns mit bestürzten Mienen an.

»Was ist passiert?«, frage ich Mum. Aber in meinem Herzen weiß ich es längst.

»Es ist Rosemary«, sagt Mum. »Kommt jetzt – wir müssen los.«

Violet und ich legen unsere Sachen in den Kofferraum und klettern in den Wagen. Mum fährt schnell. Niemand versucht sich über die quiekende Stimme von Micky Maus hinweg zu unterhalten. Als ich aus dem Fenster auf den Verkehr und die Menschen auf dem Gehweg starre, rückt Violet zu mir herüber und legt ihren Arm um mich. Ich vergrabe mein Gesicht in ihrem Haar.

Wir erreichen das Krankenhaus und finden einen Parkplatz. Heute Morgen waren wir schon mal hier, aber unsere einzige Sorge war der Back-a-thon. Plötzlich ist das ganz weit weg. Wie schnell sich die Dinge manchmal ändern können.

Mum zieht Kelsie an der Hand hinter sich her, Violet und ich folgen ihr. Ich brauche einen Moment, ehe ich bemerke, dass Violet einen Korb mit übrig gebliebenen Backwaren über dem Arm hat. Wir betreten die Lobby und Mum spricht mit der Empfangsdame. Sie bittet uns, der gelben Linie zu folgen. Wir müssen zu einer anderen Station als beim letzten Mal. Wir fahren mit dem Fahrstuhl hoch und gehen weiter. Die gelbe Linie hört plötzlich vor einer Furcht einflößenden Tür auf: *Intensivstation*.

»Aber das kann doch nicht sein«, sagt Violet. »Ich meine, es ging ihr gut. Sie war …« Ihre Stimme versiegt hilflos.

Mrs Simpson war krank. Richtig krank. Und wir hatten keine Ahnung.

Innen wirkt fast alles so wie auf der anderen Station, die wir besucht haben: die gleichen geschäftigen Schwestern, die wie Folterinstrumente wirkenden medizinischen Apparate auf dem Gang, Zimmer wie Grabkammern. In der Luft hängt ein schrecklicher Geruch nach Desinfektionsmitteln, der das »andere« darunter nicht verbergen kann. Ich beiße mir auf die Lippe, damit sie nicht zittert.

Mum spricht mit einer Schwester. Die Frau blickt kaum vom Computerbildschirm auf. »Gehören Sie zur Familie?«.

Als Mum nicht sofort antwortet, trete ich vor. »Ja«, sage ich. »Sie ist meine Oma.« Es klingt vollkommen richtig.

Die Frau weist uns zu einer Stuhlreihe gegenüber vom Tresen. »Bitte nehmen Sie Platz«, sagt sie. »Der Oberarzt wird gleich mit Ihnen sprechen.«

»Aber können wir denn nicht zu ihr?«, fragt Violet.

Die Frau verengt die Augen, als wäre sie Widerspruch nicht gewohnt.

»Wir warten«, sagt Mum.

Wir setzen uns auf die unbequemen Plastikstühle. Der Raum scheint sich vor meinen Augen zu drehen. »Ich … ich verstehe das nicht«, sage ich.

Mum legt ihre Hand auf meinen Arm. »Rosemary ist kurz nach dem Mittagessen zusammengebrochen. Sie hat es noch geschafft, den Notfallknopf zum Umhängen zu drücken, den wir ihr gegeben haben. Ich bin gleich rübergegangen und fand sie bewusstlos auf dem Küchenboden. Sie hatte Kräuter gepflückt – Minze, Salbei und Rosmarin – sie waren überall verstreut.« Mum versagt die Stimme. »Natürlich habe ich sofort den Krankenwagen gerufen.«

»Ja ...« Ich weiß nicht, was ich sagen soll.

Sie öffnet ihre Handtasche und nimmt einen weißen Briefumschlag heraus. »Ich habe den hier auf ihrem Küchentisch gefunden. Genau da, wo sie gestürzt ist.« In Mums Augen glitzern Tränen. »Dein Name steht darauf.«

Meine Hand zittert, als ich den Umschlag entgegennehme. Ich starre auf die Schrift, die geschwungenen Buchstaben meines Namens verschwimmen vor meinen Augen.

»Sie hat dir einen Brief geschrieben«, sagt Violet. »Mach ihn auf.«

Aber ich zögere einen Augenblick zu lang. Ein Mann in einem weißen Kittel kommt in den Wartebereich. Er blickt auf sein Klemmbrett und dann zu Mum. »Claire Cooper?«, fragt er.

Ich stopfe mir den Brief in die Tasche von meinem Hoodie.

»Ja.« Mum steht nervös auf. »Kelsie, mach das Ding aus.« Sie greift nach dem iPhone.

»Sie sind Mrs Simpsons Familie?«, fragt der Arzt.

»Ja.« Diesmal zögert Mum nicht.

»Nun, ich bedaure sehr, Ihnen das sagen zu müssen, aber ich habe keine guten Neuigkeiten. Mrs Simpson ist letzte

Woche für einige Tests hier gewesen. Sie hatte häufig Kopfschmerzen und fühlte sich schwach, wie Ihnen sicher bekannt ist. Sie wusste, dass sich ihr Zustand verschlechtern würde.«

»Davon hat sie uns gar nichts erzählt«, platze ich heraus. »Ich meine, ich weiß, dass sie öfter Kopfschmerzen hatte, aber hat die nicht jeder?«

Der Arzt nickt. »Es ist ziemlich plötzlich passiert, wie das bei diesen Dingen so ist. Der Blutdruck in ihrem Gehirn ist stetig gestiegen. Und heute hatte sie einen schweren Schlaganfall.« Er nimmt eine Mappe unter den oberen Blättern des Klemmbretts heraus. Er sortiert ein paar Papiere und reicht Mum dann ein Foto. Ich spähe über ihre Schulter. Es ist der körnige, schwarzweiße Scan eines Schädels.

»Hier können Sie das Blutgerinnsel sehen – diese dunkle Masse.« Der Arzt zeigt auf einen Fleck. »Sie liegt jetzt im Koma. Ich fürchte, wir können nichts mehr für sie tun.«

Ich sehe ihn ungläubig an. »Aber, das verstehe ich nicht. Sie meinen, sie ...?«

»Können wir zu ihr?«, fragt Mum.

»Natürlich, hier entlang.«

Ich habe wackelige Beine, als ich aufstehe, um dem Arzt zu folgen. Dieses Mal klammere ich mich verzweifelt an Violets Hand. Mum geht neben uns, das Kinn in grimmiger Entschlossenheit vorgeschoben. Kelsie ist direkt hinter ihr und scheint immer kleiner zu werden.

Als wir den Gang entlang gehen, hämmert es an die Tür zur Station und ich höre die laute Stimme eines Mannes. »Lassen Sie mich rein, bitte. Kann mich bitte jemand reinlassen?«

Die Schwester am Tresen sieht genervt aus, als sie den Summer betätigt. Ein Wirbelwind im schwarzen Anzug fegt herein.

»Emory«, sagt Mum mit erstickender Stimme. »Du kommst genau richtig. Wir wollen gerade zu ihr.«

Mum zu sehen beruhigt ihn offenbar ein bisschen. Er geht zu ihr und küsst sie auf die Wange. »Ich bin so froh, dass du da bist«, sagt er und verwuschelt Kelsies Haar. Er sieht zu mir und Violet. »Dass ihr alle da seid.« Die Traurigkeit in seinen Augen ist echt.

Ich schaue schnell weg, unfähig ihm zu antworten. Der Arzt klopft ungeduldig mit seinem Fuß auf den Boden und geht voran. Wir folgen ihm wie bei einer Prozession.

Dabei zwinge ich mich durch einige der offenen Türen zu gucken, um mich auf das Schlimmste vorzubereiten. Genau wie letztes Mal liegen da runzlige Patienten, aus denen Schläuche und Sonden in alle Richtungen herausragen. Ich fühle mich allmählich ganz benommen.

Der Arzt führt uns zu einem Einzelzimmer am Ende des Gangs. Ich bleibe an der Tür stehen und sehe hinein. Mrs Simpsons Körper liegt klein und zerbrechlich auf dem Bett. Ihre Haut ist blass, ihre Atmung geht gleichmäßig. Sie wirkt fast heiter. Ein Kabel führt von einem kleinen Fingerclip zu einem leise piependen Monitor.

In dem Moment verliere ich die Fassung. Ich stürze aus dem Zimmer, ein paar Meter den Gang entlang, wo ich mich an die Wand lehne und um Atem ringe. Die Tränen steigen wie eine Flutwelle in mir auf. Mir wird schwarz vor Augen.

Eine Hand fasst meinen Arm, um mich zu stützen. Ich blinzle und stelle fest, dass es Emory Kruffs ist.

»Scarlett …«, sagt er leise.

»Sie hatten recht«, sage ich mit einem stockenden Schluchzer. »Sie hätte in einem Heim sein sollen, mit Schwestern, die rund um die Uhr nach ihr sehen. Ich hätte auf Sie hören und sie überzeugen müssen. Wenn sie in das schöne Heim gezogen wäre, wie Sie es wollten, dann wäre das vielleicht nicht passiert.«

Er schenkt mir ein sanftes Lächeln und schüttelt den Kopf. »Nein, Scarlett«, sagt er. »Ich glaube, du hattest die ganze Zeit recht. Sie war alt und krank. Selbst ich wusste nicht, wie krank sie tatsächlich war, und das hier wäre sowieso passiert. Wenigstens konnte sie ihre letzten Tage dort verbringen, wo sie sein wollte, zu Hause. Sie konnte ihre Begabung an dich und deine Freundinnen weitergeben und das hat ihr viel bedeutet.« Seine Augen füllen sich mit Tränen. »Ich bin froh, dass sie letztlich geblieben ist, wo sie war, umgeben von ihren Erinnerungen und«, er drückt meine Hand, »von Menschen, die sie liebte.«

Ich nicke ernst. In diesem Augenblick treffen wir eine Art stillschweigende Übereinkunft. Vielleicht sogar einen Waffenstillstand.

»Komm.« Er zieht mich sanft am Arm. »Es ist Zeit, sich zu verabschieden.«

Ich lasse mich zurück durch den Gang und ins Zimmer führen. Violet und Mum sitzen zu beiden Seiten von Mrs Simpson, jede hält eine Hand von ihr. Kelsie steht hinter Mum, ihr Gesicht wird von Mums Haar fast verdeckt. Violet weint nicht, aber sie hält den Kopf gesenkt. Ich erinnere mich daran, was sie erzählt hat. Dass sie an der Seite ihrer Mum war, als es … zu Ende ging.

Sie blickt auf. Ich kann den Schmerz in ihren lila-blauen Augen sehen. »Sie sieht sehr friedlich aus«, sagt Violet und versucht zu lächeln. »Wie sagt man? Auf dem Weg an einen besseren Ort und so.«

Ich schüttle den Kopf. Wohin auch immer Mrs Simpson unterwegs ist, es kann dort nicht besser sein als in ihrer wunderbaren Küche.

»Es tut mir so leid, Scarlett«, sagt Mum. Und es ist sofort klar, dass sie mehr meint als die Sache mit Mrs Simpson.

»Nein, Mum, es ist in Ordnung.« Meine Stimme ist überraschend fest. »Ähm, würde es dir was ausmachen, wenn ich eine Minute mit Violet bei ihr sitze?«

»Natürlich nicht. Ich warte vor der Tür.« Mum steht auf und tauscht in dem kleinen Zimmer den Platz mit mir. Als sie Kelsie aus dem Raum begleitet, nimmt Emory Kruffs Mums Hand und sie gehen zusammen hinaus.

»Mrs Simpson«, flüstere ich. »Rosemary?«

Es kommt keine Reaktion außer Atmen. Ich nehme ihre faltige, arthritische Hand. Sie ist kühl und etwas feucht. Ich sehe zu Violet hinüber. Sie hat den Korb, den sie mitgebracht hat, auf dem freien Stuhl neben sich abgestellt.

Ich lasse Mrs Simpsons Hand einen Moment los und stehe auf. »Wir haben Ihnen etwas mitgebracht.«

Ich gehe zum Korb hinüber und nehme das Tuch ab. Ich komme mir vor wie Rotkäppchen, nur dass ich diesmal weiß, der Wolf steht schon an der Tür.

»Wir haben Zimtteilchen dabei und ein paar Haferkekse und Pfefferkuchenmännchen mit Schokoguss.« Ich lächle durch meine Tränen. »Ich weiß, dass Sie die mögen.« Ich bringe den Korb ans Bett und halte Mrs Simpson einen der

Pfefferkuchen unter die Nase. Der köstliche Duft erfüllt den Raum, als kämen sie gerade frisch aus dem Ofen. Zimt, Zucker, Zuckerrübensirup, würziger Ingwer. Und darunter noch etwas anderes. Plötzlich fällt mir der Brief wieder ein, den Mum gefunden hat. Ich reiche Violet den Pfefferkuchen und fische ihn aus meiner Tasche.

Ich öffne den Umschlag und falte das Blatt Papier auseinander. Der Brief ist nicht besonders lang und Mrs Simpsons hat ihn mit der Hand geschrieben. Ich lese ihn mit leiser Stimme vor.

> Meine liebe Scarlett,
> es tut mir leid, dass ich Dir nicht gesagt habe, wie kurz meine Zeit mit Dir sein würde. Aber ich dachte, es wäre wahrscheinlich besser so. Ich kenne Dich noch nicht lange, aber ich weiß, dass Du schon alles in Dir trägst, was Du brauchst, um die junge Frau zu werden, die Du werden willst.
> Das Rezeptbuch gehört Dir und ich hoffe, dass Du es immer behalten wirst und Dich an unsere gemeinsame Zeit und alles, was wir geteilt haben, erinnerst. Bitte sei nicht traurig meinetwegen, sondern koste das Leben voll aus und ich werde immer bei Dir sein. Und was die geheime Zutat angeht – Du musst nur in Dich hineinhorchen, um sie zu finden. Und daran glauben.
>
> In Liebe,
> Rosemary Simpson

Tränen laufen mir über die Wangen, als ich die letzte Zeile lese. Violet beginnt leise zu schluchzen. Und ich bemerke die drei anderen Menschen, die sich hinter mir in den Raum geschoben haben, Gretchen, Alison und Nick. Es ist ganz natürlich, dass der geheime Kochklub am Ende hier ist, um sich dafür zu bedanken, was sie uns gegeben hat.

Nacheinander berühren sie Mrs Simpsons Hand, sagen Lebwohl, bevor sie hinausgehen und sie in Frieden lassen. Violet zögert einen Moment an der Tür, bevor sie zu den anderen geht.

Jetzt bin nur noch ich da.

Mit einem Mal fühle ich, wie Mrs Simpsons Hand leicht unter meiner zuckt. Sofort beuge ich mich vor, kurz flackert Hoffnung in mir auf. Ihre Augen sind noch geschlossen, aber ihre Lippen bewegen sich leicht und ein Wort dringt aus ihrem Mund: »Marianne.«

Ihre Hand greift meine eine Sekunde lang fester und etwas wie ein Lächeln umspielt ihre Lippen. Vom Monitor mit der Herzfrequenz erklingt ein flacher, gleichmäßiger Ton.

Sie ist tot.

41

Epilog

Die Beerdigung von Rosemary Simpson findet an einem grauen Freitagnachmittag statt. Unter den Trauernden sind ich, Mum, Emory Kruffs, meine Schwester, Violet, Gretchen, Alison, Nick und etwa hundert andere Mitglieder des geheimen Kochklubs, die von überall her gekommen sind, um sich zu treffen, das Leben unserer Mentorin zu feiern und tonnenweise köstliches Essen mitzubringen, mit dem man eine ganze Armee hätte versorgen können. Der Abschied zieht eine solche Menschenmenge an, dass die Zeitung einen Fotografen vorbeischickt und der Vorsitzende der Stiftung für ältere Menschen eine Rede hält, in der er unseren Back-a-thon lobt. Und noch viele weitere Menschen sind bei uns, nicht im Geiste, wie es heißt, sondern im Cyberspace.

Mrs Simpson wird unter einem schattigen Baum in der Ecke des Friedhofs begraben, neben ihrer Tochter und ihrem früh verstorbenen Mann. Natürlich weine ich bei der Beerdigung. Aber gleichzeitig verspüre ich eine eigentümliche Ruhe. Ich weiß, dass Mrs Simpson jetzt bei ihrer Tochter ist, ihrer kleinen Köchin, und dass sie ihren Frieden gefunden hat. Ich weiß, dass Magie existiert. Und ich weiß, was immer auch passiert, ich werde damit klarkommen.

Ich meine, ich habe mich ja schon damit abgefunden,

dass Mum es mit Emory Kruffs ziemlich ernst meint, und es gibt schon die Idee, die beiden Häuser zusammenzulegen (wobei Mrs Simpsons fantastische Küche natürlich drin bleibt). Emory ist eigentlich ganz in Ordnung, jetzt, da ich ihn besser kennenlerne. Ob ihr's glaubt oder nicht, wir haben sogar schon ein paar Kochshows zusammen geguckt, als er bei uns zu Besuch war. Dabei hat er mir auch ein Geheimnis anvertraut. Er will etwas Besonderes für Mum kochen und deshalb soll ich es ihm beibringen, sobald er etwas Zeit dafür hat. Der geheime Kochklub bekommt also vielleicht sein erstes »Promi«-Mitglied oder zumindest seinen ersten Abgeordneten.

Aber was mich wirklich durcheinanderbringt, ist Nick Farr, der mich nach dem Trauergottesdienst aufgesucht, mir sein Beileid ausgesprochen … und mich dann an unser »Date« erinnert hat, das Konzert übermorgen.

Anders gesagt: Das Leben geht weiter.

Am Abend nach der Beerdigung sitze ich an meinem Schreibtisch mit Treacle, der sich auf meinem Schoß zusammengerollt hat. Bislang scheint er mit seinem neuen Zuhause bei uns ganz zufrieden zu sein. Ich gebe eins von Mrs Simpsons besonderen Rezepten ein und klappe dann das Notizbuch zu. Ich klicke den Button auf meinem neuen Computer an, um es im Blog zu veröffentlichen und ihr Vermächtnis mit all unseren Freunden und Followern zu teilen. Neben mir steht ein Teller mit köstlich frischem Mini-Buttergebäck, das Gretchen und Alison gemacht haben und das Violet mit Schokoladenkringeln und goldenen Streuseln dekoriert hat. Ich habe auch eine dampfende Tasse heiße Schokolade mit drüber gestreutem Zimt, die Mum mir nach oben gebracht hat. Ich atme tief ein und genieße die Aromen und Geschmäcker.

Ein Schuss Freundschaft, eine Prise Geheimnis, eine Tasse Gelächter und ein Klacks Tränen.

Und dann ist da noch die geheime Zutat, die immer dabei ist. Etwas, das wir einfach in uns selbst finden müssen.

Vielleicht habt ihr sie schon erraten ...

Sie ist gar nicht so geheim ...

Ganz genau ...

Liebe.

Danksagung

Dieses Buch ist Eve, Rose und Grace gewidmet. Ich liebe Euch mehr als Schokoladenkaramellen. Ich möchte den Juroren der *Times*/Chicken House Children's Fiction Competition 2015 dafür danken, dass sie dieses Buch zum Sieger erkoren haben, und all den wunderbaren Menschen bei Chicken House danke ich dafür, dass sie meinen Traum haben Wirklichkeit werden lassen. Dank gebührt auch meinen Eltern, meinem Partner Ian und meiner Schreibgruppe: Lucy, Ronan, Chris, Francisco und Dave, für Eure Unterstützung und Eure Zuversicht. Und schließlich möchte ich all meinen Lesern danken – Ihr seid die geheime Zutat, die ein Buch wirklich zum Leben erweckt!

Unser Tipp für dich:

VERSCHNEIT, VERRÜCKT, VERLIEBT!

Tom Ellen / Lucy Ivison
Never Evers
Heute wird geküsst!
304 Seiten

Frisch vom Ballett-Internat geflogen, eine gemeine Fake-Freundin und einen Hamster im Gepäck – wie soll Mouse diesen Skitrip nur überstehen? Aber dann trifft sie Jack. Und eigentlich würde sie ihn gerne küssen. Nur hat Jack das mit dem Küssen bisher nicht so hinbekommen. Als dann auch noch Roland auftaucht, ein französischer Popstar, der Jack zum Verwechseln ähnlich sieht, ist das Chaos perfekt. Denn Roland hat sich auch in Mouse verliebt. Und ausgerechnet Jack soll ihm helfen, sie für sich zu gewinnen ...

www.chickenhouse.de

Ein Chicken House-Buch im Carlsen Verlag
© der deutschen Erstausgabe by Carlsen Verlag GmbH, Hamburg 2018
© der englischen Originalausgabe by The Chicken House,
2 Palmer Street, Frome, Somerset, BA11 1DS, 2015
Text © Laurel Remington, 2015
The author has asserted her moral rights. All rights reserved.
Originaltitel: The Secret Cooking Club
Umschlagillustration: Fotolia, Maria Starus
Umschlaggestaltung: Henry's Lodge, Vivien Heinz
Aus dem Englischen von Britt Somann-Jung
Lektorat: Anja Kemmerzell
Satz und Herstellung: Karen Kollmetz
Gesetzt aus der Alegreya ht Pro
ISBN 978-3-551-52096-8
Printed in Germany

www.chickenhouse.de